SIBA SHAKIB

Samira & Samir

زمیرا و زمیر

Siba Shakib

Samira & Samir

Roman

C. Bertelsmann

Umwelthinweis:
Dieses Buch und sein Schutzumschlag wurden
auf chlorfrei gebleichtem Papier gedruckt.
Die Einschrumpffolie (zum Schutz vor Verschmutzung)
ist aus umweltschonender recyclingfähiger PE-Folie.

2. Auflage
© 2003 beim C. Bertelsmann Verlag,
München, in der Verlagsgruppe Random House GmbH
Dieses Werk wurde vermittelt durch die Literarische Agentur
Thomas Schlück GmbH, 30827 Garbsen
Satz: Uhl + Massopust, Aalen
Druck und Bindung: GGP Media, Pößneck
Printed in Germany
ISBN 3-570-00684-0
www.bertelsmann-verlag.de

Für meinen Vater,
meine Brüder,
ihre Söhne.
Für die Gefallenen.
Für die Nichtgefallen.

Wenn du ein Geheimnis hast, nimm es,
trag es zum Hindukusch und leg es unter einen Stein.

Ein Mädchen

Ist er tot?

Sei unbesorgt. Er ist so lebendig wie du und ich.

Bist du sicher?

Großer Gott im Himmel. Aus welchem Grund soll er tot sein?

Wenn er nicht tot ist, warum sagt er nichts?

Daria will antworten, kann nicht, beißt die Zähne zusammen, krümmt sich.

Der Kommandant sieht den Schmerz seiner schönen Frau nicht, er will eine Antwort von ihr.

Daria will nicht, dass die Leute in den anderen Zelten sie hören. Sie erstickt den Schrei in ihrer Kehle. Der Geschmack von Blut kommt in ihren Mund, macht ihr Angst. Sie verliert die Farbe aus ihrem Gesicht.

Antworte, sagt der Kommandant.

Lass mich in Ruhe. Daria zischt ihre Worte wie eine Schlange. Kaum hat sie sie gesprochen, da bereut sie es auch schon. Obwohl er hinter ihr auf dem Boden hockt, sieht Daria es, der Kommandant erschreckt sich wie ein Kind, zuckt, zieht seinen Körper zusammen, schlingt die Arme um seine Knie, senkt den Blick, macht sich klein, schweigt.

Daria mag es nicht, wenn sie die Geduld verliert und mit ihrem Mann schimpft. Sie dreht sich zu ihm herum, lächelt trotz ihres Schmerzes, sagt, hab Geduld. Gott ist groß. Er wird alles richten. Sie spricht leise. Weil es wichtig ist, was sie zu sagen hat. Weil kein anderer es hören soll. Nur ihr Kommandant.

Er hebt den Blick, senkt ihn wieder. Schluckt. Umarmt seine Knie nicht mehr, malt mit dem Finger Bilder auf den Boden aus Lehm. Unsichtbare Bilder. Mein Sohn soll Samir heißen, sagt er und lächelt. Ein halb trauriges, halb dankbares Lächeln, das nur Daria kennt. Und vor ihr die tote Mutter des Kommandanten. Es ist nicht das Lächeln eines Mannes. Es ist das eines kleinen Jungen. Der Kommandant hat es aus seiner Kindheit, aus einer Zeit, die er als Damals kennt, in sein Leben als Mann mitgebracht.

Damals ist längst verloren. Der Kommandant ist ein Krieger, ein Beschützer, ein Unbesiegbarer, sagen die Leute, senken ihre Stimme, sehen sich um, und wenn der Kommandant nicht in der Nähe ist, sagen sie, nur einen Schmerz erträgt er nicht. Das ist der Schmerz, wenn seine Frau Wut auf ihn hat und mit ihm schimpft.

Niemand weiß das besser als Daria selber. Es würde ihren Kommandanten töten, würde sie ihm die Liebe, die er braucht, nicht schenken. Davor hat Daria Angst. Vor seinem Tod und vor Schuld. Deshalb gibt Daria ihm alles, was er braucht, damit er stark sein kann, damit er ein ehrlicher und gottesfürchtiger Mann, ein kluger und gerechter Kommandant sein kann, damit er seine Männer führen und sein Volk beschützen kann, damit er ein gütiger Vater für ihre Kinder werden kann. Daria gibt ihm, was er braucht, damit sie seinen Schutz nicht verliert.

Samir ist ein schöner Name, sagt Daria, krümmt sich, richtet sich auf. Ihr Rücken wird zur Wüste, ihre Muskeln werden zu Hügeln aus Sand, die sich vom Wind hierhin und dorthin tragen lassen.

Der Kommandant hört jedes Wort seiner Daria. Die Gesprochenen und die Nichtgesprochenen.

Daria hockt auf dem Boden, sieht nichts, nur das Feuer im Brotofen und den Topf darauf, in dem das Wasser kocht. Es spricht zu ihr, brodelt und schimpft. Daria antwortet. Die Blasen sind frech und mutig, springen aus dem Topf. Manche fängt Daria in der Luft. Manche springen ins Feuer. Dumme Blasen, sagt Daria halb zu sich selber, halb zum Wasser im Topf. Dumme Blasen, die ins Feuer springen, nur um dort zu sterben. Mit einem Zisch. Dumm wie die Männer, wie die Krieger, dumm wie mein eigener Mann, der Kommandant, der in den Krieg zieht, nur um zu töten und, der Tag wird kommen, um selber getötet zu werden.

Am Anfang hat der Kommandant gedacht, seine Daria betrügt ihn. Nach Tagen im Krieg ist er zurück in seine Hochebene gekommen, hat in seinem Zelt Stimmen gehört, hat gedacht, seine Frau hat hinter seinem Rücken Leute in sein Zelt gelassen. Er ist vom Pferd gesprungen, hat sich angeschlichen, hat seinen Dolch gezogen, ist ins Zelt und hat sich gewundert, dass seine Frau allein ist. Ich wusste nicht, dass du die Sprache des Wassers sprichst, hat er gesagt, sich neben seine Daria gehockt und abwechselnd das Wasser und seine Frau angesehen.

So viel er auch hinhört und es versucht, bis heute kann der Kommandant die Worte, die seine Daria brabbelt, nicht verstehen. Am Anfang wollte er sie zu ihrem Vater zurückbringen, denn er hat gedacht, sie hat keinen Verstand. Schließlich spricht kein Mensch, der Verstand hat, mit dem Wasser. Dann hat er gedacht, besser sie spricht mit dem Wasser als mit fremden Männern.

Vorsichtig, ganz vorsichtig, wie damals, als er ein kleiner Junge gewesen ist und zum ersten Mal seine Hand in Richtung der heißen Flammen im Feuer ausgestreckt hat, als wenn seine Hand eine Schlange ist, die sich anschleicht, streckt der Kommandant seine Finger aus. Er will den Rücken seiner Daria berühren, da erhebt Daria wieder ihre Stimme, spricht mit dem

Wasser und den Blasen. Wie die Schlange, die zurückschreckt, zieht der Kommandant seine Hand zurück. Daria jammert und stöhnt, beißt die Zähne zusammen, dass der Kommandant sie knirschen und knacken hört. Daria krümmt sich, hält ihren dicken Bauch, greift zwischen ihre Beine, fühlt den Kopf ihres Sohnes, rutscht ab.

Der Kommandant greift neben sich, findet das frische, warme Brot, reißt ein Stück ab, schiebt es sich in den Mund, kaut darauf herum. Nicht weil er hungrig ist. Mehr um die Unruhe aus seinem Kopf zu verscheuchen. Bevor sie sich hingehockt hat, seinen Sohn aus ihrem Körper zu ziehen, hat seine fleißige Wasserfrau das Brot aus dem Ofenloch im Zeltboden gezogen. Damit es nicht verbrennt. Mehl ist teuer, hat sie gesagt, hat sich hingehockt und gesagt, mein Sohn will nicht mehr in meinem Bauch sein, er will aus meinem Körper heraus.

Daria kratzt den Boden unter sich auf, schiebt die Erde beiseite, gräbt eine kleine Mulde, damit sie unter sich genügend Platz hat.

Du bist wie meine Mutter, sagt der Kommandant, kaut weiter auf seinem Brot herum.

Ich bin wie die Kommandantenmutter, sagt Daria.

Es vergeht kein Tag, an dem du nicht irgendetwas irgendwo herausziehst, sagt der Kommandant. Frauen ziehen immer alles Mögliche irgendwo heraus. Heute hast du zuerst die Fische aus dem Wasser gezogen, dann den Stachel aus meiner Hand, dann das Brot aus dem Ofen, und gleich wirst du meinen Sohn aus deinem Körper ziehen. Der Kommandant sieht den Rücken seiner Frau und sagt etwas, was er noch nie zu ihr gesagt hat. Das Einzige, was du niemals wirst herausziehen können, ist die Sehnsucht, die ich für dich in mir trage.

Daria wischt den Schweiß von ihrer Stirn, sagt, meine Mutter hat gesagt, Männer achten ihre Frau nur so lange, wie sie Söhne für ihn aus ihrem Körper zieht.

Das stimmt, sagt der Kommandant, aber es stimmt auch, dass ich dich gewollt habe, noch bevor ich zu dir geritten bin und dich bei deinem Vater abgeholt habe. Noch bevor irgendjemand mir von dir erzählt hat, bevor ich mein Gesicht in deine schwarzen Haare vergraben, deinen Duft gekannt habe. Der Kommandant streicht mit dem Finger über die Erhebungen ihres Rückens, sagt, meine Sehnsucht nach dir hat angefangen, in mir zu leben und zu wachsen, als ich das erste Mal deinen Namen gehört habe. Daria, das Meer, der Fluss.

Es war an dem Tag, als sein Vater ihm die Führung über zwölf seiner Männer übergeben hat. Vom heutigen Tag an bist du ein Kommandant, hat der Vater gesagt, hat seinen Sohn in die Arme geschlossen und ihn in die Schlacht geschickt. Den ganzen Tag hat der junge Kommandant zusammen mit seinen Männern den Feind gejagt. Mal haben die einen, mal die anderen geschossen. Mal waren die einen, mal die anderen überlegen. Sie haben Angst gehabt, haben gezweifelt, den Mut verloren, getötet. Noch bevor die Sonne hinter dem Berg verschwunden ist, hat der junge Kommandant über den Feind gesiegt. Er ist mit seinen Männern zurück zu ihren Zelten im Hochland, die Männer haben dem Kommandantenvater von dem Mut seines Sohnes berichtet. Von seiner Tapferkeit, davon, wie er sich allein hinter die Stellungen des Feindes geschlichen und zwei von ihnen eigenhändig getötet hat. Er hat ihnen sein *patu* über den Kopf geworfen, hat seinen Dolch gezogen, hat ihre Kehle aufgeschlitzt, mit einem schnellen Schnitt.

Vom heutigen Tag an bist du ein richtiger Kommandant, hat der Vater gesagt, hat seinen Sohn in den Arm geschlossen und ihn losgeschickt, das ihm versprochene Mädchen abzuholen. Ein Mann ist erst ein richtiger Mann, wenn er eine Frau hat. Eine Frau, die ihm zuerst einen und dann noch viele Söhne schenken wird. Der Kommandantenvater hat seinem Sohn ein Bündel Geldscheine gegeben, glänzende und glitzernde Stoffe, ein Pferd, ein Gewehr und so viele andere Geschenke für die Braut und ihren Vater, dass die Leute hinter vorgehaltener Hand geflüstert haben, ist sie das wert?

Reite los, und hole das Mädchen, hat der Kommandantenvater gesagt. Ihr Name ist Daria.

Daria. Der Körper des Jungen zuckt, als wenn ein Schuss ihn trifft.

Vier Tage und vier Nächte dauert der Ritt von seinem Hochland in das, in dem die Braut lebt. Der junge Kommandant, seine Männer, sein Vater legen ihre schönsten Kleider an und hocken mit ihren Waffen zusammen mit dem Vater von Daria, seinen Männern und ihren Waffen auf der Wiese abseits vom Zelt, in dem Daria wartet. Die Männer sprechen über den Krieg, den Feind, die Freunde, die Verbündeten, über die Nachbarn, über dieses und jenes, nur nicht über Daria, ihren Preis und die bevorstehende Hochzeit. Die Frauen der Familie hocken im Zelt, begutachten das Mädchen.

Die Stunden kommen und gehen. Die Männer reden und reden. Die Frauen reden und reden, kommen heraus, sagen, Daria ist schön. Schöner als jedes andere menschliche Wesen. Sie ist wie eine Blume. Frisch wie der erste Schnee auf den Gipfeln der Berge im Hindukusch. Sie ist ein Engel. Ihr Name lügt nicht, sie ist wie der sprudelnde Anfang des Baches, der oben zwischen den Felsen der Berge entspringt. Die Frauen sagen, sie wird unserem jungen Kommandanten gesunde Söhne gebären. Dem jungen Kommandanten läuft das Wasser im Mund zusammen. Sein Herz wird zu hundert Herzen. Hundert Herzen, die seine Brust sprengen wollen.

Für den Vater des jungen Kommandanten ist es längst beschlossene Sache. Daria ist das richtige Mädchen für seinen Sohn. Der junge Kommandant will nicht länger warten, er will seine Braut sehen, sie berühren, sie besitzen, das Mädchen zur Frau machen.

Es ist nicht gut, sagt der Kommandantenvater, wenn man gleich nach dem ersten Besuch und den ersten Gesprächen um die Hand der Braut anhält. Es ist nicht klug, bei derartigen Geschäften Eile zu zeigen. Das treibt den Preis der Braut in die Höhe. Die Familie der Braut soll nicht denken, der Vater des Bräutigams hat es eilig, seinen Sohn zu verheiraten. Die Familie der Braut könnte denken, der Bräutigam hat nur dieses eine Mädchen zur Wahl.

Ich habe keine andere Wahl, sagt der junge Kommandant.

Die Familie des Mädchens könnte denken, mit dir stimmt etwas nicht. Sie könnten denken, dir fehlt etwas.

Mir fehlt nichts, sagt der junge Kommandant.

Seine Männer lachen, halten sich die Bäuche, schlagen sich auf die Schenkel.

Wieder sagt der junge Kommandant, mir fehlt nichts.

Noch hast du keine Nacht mit einer Frau verbracht. Es wird sich zeigen, ob dir etwas fehlt, sagen die Männer und lachen immer mehr.

Der Kommandantenvater lacht nicht.

Die Männer schweigen.

Am Abend gehen die Frauen der Familie und die Mutter des jungen Kommandanten zurück ins Zelt zur schönen Daria und ihrer Mutter. Der Kommandantenvater, sein Sohn und seine Männer gehen zum Vater von Daria, bitten ihn, seine Tochter dem jungen Kommandanten zu geben. Die Männer reden, handeln den Preis für die Braut aus, stellen Fragen, geben Antworten, sagen Aber, sagen Nein, sagen Ja. Der junge Kommandant hockt und wartet, wartet und hockt. Er will seine Daria. Jetzt. Der arme, junge Kommandant ist krank, ist fiebrig. Blut rast in seinen Kopf. Alle Geschichten, die er in sich trägt, verlieren ihren Anfang, verlieren ihr Ende. Seine Männer hocken da, sehen ihren jungen Kommandanten, stoßen sich gegenseitig an, lachen. Einer der Männer beugt sich zu ihm herüber, spricht leise hinter vorgehaltener Hand, damit nur sein neuer Anführer es hören kann. Gleich ist es so weit. Nicht mehr lang und du wirst vor deiner schönen Braut stehen.

Kleine Wasserperlen kommen auf die Stirn des jungen Kommandanten, rennen seinen Rücken herunter. Der junge Kommandant will seine Meerfrau, will sie anfassen. Seine Daria, die wie das kühle Wasser ist, wie das leise Plätschern der Bäche, die oben in den Bergen aus dem Felsen entspringen und unten in den Tälern zu wilden Flüssen werden. Flüsse, die alles und jeden mit sich reißen. Seine Daria, der Fluss, in den er eintauchen, untertauchen, verschwinden wird.

Junge, sagt sein Vater. Was ist mit dir? Beweg dich. Deine Braut wartet.

Die Frauen schlagen ihre Trommeln, klatschen in die Hände, trällern mit der Zunge, singen. Die Männer erheben sich, stützen ihren neuen Anführer, führen ihn zum Zelt seiner Braut, schieben ihn hinein, warten draußen.

Der junge Kommandant hockt neben seiner Daria. Das Tuch auf ihrem Kopf rutscht, gibt den Blick frei auf ihr Gesicht. Der Kommandant tut Verbotenes, sieht in ihre Augen. Der Mullah hockt vor Daria und dem jungen Kommandanten, spricht Verse des Koran, singt, wiegt seinen Körper vor und zurück, stellt tausendundeine Fragen, tut dieses, tut jenes. Der arme junge Kommandant sieht und hört nichts von dem ganzen Mullahgerede, Mullahtun und Nichttun. Alles, was der arme junge Kommandant weiß, ist, gleich wird er das Wesen unter dem Tuch besitzen.

Als er endlich allein ist mit seiner Daria, das Tuch von ihrem Kopf nimmt, in ihre Augen blickt, endlich ihr Lächeln sieht, mit ihr spricht, als alles dieses und alles andere endlich erlaubt ist, sagt der Kommandant etwas, was er nie vorgehabt hat zu sagen. Er sagt, ich habe Angst vor dir. Ich habe Angst zu ertrinken. Ich werde in dir ertrinken, tot sein, und du wirst allein sein.

Daria lacht, hebt den Blick, sieht ihrem Kommandanten geradewegs in die Augen, sagt, wenn du stirbst, weil du in mir ertrunken bist, werde ich nicht allein sein.

Der Kommandant schweigt.

Die Worte von Daria klingen wie das Gurgeln des Baches. Wenn du in mir ertrinkst, werde ich nicht allein sein, denn dann werden du und ich eins sein.

Der Kommandant berührt die Hand seiner Daria, als wenn seine Finger die Füße eines Schmetterlings sind. Ein Schmetterling, der sich auf die Hand von Daria setzt, mit den Flügeln schlägt und gleich wieder davonfliegt.

Der Sommer kommt und geht. Der Winter kommt und geht.

Der Kommandant hat die Wahrheit gesprochen. Er versinkt, ertrinkt in seiner Daria. Mal versinkt er für immer. Mal taucht er wieder auf.

Der Kommandant tut Verbotenes, bleibt im Zelt, wartet, dass seine Daria seinen Sohn aus ihrem Körper zieht. Wüssten die Leute davon, sie würden ihn und sie dafür verachten. Die Leute würden hinter ihrem Rücken reden, Daria eine schlechte Frau nennen, weil sie ihren Mann nicht hinausgeschickt hat. Daria weiß, dass sie Schuld auf sich lädt.

Der Körper des Kommandanten bebt, sein Kopf ist schwer, sein Herz rast, seine Haut ist heiß. Bilder und Geschichten rennen in seinem Kopf hin und her, spielen mit seiner Vernunft, wollen ihm den Verstand rauben. Er will aufhören, das Brot zu kauen, will zu seiner Daria kriechen, sie von hinten umarmen, ganz fest an sich ziehen, sie an seine Brust pressen, ihren Rücken spüren.

Wann kommt er endlich?, fragt er.

Daria will antworten, will ihrem Mann sagen, er soll ohne Sorge sein, will ihm sagen, dass er ein Mann ist, dass er stark sein muss. Sie will sagen, Gott ist groß, er wird es richten. Die

Worte sind bereit in ihrem Kopf, sie schließt die Augen, damit sie die Worte nicht verliert. Daria verliert die Worte. Himmel und Erde vertauschen ihren Platz. Endlich spürt Daria unter ihren Fingern das kleine, feuchte Gesicht ihres Sohnes, den sie den halben Sommer, den gesamten Winter und den Anfang des Frühlings in ihrem Bauch getragen hat. Langsam, als wenn sie aus tiefem Schlaf erwacht, kommt Leben in den Körper der jungen Frau.

Und was wirst du tun, wenn es kein Sohn wird?

Der Kommandant richtet sich auf, sagt, alle ersten Kinder in meiner Familie sind Söhne. Nur wenn es ein Sohn ist, hat er das Recht zu leben.

Daria stöhnt. Gib mir ein Stück Holz.

Der Kommandant springt auf. Ein Stück Holz? Wofür?

In Gottes Namen. Frag nicht, sagt Daria. Ich brauche es, um darauf zu beißen.

Der Kommandant trifft aus größter Entfernung den Feind zwischen die Augen, doch jetzt findet er nicht einen einzigen klaren Gedanken. Alles, was sie will, ist ein Stück Holz, der Kommandant aber wankt, rennt im Zelt herum, haut sich selber auf den Kopf, hofft, seine Daria sieht seine Ohnmacht nicht.

Daria sieht alles. Seine Ohnmacht. Seine Hilflosigkeit. Seine Schwäche. Komm her, sagt sie, zieht ihren Kommandanten zu sich auf den Boden, schiebt ihn hinter sich, nimmt seine Hand, legt sie auf ihren dicken Bauch, sagt, drück. Der Atem von Daria wird ruhig, ihr Körper entspannt sich. Der Kommandant küsst die Schweißperlen von dem Nacken seiner Daria, leckt seine Lippen. Einmal noch krümmt sie sich, greift unter ihren Bauch, atmet heftig, stößt einen letzten befreienden, erstickten Schrei aus, zieht das Kind aus ihrem Körper, hält das zerknitterte, mit Schleim und Blut bedeckte Wesen in ihren Händen. Das Kind zieht die Beine an seinen Bauch aus Pergamenthaut, rudert mit den Armen, nimmt die winzigen Hände in den Mund, zittert. Daria greift die Sichel, taucht sie in das kochende Wasser. Mit einem leisen *be-isme-Allah* auf den Lippen trennt sie die Lebensschnur durch, knotet den Faden darum, den sie aus dem bunten Stoff ihres Kleides gezogen hat. Daria wischt das Blut von der Haut des Frischgeborenen, wickelt es in das weiße Brottuch. Hast du gesehen?, fragt sie. Es ist nur ein Mädchen.

Der Kommandant schweigt.

Sein Sohn ist ein Mädchen.

Eine Entscheidung

Mit einem leisen Klatsch fällt die Nachgeburt aus dem Körper von Daria. Der Kommandant erhebt sich, zieht seine bunt bestickten Stiefel an, schultert sein Gewehr und verlässt das Zelt. Draußen sieht er in den Himmel, wischt Tränen aus seinen Augen, dankt Gott, dass seine Daria sie nicht gesehen hat.

Am Himmel schweben zwei große Vögel. Der Kommandant macht die Augen zu Schlitze, nimmt sein Gewehr von der Schulter, spannt es, legt es an, zielt. Drinnen im Zelt hört Daria das trockene Klacken des Gewehres. Leise, so leise, dass nur das Wasser und ihr Neugeborenes es hören können, sagt sie, er wollte einen Sohn, jetzt hat er Tränen in den Augen. Hab keine Sorge, sagt Daria, mehr zu sich selber als zu ihrer Tochter. Er wird nicht schießen.

Der Kommandant verfolgt die Vögel durch das Visier seines Gewehres, bis er sie nicht mehr sehen kann, bis sie hinter dem Gipfel des Berges verschwunden sind. Später wird er sagen, die Vögel haben ihr Leben deiner Geburt zu verdanken. Was er seinem Kind nicht sagen wird, ist, ich hätte keine Tränen gehabt, wärst du ein Junge geworden.

Der Kommandant schwingt sich auf den Rücken seines Hengstes, galoppiert los. In Richtung der Berge. Seiner Berge. Da, wo er dem Himmel und seinem Gott am nächsten ist. Er treibt seinen Hengst an, dass er laut schnauft, seine lange Mähne im Wind weht wie eine Fahne, seine Hufe polternd aufstampft, als wollte er sie in die Erde rammen, dass keines seiner vier Beine die Erde berührt. Die Zelte der anderen Nomaden, ihre Tiere, die Nomadenkinder, Sträucher, Felsen, der Bach, alles verschwimmt. Die Welt ist ein buntes Gemisch aus Farben und dem Poltern der Hufe, dem Schnaufen des Hengstes, dem Atem des Kommandanten. Er fliegt vorbei an den Rufen der Männer und Jungen. *Salam. Komandan. Zende bashi. Koja miri?* Sei gegrüßt. Kommandant. Mögest du leben. Wohin gehst du?

Der Kommandant antwortet nicht, will nicht, dass die Leute seine Tränen sehen. Er beugt sich tief über den Hals seines Hengstes, krallt sich in seine Mähne. Der Kommandant und sein Hengst kleben aneinander, sind eins. Halb Tier. Halb Mensch.

Der Kommandant galoppiert, bis er am anderen Ende der Ebene zum Fuß des höchsten Berges kommt. Da, wo das Hochland seinen Anfang hat und sein Ende.

Die Leute unten im Dorf, im Tal, jene, die von Gott und der Welt mehr verstehen als die Leute hier oben in den Bergen, sagen, die Berge, die das Hochland umgeben und schützen, sind siebentausend Meter hoch. Sie sagen, die Ebene ist viertausend Meter hoch. Der Kommandant weiß weder wie viel siebentausend noch wie viel viertausend Meter sind, er weiß nur, diese Berge sind die höchsten, die er je bestiegen, die schönsten, die er je gesehen hat. Die Leute aus dem Tal und dem Süden des Landes nennen den Kommandanten und seine Leute Bergvolk. Dummes Bergvolk. Der Kommandant weiß, er versteht nicht viel von der Welt, hat nicht viel von ihr gesehen. Er weiß aber, dieses Stück Erde, seine Heimat, ist von Gott geschaffen. Die Leute sagen, der Kommandant und seine Sippe sind gefährlich, sie gehören zum Volk der Hazara. Sie sind ohne Wissen, sind Wilde, kennen weder Gesetz noch Vernunft, noch Freund, noch Feind.

Wir können kämpfen, sagt der Kommandant. Kämpfen können ist auch Vernunft. Wären wir dumm, wäre der Feind längst zu uns ins Hochland gekommen, hätte uns überfallen, ausgeraubt, unser Hab und Gut, unsere Zelte und unsere Tiere geraubt, unsere Frauen und Töchter verschleppt, vergewaltigt und die Ehre unserer Männer genommen. Unser Wissen ist genug für uns, sagt der Kommandant. Es ist das Wissen, was mich zum Herrscher über das Hochland macht.

Alles, was der Kommandant weiß, was vor ihm sein Vater und seine Vaterväter gewusst haben, ist Wissen, was nur dem ersten Kind, der ein Sohn sein muss, weitergegeben werden darf. Es ist das Wissen, was eingeschlossen ist in dem Felsen des Kommandanten und seiner Vorfahren.

Am Fuß des höchsten Berges steht die flache Felsplatte auf einem Steinsockel. Der Felsen, auf dem der Kommandant hockt, liegt, in der Sonne döst, nachts schläft, wenn er in den Bergen unterwegs ist. Es ist sein Felsen. Der, den kein anderer jemals betreten darf.

Das ist der Felsen Gottes, hat sein Vater gesagt, als der Kommandant noch ein kleiner Junge gewesen ist. Es ist ein heiliger Felsen, es ist das Geschenk des gütigen Herrn für Männer wie dich und mich. Männer, die als erstes Kind, als erster Sohn geboren sind. Erstgeborene Söhne von erstgeborenen Söhnen. Söhne wie du und ich, wie mein Vater und unsere Vaterväter. Der Kommandantenvater hat leise gesprochen. Weil es wichtig ist, was er zu sagen hat. Wir alle haben unsere Kraft, unsere Macht, unser Wissen von diesem Felsen bekommen. Nur ihm haben wir zu verdanken, dass du und ich und alle unsere Vaterväter Herrscher über unsere Ebene sind. Nur ihm haben wir zu verdanken, dass wir unbesiegbar sind. Seit der Herrgott mir das Leben geschenkt hat, hat mein Vater mich hierher mitgenommen. Seit mein Vater im Krieg gefallen und Märtyrer, *shahid,* geworden ist, seit er mich allein in dieser grausamen nichtgrausamen Welt zurückgelassen hat, gehört dieser Platz mir. Und jetzt, mein Sohn, jetzt soll dieser Felsen dir gehören. Und auch du wirst dein erstes Kind, einen Sohn, den Gott dir schenken wird, hierherbringen und ihn in die Wahrheiten der Welt und des Lebens einweisen. Auch du und dein Sohn werdet unserem Namen Ehre erweisen und über das Hochland und die Menschen, die darin leben, herrschen. Der Felsen ist das Tor zu dieser und allen anderen Welten. Denen, die es gibt, und denen, die es nicht gibt. Alles, was dein Auge sehen muss und sehen will, kannst du von hier oben sehen.

Das stimmt nicht, hat der kleine Junge seinem Vater widersprochen. Das stimmt nicht, ich kann weder die Menschen in ihren Zelten sehen noch die im Tal und dem Rest der Welt. Hab Geduld, hat der Kommandantenvater geantwortet. Du wirst sehen. Schließe die Augen und vertraue auf den Felsen und seine göttliche Kraft. Er wird dich sehen lassen, was immer du zu sehen wünschst, und auch das, was du nicht sehen willst, wirst du sehen. Der Vater hat vor seinem Sohn gekniet, ihn an den Armen gepackt, ihm in die Augen gesehen und gesagt, du siehst es bereits, du weißt es nur nicht.

Viele Jahre sind gekommen und gegangen. Der Kommandant hat auf seinem Felsen gehockt, die Augen geschlossen, hat gewartet, doch alles, was er gesehen hat, waren die nackten Steine und Felsen um ihn herum, der blaue Himmel über ihm, die Vögel darin und die vielen Berge und Täler.

Manche sagen, seit der Kommandant auf seinen Felsen geht, ist er ein Geweihter geworden. Sie sagen, der Kommandant trägt die Kraft des heiligen Felsen in sich. Er hat viele Männer getötet und sie von ihrem schlechten Dasein befreit, viele seiner Krieger haben den Heldentod gefunden und sind *shahid* geworden. Die Geister all dieser Toten kommen zu ihm auf seinen Felsen, sprechen zu ihm und erzählen ihm alles, was sie wissen und sehen, das ist der Grund für all die Kraft und Macht des Kommandanten.

Daria sagt, der Kommandant ist weder ein Geweihter, noch sprechen die Toten zu ihm.

Dem Kommandanten selber ist sowohl das eine wie auch das andere Gerede Recht. Er sagt, je mehr über einen Mann gesprochen wird, desto wichtiger ist dieser Mann.

Die Leute reden über den Mut und die Tapferkeit ihres jungen Kommandanten. Sie reden darüber, wie er, genauso wie sein Vater und seine Vaterväter, sie selber und ihre Familien beschützt. Er hält den Krieg von seinem Volk fern. Die Zahl der Russen, Taleban und anderen Feinde der Heimat, die er getötet hat, kennt niemand, aber alle wissen, es sind viele gewesen. Sehr viele. Frauen wie Männer hocken um die Feuer in ihren Zelten und erzählen, nur dem Kommandanten ist zu verdanken, dass wir keinen Hunger leiden müssen, dass wir ein Leben in Ruhe und Frieden leben, selbst dann, wenn überall anders in unserer Heimat der Krieg tobt.

Der Kommandant steht da, blickt in die Ferne, weiß, alles ist, wie es immer ist. Alles ist anders, als es immer ist. Auch jetzt werden die Leute über ihn reden. Sie werden sagen, das erste Kind des Kommandanten ist kein Sohn. Sie werden sagen, sein Sohn ist ein Mädchen geworden. Sie werden sagen, der Kommandant ist kein Mann. Kein richtiger Mann.

Der Kommandant hat seinen Vater nicht gefragt, was geschehen wird, wenn ein anderer als er selber und sein Sohn den Felsen betreten. Er weiß es. Ein Unglück wird geschehen. Ein großes Unglück. Der Kommandant hat das Gesetz des Felsen niemals gebrochen, das große Unglück ist dennoch geschehen. Das erste Kind, das seine Frau für ihn aus ihrem Körper gezogen hat, ist ein Mädchen geworden.

Auch seine Daria weiß, es wäre ihre Pflicht gewesen, für ihren Kommandanten als erstes Kind einen Sohn aus ihrem

Körper zu ziehen. Sie hockt vor ihrem Feuer, sieht den Blasen zu, wie sie aus dem Topf springen und in den Flammen landen. Jetzt wird er mich verachten, sagt Daria zu dem brodelnden Wasser. Ich habe meinen Wert verloren.

Hätte sie einen Sohn aus ihrem Körper gezogen, wäre der Kommandant stolz auf sie und seinen Sohn gewesen. Alle hätten es sehen können, der Kommandant ist ein richtiger Mann, denn sein erstes Kind ist ein Sohn geworden. Der Kommandant wäre nicht zu seinem Felsen geritten, wäre im Zelt bei seinem Sohn und seiner Frau geblieben, er hätte ihr gedankt, hätte sie geehrt und geachtet, er hätte ihr Geschenke gemacht, ein Lamm geschlachtet und ein Fest gegeben, um die Geburt seines ersten Sohnes zu feiern.

Was er stattdessen tun wird, weiß Daria nicht. Sie kennt Männer, die ihre Tochter verleugnet oder sogar getötet haben, die eine zweite Frau genommen und geschwängert haben, in der Hoffnung, die neue Frau zieht einen Sohn aus ihrem Körper. In der Hoffnung, die Leute reden nicht hinter seinem Rücken und sagen, der und der ist nicht Manns genug, einen Sohn zu zeugen. Ein Mann ist erst ein richtiger Mann, wenn er einen Sohn gezeugt hat. Daria kennt Frauen, die deswegen von ihren Männer geschlagen und verstoßen worden sind. Sie kennt Frauen, die keine Zähne im Mund haben. Ihre Männer haben sie ihnen ausgeschlagen, weil sie statt Söhnen nur Mädchen aus ihren Körpern gezogen haben. Daria hat die älteren Frauen gefragt, aus welchem Grund die Männer ihren Frauen die Zähne ausschlagen. Weil eine Frau, die ihrem Mann keinen Sohn gebärt, haben die älteren Frauen gesagt, keine Frau ist. Weil ihr Mann sie als Frau nicht mehr gebrauchen kann. Daria hat nicht verstanden. Eine Frau, die als Frau nicht zu gebrauchen ist, kann ebenso gut ihren Mund benutzen, um die Lust ihres Mannes zu befriedigen, haben die Frauen gesagt, sich umgesehen,

25

haben leise gesprochen. Die Zähne der Frau stören, wenn der Mann seine Lust in ihrem Mund befriedigt.

Daria schluckt Tränen herunter, fängt eine Blase auf, die aus dem Topf springt, rettet sie davor, im Feuer zu landen und den Tod zu finden. Gott, gütiger, sagt Daria, steh mir und meiner Tochter bei.

Daria sieht an die schwere, dunkle Decke ihres Filzzeltes, sieht die frisch geborenen Lämmer, die dicht an dicht auf dem Boden kauern, sieht die Erde neben der ausgehobenen Mulde, sieht die Nachgeburt, die sie längst hätte hinaustragen sollen, sieht die Fliegen, die sich darauf versammelt haben, sich davon ernähren. Daria sieht die Sichel, mit der sie die Nabelschnur durchtrennt hat, hebt sie auf, hängt sie über den mittleren Holzpfosten, der das Filzdach stützt. Daria beugt sich über ihre Tochter in der kleinen Hängematte, sieht sie an, sagt, statt ein Mädchen zu werden wärst du besser als Tote aus meinem Körper gekommen.

Das Mädchen legt die Stirn in Falten und sieht aus, als wenn es darüber nachdenkt, was die großen Worte der Frau, die über ihr gebeugt ist, zu bedeuten haben. Als wenn sie weiß, die Worte der Mutter bedeuten nichts Gutes.

Ohne zu lächeln, ohne irgendeine Regung, ohne Liebe streicht Daria den Kopf ihrer Tochter, sieht sie an, sagt, und jetzt, da du ein Mädchen geworden bist, weiß nur Gott, was dein Vater mit dir und mir machen wird.

Daria nimmt ihr Kind auf den Arm, nimmt die Sichel vom Pfosten, sieht ihre Tochter an, schweigt. Die Tochter schließt die Augen, öffnet sie wieder, streckt den Arm aus, berührt mit ihren Fingern das Gesicht der Mutter. Es ist eine kleine Berührung, wie wenn ein Schmetterling sich auf das Gesicht von Daria setzt, mit den Flügeln schlägt, gleich wieder davonfliegt. Es ist eine kleine, große Berührung, die der Angst von Daria, dem Zweifeln, jeden Gedanken und alles und jedem die Bedeutung nimmt. Eine Berührung, die das Herz von Daria zu

Papier macht und es zerreißt. Mit einem Ratsch. Einem leisen Ratsch, damit es ihr Kind nicht erschreckt.

Daria sieht die Sichel in ihrer Hand, weiß nicht, aus welchem Grund sie sie hält, wirft sie. Mit einem leisen Klatsch landet sie auf der Nachgeburt im Loch, dass die Fliegen sich erschrecken und auffliegen.

Eine sanfte, leichte Brise schwebt durchs Zelt, schenkt Daria Flügel. Sie lässt ihren Körper zurück, steigt empor, taucht ein, in den ersten der sieben Seen, hinten in den Bergen, steigt hoch hinauf, dorthin, wo nur die größten und stärksten aller Vögel fliegen. Weder Gestern noch Morgen ist wichtig. Das Leben ist richtig, so wie es ist.

Jetzt, wo ich dich habe, sagt Daria, was kümmern mich die Leute und ihr Gerede? Was kümmert mich der Felsen? Soll er doch zu seinem Felsen gehen, so oft er will. Sei ohne Sorge, sagt Daria sanft, mit einer Stimme, die weich ist. Mit einer Stimme, die nur ihre Tochter kennt. Daria legt ihre Worte und Gedanken auf die Flügel, die der Wind ihr gebracht hat, schickt sie hinauf zum Berg, zum Felsen, zu ihrem Kommandanten.

Der Kommandant weiß, bis zum heutigen Tag hat das erste Kind, das immer ein Sohn gewesen ist, den Platz der Väter eingenommen. Bis heute. Wer aber wird nach ihm, an dem Tag, an dem er selber nicht mehr hierherkommen wird, zum Felsen kommen? Seine Tochter? Ein Mädchen? Eine Frau?

Er bedeckt sein Gesicht mit den Händen. Ich sollte dich sprengen, sagt der Kommandant zu seinem Felsen, weil kein anderer da ist, dem er es sagen kann. Der Kommandant zuckt die Schultern, meine Daria spricht zum Wasser, ich spreche zum Felsen, sagt er, schmiegt sein Gesicht an den Stein, döst vor sich hin, träumt. Zuerst von seiner Daria. Dann von anderen Frauen. Frauen, die keinem anderen Mann gehören. Frauen, die er nicht kennt. Frauen, die es nicht gibt. Nicht in der wirklichen Welt, nur in dem Kopf des Kommandanten.

Angst rast durch seinen Körper, dass er die Augen aufreißt. Angst, die seinen Kopf zum Drehen bringt, sich bewegt wie eine Schlange. Geschickt und schnell bewegt sie ihren langen, glatten Körper lautlos zwischen dem Sand der Wüste, den Steinen und Felsen. Die Angstschlange kriecht in sein Blut, bewegt sich durch seine Adern und Muskeln.

Am Ende sind genau diese Träume der Grund dafür, warum der gütige Herrgott mir keinen Sohn, sondern nur eine Tochter geschenkt hat, sagt der Kommandant. Denn es ist eine Sünde, an fremde Frauen zu denken. Dann ist es meine Schuld, dass mein Erstgeborener ein Mädchen geworden ist.

Der Kommandant hat gewusst, der Tag wird kommen, an dem der Herrgott ihn für seine Frauenbilder bestrafen wird. Er hat sich vor diesem Tag gefürchtet, hat versucht, die Angst zu vergessen. Hat sie vergessen. Weil Winter und Sommer gekommen und gegangen sind, Gott aber seine Strafe nicht geschickt hat, hat der Kommandant darauf vertraut, dass ihm verziehen ist. Denn schließlich hat er so viel Gutes getan. Er hat nicht geruht, hat für den Propheten, den Koran, den wahren Islam gekämpft. Er hat seine Heimat befreit, hat seinem Feind die Kehle aufgeschlitzt.

Der Kommandant denkt und denkt, grübelt und fragt. Doch eine Antwort bekommt er nicht. Er packt sein Gewehr, springt vom Felsen, schwingt sich auf den Rücken seines Pferdes, galoppiert los, stößt seinem Hengst die Fersen in den Bauch, treibt ihn an, dass er weißen Schaum vor den Mund bekommt, sein Fell warm und feucht wird.

Noch lange bevor Daria die Hufe des Hengstes hört, flüstert sie in das winzige Ohr ihrer Tochter, dein Vater kommt. Er wird dir nichts antun und dich nicht verstoßen, er weiß es nur noch nicht.

Der Kommandant kommt in sein Zelt. Gib mir mein Kind, sagt er. Er bittet seine Daria nicht. Es ist ein Befehl.

Was willst du von ihr?, fragt Daria.

Es ist mein Kind, ich kann mit ihm machen, was ich will, sagt er.

Das kannst du, sagt Daria, reicht die Tochter dem Kommandanten.

Gerade nimmt der Kommandant sein Kind in seine großen Hände, gerade will er mit ihm das Zelt verlassen, gerade weiß er nicht, aus welchem Grund er es genommen hat, was er mit ihm machen will, da leuchten die dunklen Augen der Kleinen wie der Felsen des Kommandanten. Sie gähnt, streckt ihre winzige Hand aus, die Haut ihrer Finger ist so durchsichtig, dass der Kommandant ihre zerbrechlichen Knochen sieht. Das Mädchen umfasst den Daumen ihres Vaters. Mehr macht sie nicht. Sie hält den Daumen, ihre Augen fallen zu, sie atmet ruhig, wird schwer, fällt in einen ruhigen und tiefen Schlaf.

Samira, sagt der Kommandant, leise, damit er sein Kind nicht weckt. So sollst du heißen. Samira.

Daria legt Holz in die noch warme Glut, facht das Feuer an, sagt, Samira, das bedeutet Herz, innerer Reichtum.

Samira bedeutet aber auch Geheimnis, sagt der Kommandant. Wir werden ihr den Namen Samira geben, werden sie Samir rufen, sagt er, senkt den Blick, sieht Daria nicht an, sagt, damit die Leute denken, du hast mir einen Sohn geschenkt.

Daria sieht ihren Kommandanten an, sagt, damit die Leute denken, ich habe dir einen Sohn geschenkt. Dann sagt Daria nichts mehr.

Den gesamten Rest der Nacht und den gesamten nächsten Tag lang spricht Daria nicht, der Kommandant gibt sein Kind nur aus der Hand, wenn es die Brust seiner Mutter will. Erst am Abend des langen Tages spricht Daria wieder. Mit einer Stimme, die ruhig und sanft ist. Sie sagt, Samir ist ein schöner Name. Dann lacht sie kurz auf. Es ist ein Lachen, was schnell wieder verloren geht. Daria sieht dem Kommandanten in die Augen und sagt, gib mir meinen Mädchensohn, ich vermisse ihn. Der Kommandant gehorcht, legt sein Kind in die Arme seiner Mutter, will das Zelt verlassen.

Geh nicht, sagt Daria, dich vermisse ich auch. Leg dich zu uns. Wir wollen schlafen.

Ein Amulett

Das ist er, sagen die Leute, wenn der Kommandant seinen Tochtersohn vor sich auf den Sattel setzt und an ihnen vorbeireitet. Das ist der Kommandant und sein Sohn Samir.

Vier Sommer und vier Winter sind seit der Geburt von Samira gekommen und gegangen. Es ist etwas geschehen, was der Kommandant nicht versteht. Etwas, was er nicht gewollt hat.

Er ist voll von Unglück, weil sein kleiner Samir, obwohl er kein richtiger Junge ist, das Herz seines Vaters erobert hat und inzwischen so wichtig und so sehr Teil seines Lebens geworden ist, dass der Kommandant sich nicht mehr vorstellen kann, ohne ihn zu leben.

Daria sagt, nimm eine neue Frau, die dir einen Sohn gebären kann.

Der Kommandant sagt, vielleicht werde ich das tun.

Daria weiß es, der Kommandant weiß es. Das Gesetz des Felsens und seiner Väterväter sagt, der Sohn muss das erste Kind seines Vaters sein. Das heiß, der Kommandant müsste einen Weg finden, seinen Samir los zu werden.

Wie soll ich das machen?, fragt der Kommandant.

Daria schweigt.

Lassen wir die Dinge, wie sie sind, sagt der Kommandant, und sehen, was wird.

So kommen die Sommer und Winter und gehen wieder, und Samira ist und bleibt das einzige Kind ihres Vaters.

Der Kommandant weiß, dass er seinen Samir biegen und

brechen kann, aber einen Jungen wird er nicht aus ihm machen. Keinen richtigen Jungen. Er weiß, dass er die Menschen betrügen und belügen kann, aber nicht seinen Herrgott und den Felsen, er weiß, dass sein Vater und alle seine Vaterväter als erstes Kind Söhne gehabt haben, dass sein erstes Kind nur das Recht gehabt hätte zu leben, wenn es ein Sohn geworden wäre. Alles das weiß der Kommandant, er weiß nur nicht, welchen Ausweg es für ihn gibt.

Sommer und Winter kommen und gehen, ohne dass der Kommandant eine Entscheidung trifft. Er lässt alles, wie es ist, und hofft, dass Gott ihm den richtigen Weg weisen wird.

In den Wintern, wenn die Kälte und der Schnee in die Berge des Hindukusch kommen, führt er seine Leute in den warmen Süden. Wenn der Schnee wieder geht, bringt er sie zurück ins Hochland. Wann immer er nicht in den Krieg muss, um seine Leute und seine Hochebene zu beschützen, wann immer er die Nacht nicht auf dem Felsen verbringt, um seine Kraft und Weisheit in sich aufzunehmen, wann immer er nicht unten im Dorf ist, um ein Schaf, Felle oder sonst was zu verkaufen oder gegen Salz und Mehl oder sonst was zu tauschen, verbringt der Kommandant seine Zeit mit Samir, reitet mit ihm über die Ebene, nimmt ihn mit in die Berge, zur Jagd, zum *boskashi*-Spiel.

Sieh mir zu, sagt er zu seinem Tochtersohn, sieh genau hin. Der Kommandant hockt im Bach, rührt sich nicht, starrt ins Wasser, wartet auf die Fische. Sobald einer nah genug ist, verpasst er ihm mit flacher Hand einen Schlag, gibt ihm eine Ohrfeige und schleudert den Fisch aus dem Wasser ans Ufer. Der Fisch liegt auf dem Boden, zappelt und tanzt. Der Kommandant packt ihn am Schwanz, haut ihn mit dem Kopf auf einen Stein und legt ihn neben die anderen in eine schöne Reihe.

Ich will, dass sie tanzen, ruft Samira, schreit und kreischt, wirft die Fische einen nach dem anderen wieder ins Wasser, brüllt, ihr sollt leben.

Der Kommandant packt seinen Samir, stellt ihn zurück ans Ufer, sagt, sieh mir zu.

Samira reißt sich los, tritt ihren Vater, schlägt ihn, spuckt ihn an.

Der Kommandant packt seinen Tochtersohn an den Schultern, sagt, wir brauchen die Fische, weil wir sie essen wollen. Menschen töten Tiere, um selber nicht zu sterben. Gott will es so.

Mir ist egal, was Gott will, brüllt Samira, bewirft ihren Vater mit Steinen, schlägt ihn mit dem Stock, wirft sich auf den Boden, reißt Gras aus, wirft es in die Luft und auf sich selber, krallt ihre Hände in den Sand, wirft ihn in die Luft und auf sich selber. Sie tobt und macht so viel Krach, dass die Leute ans Ufer kommen, um zu sehen, was das ganze Geschrei zu bedeuten hat.

Daria kommt, geht an ihrem tobenden Kind vorbei, ohne es anzusehen, geht an ihrem hilflosen Kommandanten vorbei, ohne ihn anzusehen, steigt in den Bach, sammelt die toten Fische, die auf der Wasseroberfläche schwimmen, in ihr Kleid, bringt sie ans Ufer, reiht sie auf. Schön ordentlich, einen neben den anderen, dann lächelt sie, sieht zuerst ihren Kommandanten an, dann ihre Tochter und sagt, das sind schöne Fische.

Aber sie tanzen nicht mehr, schreit Samira und fängt an zu weinen. Ein leises Weinen, was Herzen zu Papier macht und sie zerreißt.

Es ist gut, dass sie nicht mehr tanzen, sagt Daria, hockt sich hin, breitet die Arme aus, wartet, bis ihr Kind zu ihr kommt.

Samira legt ihren Arm um den Hals der Mutter, lehnt ihren Körper an sie, zieht die Tränen in ihrer Nase hoch, fragt, warum ist es gut?

Weil wir die Fische essen wollen, sagt Daria.

Samira nickt. Ich weiß, sagt sie, zeigt auf ihren Vater. Der da hat es gesagt.

Dann weißt du doch auch, aus welchem Grund es gut ist, dass sie nicht mehr tanzen und tot sein müssen, sagt Daria.

Nein, das weiß ich nicht, sagt Samira.

Willst du nicht selber auch Fische fangen?, fragt Daria.

Samira nickt. Ich will sie fangen, aber ich will nicht, dass sie tot sind.

Sie müssen aber tot sein, sagt Daria mit einer Stimme, die voll ist von Geduld, von Verstand. Verstand, den nur die Mutter hat. Wie soll ich sie denn auf den Spieß schieben und über das Feuer hängen, wenn sie noch leben und zappeln und tanzen?

Samira zuckt die Schultern. *Man tshe midanam.*

Khob, na also, sagt Daria. Wir müssen sie töten, sonst bekommen wir sie nicht auf den Spieß und können sie nicht über das Feuer hängen und essen.

Khob, sagt das Kind. Es klingt wie das *khob* seiner Mutter. *Khob.* Lass mich los. Ich muss Fische fangen, ich muss sie töten, damit du sie aufspießen kannst und wir sie essen können.

Bass und khalass. Daria lässt ihr Kind los, geht zurück zu ihrem Zelt.

Der Kommandant steht da und weiß nicht, wie Daria es wieder geschafft hat, dass sein Kind sie versteht. Er geht seiner Daria nach. Dir folgt das Kind, sagt er. Mir nicht.

Daria hockt vor ihrem Feuer, zieht das Brot aus dem Ofen, sieht ihren Kommandanten an, sagt, dir würde sie viel lieber folgen als mir. Sieh sie dir an, sie hockt am Bach und versucht, Fische zu fangen. Sie will sein wie du. Groß, stark und unbesiegbar.

Der Kommandant schweigt. Sagt nichts. Steht einfach nur da, geht aus dem Zelt, schwingt sich auf den Rücken seines Hengstes, reitet zurück zum Bach.

Samira hockt im Bach, sieht nichts und niemanden, ist gebannt, ist verzaubert, starrt ins Wasser. Sie braucht ihre gesamte Kleinmädchenkraft, um nicht von der Strömung mitgezogen zu werden. Mit einer Hand hält sie sich an einem Ast fest, der ins Wasser ragt, die andere hält sie über dem Wasser bereit, um nach dem ersten Fisch zu schlagen, der in ihre Nähe kommt. Um sie herum wimmelt es von Fischen. Kleinen und großen. Sie schwimmen ganz nah an Samira heran, so nah, als wenn sie ihren Fuß anknabbern wollen. Sobald Samira ausholt, um sie zu schnappen oder ihnen eine Ohrfeige zu verpassen, um sie aus dem Wasser zu schleudern, machen die Fische eine schnelle Bewegung und verschwinden. Samira und die Fische spielen ein Spiel. Die Fische haben Spaß an dem Spiel mit dem Menschenkind, sie wissen, dass es nicht gefährlich für sie werden kann.

Samira und die Fische sind so vertieft in ihr Spiel, dass sie den großen Vogel nicht bemerken, der hoch oben am blauen Himmel lautlos seine Kreise dreht und immer tiefer kommt. Gerade verpasst Samira dem Wasser wieder eine nutzlose Ohrfeige, gerade entkommt ihr ein Fisch, da kreischt der große Vogel, legt die Flügel an, stürzt vom Himmel, schnappt direkt neben Samira den fetten Fisch aus dem Wasser und verschwindet mit ihm zurück in den Himmel.

Samira haut das Wasser, fischt einen Stein aus dem Bachbett, wirft ihn hinter dem Vogel her, sieht ihm nach und flucht, als hinter ihr die lauten Hufe des riesigen Vaterhengstes wild durchs Wasser stampfen. Samira hat weder Angst vor dem Vogel, noch erschreckt sie sich vor dem lauten Gepolter der Hufe, noch macht ihr das Wasser Angst, was das riesige Tier aufwirbelt und sie nass macht. Samira dreht sich zu dem Hengst herum, breitet die Arme aus, als ihr Vater sich im Ritt herunterbeugt und sie zu sich auf den Rücken des Pferdes hebt. Als wenn er im *boskashi*-Spiel ist, als wenn sie das Schaf ist, was er seinen Gegnern abringen muss, als wenn sie ein Sack Zwiebel ist, hebt er seine Tochter in die Luft, setzt sie vor sich auf den Sattel, hält sie in seinem starken Arm, stößt seinem Pferd die Absätze in den Bauch und reitet durch den Bach in Richtung der großen Wiese, wo sein eigenes und die Zelte der anderen *kutshi* stehen.

Samira mag es, wenn das Wasser aufspritzt, wenn der Wind durch ihr Haar fliegt, wenn sie die Augen schließen muss, damit sie nicht tränen. Sie mag es, mit ihrem Vater so schnell wie der Wind die Ebene rauf und runter zu reiten. Sie mag es, wenn er lacht, weil sie glücklich ruft, schneller, schneller, lass ihn fliegen. Ich will fliegen.

Gleich wird es dunkel, sagt der Kommandant, reitet mit seinem Samir zurück zum Zelt, springt vom Pferd, fängt seinen Tochtersohn auf, der sich in seine Arme fallen lässt. Kaum setzt der Kommandant sein Kind auf dem Boden ab, da rennt Samira zu den Hühnern, die Daria bereits für die Nacht unter die Körbe gesperrt hat. Samira hebt einen der Körbe hoch, befreit das Huhn darunter, lacht, klatscht in die Hände. Daria packt Samira am Arm, will sie ins Zelt schleppen.

Lass ihn, sagt der Kommandant, packt seinen Samir am anderen Arm, sagt, geh. Hol es dir.

Daria lässt ihr Kind.

Samira tut, was der Vater gesagt hat, rennt mit ausgestreckten Armen hinter dem Huhn her und will es fangen. Das Huhn gackert laut, rennt, schlägt die Flügel, plustert sich auf, pickt nach Samira.

Mein Sohn steht den anderen Jungen in nichts nach, sagt der Kommandant zu sich selber, weil kein anderer da ist, dem er es sagen kann. Gerade sagt der Kommandant, er hat den anderen Jungen sogar vieles voraus, da stolpert Samira und fällt. Ohne zu zögern steht sie wieder auf, kümmert sich nicht um ihr aufgeschlagenes Knie und das Blut, jagt weiter das Huhn.

In Gottes Namen, sag ihr, sie soll aufhören, sagt Daria. Was will sie mit dem dummen Huhn?

Lass ihn, sagt der Kommandant, ohne seine Frau anzusehen.
Daria lässt ihr Kind.

Samira stürzt sich auf das Huhn, fängt es, rennt mit ihm herum, schreit. Das Huhn gackert, als ginge es um sein Leben. Es ist nicht das erste Mal, dass Samira ein Huhn jagt, es fängt und dann Angst vor ihm hat, mit ihm durch die Gegend rennt und nicht weiß, was sie damit anstellen soll. Das Huhn hackt wild um sich, pickt die Hand, den Arm, den Bauch von Samira.

Der Kommandant lacht und sagt, ein richtiger Junge, der das *boskashi*-Spiel beherrschen will, muss früh anfangen zu üben.

Ich weiß, sagt Daria, ein richtiger Junge muss früh damit anfangen. Ein richtiger Junge.

Der Kommandant schweigt.

Daria zieht ihr Tuch ab, schüttelt es aus, als wenn schwarze Gedanken aus ihrem Kopf sich darin versammelt haben. Seit wann ist Hühnerfangen die richtige Vorbereitung für das *boskashi*-Spiel?

Der Kommandant schweigt.

Samira rennt mit dem Huhn zu ihrer Mutter, wirft es in ihre Arme. Schmerz zählt nicht, plappert Samira die Worte ihres Vaters nach und weiß nicht, was sie sagt. Ich trainiere, um ein guter *boskashi*-Spieler zu werden. Ich bin unbesiegbar, sagt sie und weiß weder, was das *boskashi*-Spiel ist, noch, dass niemand unbesiegbar ist. Samira richtet ihren kleinen Körper auf und sagt mit geschwellter Brust, ich bin ein richtiger Junge, und hat keine Ahnung.

Eine Blase springt aus dem Topf, Daria fängt sie, rettet sie davor, im Feuer ihren Tod zu finden, sagt, dumme Blase. Ich fürchte mich, sagt Daria. Ich fürchte mich vor dem Tag, an dem es sich nicht mehr wird verbergen lassen, dass meine Tochter ein Mädchen ist. Die Leute werden meinen Kommandanten Lügner nennen. Er wird sein Ansehen und seine Macht verlieren, mein Kind und ich werden seinen Schutz verlieren, der Kommandant wird mich und mein Kind verlassen, verstoßen, sonst was mit uns machen.

Nachts sieht Daria schreckliche Schlafbilder. Ihrer Tochter werden die Kleider vom Leib gerissen. Männer spucken sie an, bewerfen sie mit Steinen, schlagen sie, nehmen sie mit Gewalt, dringen in sie ein, vergießen ihr Blut. Um ihre verletzte Männerehre wiederherzustellen. Weil es nicht Sache einer Frau ist, stark wie ein Mann zu sein, sich emporzuheben und das Leben eines Mannes zu leben. Daria erzählt dem Kommandanten von den grausamen Schlafbildern, die ihre Nacht zerreißen.

Die Entscheidung ist gefallen, sagt der Kommandant.

Es ist Zeit, eine neue Entscheidung zu treffen, sagt Daria. Was wirst du tun an dem Tag, an dem deine Lüge herauskommen wird?

Wage es nicht, mich einen Lügner zu nennen, sagt der Kommandant und haut mit seiner kurzen *boskashi*-Peitsche in die Luft, dass es zischt. Er hebt die Hand, hält sie in der Luft, schlägt nicht zu, springt auf sein Pferd, reitet davon zu seinem Felsen, kehrt erst in der Nacht zurück, rüttelt und schüttelt seine Daria, bis sie aufwacht. Es ist deine Schuld, dass das erste Kind, das du aus deinem Körper gezogen hast, kein richtiger Junge geworden ist. Es ist deine Schuld, dass ich keinen Sohn habe, den ich mit auf meinen Felsen nehmen kann. Es ist deine Schuld, wenn ich nicht mehr der Herrscher über das Hochland sein werde.

Daria schweigt.

Du sagst, es ist Zeit, eine neue Entscheidung zu treffen. Sag mir, was das für eine Entscheidung sein soll.

Daria sieht in der Dunkelheit die Augen ihres Kommandanten nicht, weiß aber, sie sind voll von Hass. Sie schält sich aus ihren Decken, geht hinaus, hockt sich vors Zelt. Der Kommandant folgt ihr, starrt seine Daria lange an, bevor er sagt, ich habe Angst.

Deine Angst gibt es zu Recht, sagt Daria.

Der Kommandant zuckt die Schultern. Ich habe dich nicht gefragt, ob es meine Angst zu Recht gibt oder nicht, ich will von dir wissen, was ich tun soll.

Woher soll ich das wissen?, fragt Daria. Ich weiß nur, wenn du dein Kind nicht bald mit auf den Felsen nimmst, werden die Leute Fragen stellen. Dein Ruf und deine Ehre stehen auf dem Spiel.

Der Kommandant haut die Faust auf den Boden. Verdammt noch mal, du verstehst nicht. Sie ist kein richtiger Junge. Würde ihr Fuß den Felsen betreten, würde ein großes Unglück geschehen.

Du hast Recht, sagt Daria. Ich verstehe nicht. Wie kann es sein, dass ein Stein, ein toter Felsen so viel Macht über dich hat?

Schweig, sagt der Kommandant mit einer Stimme, die voll ist von Wut. Sprich nicht über Dinge, von denen du nichts verstehst.

Daria gehorcht, schweigt.

Sobald der Tag anbricht, schleicht sie sich aus ihrem Zelt und geht zu Bibi-jan, der alten Hebamme, der Weisen, der Heiligen. Friede sei mit dir, sagt sie, verneigt sich, küsst die faltige Hand der Alten.

Bibi-jan lebt bereits so viele Sommer und Winter unter Gottes Himmel, dass niemand, nicht einmal sie selber weiß, wie viele es sind. Die Leute glauben und vertrauen ihr, befolgen ihren Rat, lassen von ihr ihre Kinder aus den Körpern der Frauen ziehen. Die Leute kommen zu ihr, wenn sie krank sind, bringen ihre halb toten Kinder und ihr Vieh zu ihr. Bibi-jan ist dabei, wenn die Leute heiraten und wenn sie sterben. Bevor die Männer in den Krieg ziehen, kommen sie zu ihr, lassen sich von ihr berühren, segnen, trösten, Mut machen. Mut zum Töten. Mut zum Getötetwerden.

Was willst du?, fragt Bibi-jan.

Daria bekommt keinen Ton heraus, sieht auf ihre nackten Füße, weiß nicht, wie sie Bibi-jan um Hilfe bitten soll, ohne ihr Geheimnis zu verraten, da sagt Bibi-jan, ich sehe es, es geht um dein Kind.

Daria zuckt, erschreckt sich. Daria hört es genau. Bibi-jan hat nicht gesagt, deinen Sohn. Sie hat gesagt, dein Kind.

Du hast Angst um dein Kind, weil dein Kommandant es noch nicht mit auf seinen Felsen genommen hat, sagt Bibi-jan.

Woher weißt du?, fragt Daria und fürchtet, Bibi-jan kennt längst das Geheimnis von Samira und Samir.

Weil dein Kommandant nicht der erste Mann seiner Familie ist, der sein Kind nicht mit auf den Felsen nimmt.

Das wusste ich nicht, sagt Daria.

Du weißt so vieles nicht, sagt Bibi-jan.

Der Felsen ist heilig, sagt Daria.

Bibi-jan spuckt aus, sagt, die Männer in der Familie deines Kommandanten glauben das, und sie wollen, dass die Leute das glauben. Dein Kommandant glaubt, er hat seine Macht und Kraft nur dem Felsen zu verdanken. Die Wahrheit ist, dein Kommandant ist unwissend, und der Felsen und seine Gesetze bringen nicht nur Glück und Gnade für ihn und seine Familie.

Daria schweigt und hört.

Du bist nicht die erste Frau, die unter diesem Felsen leidet. Dieser tote Stein ist ein Fluch für viele Frauen und Kinder der Familie deines Kommandanten. Bibi-jan kramt in einem Beutel, holt etwas heraus, spuckt in die Hand, spricht viele fremde Worte, die Daria nicht versteht. Die Alte sieht Daria an. Bis zum heutigen Tag hat keine Frau den Mut besessen, etwas gegen den Männerfelsen zu unternehmen.

Daria schluckt, weiß nicht, was sie sagen soll, schweigt und denkt, denkt und schweigt, dann sagt sie, ich tue es. Sag mir, was ich tun soll.

Ich wusste, dass du Mut hast, sagt Bibi-jan.

Ich habe keinen Mut, sagt Daria. Ich habe Angst. Ich tue es nur, weil ich keinen anderen Weg kenne, mein eigenes Leben und das meines Kindes zu beschützen.

Das ist eine gute Entscheidung, sagt Bibi-jan. Nimm dieses Amulett, binde das *ta-vis* um deinen Hals, es wird dir Kraft geben und dir den richtigen Weg weisen, wie du den Bann des Felsen brechen kannst. Nachdem du den Felsen besiegt hast, binde das Amulett um den Hals deines Samir und sag ihm, es wird ihn beschützen und alles und jeden vernichten, was ihm Schaden zufügen will.

Daria hält das Amulett in der Hand. Ganz fest.

Aber du sollst wissen, sagt Bibi-jan. Dieses *ta-vis* ist ohne Wert und Kraft, wenn du nicht daran glaubst. Und du sollst auch wissen, Gottes Wege sind unerschöpflich.

Ich weiß, sagt Daria. Gott kommt und geht, wann er will. Er tut, was er will, lässt geschehen, was er will.

Statt zu ihrem Zelt zurückzugehen, geht Daria an den Bach, hockt sich ans Ufer, hängt ihre Füße ins kalte Wasser, spielt mit den Steinen im Bachbett, denkt und denkt und betrachtet immer wieder das Amulett. Es ist länglich und nicht größer als der Nagel ihres Daumens, und es hat vier kleine Löcher. Auf der einen Seite ist es weiß, wie die Blumen der Wiese, auf der anderen matt wie ein Knochen. Ziehe einen Faden durch die vier Löcher, hat Bibi-jan gesagt, sei eine Kriegerin. Dir und deinem Kind wird nichts geschehen.

Daria die Kriegerin. Daria die Siegerin. Daria mit Schuld. Daria mit ihrer Samira, die Samir ist. Daria mit einem weißen *ta-vis* mit vier kleinen Löchern. Ein Loch für Gott, eins für sie selber, eins für ihr Kind, was sie aus ihrem Körper gezogen hat, eins für die Kinder, die sie nicht aus ihrem Körper gezogen hat. Daria hockt am Bach, zieht einen Faden aus ihrem Kleid, zieht ihn durch die vier kleinen Löcher, bindet das Amulett um ihren Hals und erschreckt, als ihr Kommandant hinter ihr steht und fragt, was tust du hier?

Ich sitze, sagt Daria und wundert sich über den Mut in ihrer Stimme.

Auch der Kommandant ist so verwundert über die neue Stimme seiner Daria, dass er nichts mehr fragt oder sagt, sich neben sie hockt und Steine ins Wasser wirft.

Bibi-jan hat gesagt, ich soll eine Kriegerin sein, denkt Daria und sagt, wer weiß, vielleicht gibt es irgendwo in der großen, weiten Welt noch andere Väter, die ihre Tochter als Sohn erziehen.

Was willst du damit sagen?, fragt der Kommandant.

Wer weiß, sagt Daria. Es ist doch möglich, dass mancher Mann, gegen den du gekämpft hast, eine Frau gewesen ist.

Der Atem des Kommandanten geht schnell, Blut rast durch seinen Körper, gerät in Wallung bei der Vorstellung, dass sein Feind Brüste gehabt hat.

Ich rieche deine Lust, sagt Daria. Aber wird dein Blut nicht bitter, kocht es nicht und steigt dir zu Kopf, bereitet es dir keinen Schmerz, keine Übelkeit, ob der Schmach und Schande, die dich ereilt haben könnte?

Welche Schmach?, fragt der Kommandant.

Du, der große Krieger und Kämpfer hast möglicherweise gegen eine Frau gekämpft, hast eine Frau besiegt, sagt Daria.

Schweig, sagt der Kommandant.

Daria schweigt, berührt ihr *ta-vis,* schweigt nicht, fragt, was ist das für ein Sieg? Der Sieg gegen eine Frau ist nicht der Sieg eines Helden. Der Sieg gegen eine Frau ist der eines Feiglings. Ein Kampf gegen eine Frau ist ein Kampf ohne Anstand und Würde.

Der Kommandant hebt die Hand, hält seine Hand nicht in der Luft, schlägt zu.

Daria senkt ihren Blick nicht, sieht ihm geradewegs in die Augen.

Es ist deine Schuld, dass ich dich geschlagen habe, sagt der Kommandant.

Gott ist Zeuge, sagt Daria. Wäre dieses Kind nicht dein Kind, du würdest seinen Vater zur Rede stellen, würdest Gerechtigkeit walten lassen. Du würdest dieser Beleidigung, diesem Spott und der Schande für die gesamte gottgläubige Welt der Männer ein Ende bereiten.

Der Kommandant zieht seine kurze *boskashi*-Peitsche aus dem Stiefel, Daria springt auf, sagt, sie wird niemals werden wie du. Und wage es nicht, mich noch ein einziges Mal zu schlagen.

Du bist meine Frau, sagt der Kommandant. Ich kann mit dir tun und lassen, was ich will.

Tu es doch, sagt Daria. Dann werde ich allen sagen, dass dein Sohn ein Mädchen ist.

Dann werde ich dich töten, sagt der Kommandant.

Daria zieht das Messer des Kommandanten aus seinem Gurt, wirft es ihm vor die Füße, sagt, töte mich. Tu es doch. Aber das wird dir auch nicht weiterhelfen.

Der Kommandant schweigt.

Ein Toter mehr oder weniger. Welchen Unterschied macht das?, fragt Daria. Keinen. Gar keinen.

Eine Verführung

Es ist ein lauer Tag im Frühling, als Daria es tut. Die Luft duftet nach frischen Blumen, die Vögel zwitschern, und eine weiche Brise weht. Daria steht barfüßig vor ihrem Kommandanten, mit ihren schwarzen Haaren wie Pech, wie Samt, mit ihrer Tätowierung, die ihre Stirn schmückt, ihrem Mund, der den Kommandanten an einen frischen Pfirsich erinnert. Daria hat ihren Körper mit Rosenwasser eingerieben, sie trägt ihren buntesten, weitesten Rock, sie hat sich mit Muscheln und Perlen, Münzen und Knochen bestickte Bänder um den Hals und den Bauch gebunden.

Gott und das *ta-vis* von Bibi-jan haben Daria den Weg gezeigt. Wenn sie es schafft, dass der Kommandant das Gesetz des Felsen bricht, wird sie es auch hinbekommen, dass er seinen Samir mit auf den Felsen nimmt. So steht Daria vor ihrem Kommandanten, geschminkt, gekämmt, mit ihrem klimpernden Schmuck und Gehänge dreht und wendet sie sich und verdreht dem armen Kommandanten den Kopf.

Am Ende von ihrem ganzen Klimpern, Drehen und Wenden schlägt sie die Augen auf, als wenn sie zwei schwarze Schmetterlinge sind, die gleich davonfliegen wollen. Daria lächelt, legt ihre Hand auf die Brust des Kommandanten, sieht ihn mit ihren schwarz angemalten Mandelaugen an, bis der Kommandant seine Hand auf ihre Hand legt. Dann sagt Daria, du willst doch einen Sohn.

Der Kommandant will schlucken, weiß nicht mehr, wie das

geht. Unter ihrer Hand glüht seine Brust, der Rest seines Körpers wird warm und heiß. Er steht einfach nur da, mit diesem unbekannten, schönen Brennen in der Brust, und weiß nicht einmal mehr, ob er wach ist oder schläft, ob er lebt oder tot ist.

Die andere Hand des Kommandanten hängt schlaff an seinem Körper, als wenn sie nicht zu ihm gehört. Daria nimmt seine schlaffe Hand, gibt ihm die Zügel seines Pferdes, sagt, komm.

Erst jetzt sieht der Kommandant, dass die ganze Zeit sein Hengst hinter seiner Daria gestanden hat.

Nimm, sagt sie. Wir reiten.

Der Kommandant will fragen, wohin?, findet das Wort nicht. Stattdessen gehorcht er, schwingt sich auf sein Pferd, reicht seiner Daria die Hand, zieht sie vor sich auf den Sattel. Er hockt da wie ein Sack Zwiebel. Wie ein großer Sack Zwiebel. Weder reißt er die Zügel herum, noch stößt er dem Pferd seine Stiefel in die Seite. Statt zu fragen, wohin sie reiten, hockt er da und spürt den Rücken, die Hüfte seiner Daria.

Sie richtet sich auf, stößt dem Pferd ihre nackten Füße in die Seite, bewegt ihren Körper vor und zurück, presst ihren Schenkel gegen seine männliche Lust, die immer mehr in Wallung gerät, immer größer wird. Der arme Kommandant weiß weder, aus welchem Grund er reitet, noch wohin er reitet. Erst als er seinen Felsen in der Ferne blitzen und leuchten sieht, findet er die Worte in seinem Kopf wieder und fragt, wohin reiten wir?

Zu deinem Felsen, sagt Daria.

Aus welchem Grund tun wir das?, fragt der Kommandant.

Weil wir dort deinen Sohn zeugen werden, sagt Daria, stößt dem Hengst ein letztes Mal ihre Füße in die Seiten, lehnt ihren Kopf an die kräftige Brust ihres Kommandanten und sagt nichts mehr.

Der Kommandant weiß genau, er müsste sagen, es ist nicht Sache von Frauen, ihrem Mann zu sagen, was er zu tun hat, es ist jedem anderen außer ihm verboten, auch nur in die Nähe des Felsen zu kommen, geschweige denn auf ihn hinaufzugehen, und er müsste sagen, dass ein Sohn ihm jetzt auch nichts mehr nützt, denn sein erstes Kind hätte ein Sohn sein müssen. Aber an diesem Tag, an dem alles anders ist, als es an jedem anderen Tag ist, sagt der Kommandant nichts von alledem. Er steigt von seinem Pferd, fängt seine Daria auf, umarmt sie, hält sie. Es ist eine Umarmung, wie er sie nicht kennt. Ohne dass er weiß, aus welchem Grund er es tut, küsst er ihren schönen Hals, ihre Schulter, ihren Nacken, tut Verbotenes, hebt sie, als wäre sie ein Sack Zwiebel, in die Luft und schiebt sie auf seinen Felsen hinauf.

Tausendundeinmal hatte Daria sich vorgestellt, wie es hier oben sein würde. Sie hatte sich heimlich gewünscht, auf dem Felsen zu hocken und hinter die Geheimnisse ihres Mannes zu kommen. Nun ist sie hier. Endlich. Endlich hockt Daria auf der schwarzen, von der Sonne aufgeheizten, glatten Platte. Eine Brise, nicht kalt, nicht warm, streichelt ihr Gesicht, die Sonne wirft ihr Licht auf Daria, die Luft ist zart und weich. Doch Daria zittert. Ihr Atmen geht schwer. Ihre Haut ist kalt. Kleine Wasserperlen kommen auf ihre Stirn, Wasser rennt über ihren Rücken, ihre Brust, ihren Bauch. Ihr Nacken ist feucht. Daria schließt die Augen, stützt sich auf dem Felsen ab, um nicht zu fallen, sie will ihren Atem zurückhaben, will sich beruhigen. Sie öffnet die Augen, schließt sie wieder, kann das Drehen in ihrem Kopf nicht anhalten. Daria hat eine Sünde begangen, sie hat mit List ihren Kommandanten dazu gebracht, sie mit auf den Felsen zu bringen. Daria hat Schuld auf sich geladen. Große Schuld, die sie wird büßen müssen. Daria hat es für ihr Kind getan. Doch jetzt, da sie hier ist, merkt sie, wie dumm es von ihr gewesen ist zu glauben, sie sei die Kriegerin, die den Bann des Felsen brechen kann. Daria ist voll von Angst, will in die Arme ihres Kommandanten springen, will zurück in die Sicherheit ihres Zeltes, zu ihrem Feuer und den Wasserblasen. Doch so sehr sie auch will, sie kann nicht. Daria ist starr. Der Felsen hat sie zu Stein gemacht. Sie ist eins geworden mit dem toten, reglosen Felsen ihres Kommandanten.

Langsam, ganz langsam, ohne dass sie es merkt, verliert ihr Körper seinen Halt, sinkt nach vorn, bis ihre Brust mit einem leisen Klatsch den Stein berührt. Sie spürt die Wärme der Sonne auf ihrem Rücken, sieht einen Engel, der vorbeifliegt, sich auf den Rand des Felsen hockt, seine Hand ausstreckt, ihr Amulett berührt, viermal die Flügel schlägt und in sie hinein- fliegt.

Gott hat seinen Engel geschickt, sagt Daria. Er wohnt in mir.

Der Kommandant sagt nichts, legt sich auf den Rücken, zieht seine Daria zu sich, umarmt sie, schließt die Augen, at- met ihren Duft ein.

Du brichst das heilige Gesetz des Felsen, sagt Daria.

Der Kommandant schweigt.

Fürchtest du die Strafe nicht?, fragt Daria.

Der Kommandant schweigt.

Möge Gott geben, dass du nicht mir die Schuld dafür gibst, dass du das Gesetz gebrochen hast, sagt Daria und weiß, er tut es längst.

Daria rückt ab von ihrem Kommandanten, kehrt ihm den Rücken zu, berührt ihr Amulett, flüstert, beschütz mich. Der Engel, der in ihr wohnt, schlägt die Flügel. Der Kommandant legt seine Arme um sie, zieht sie zu sich, atmet den Duft ihres Haares ein, schiebt ihre Röcke hoch, öffnet seine *shalvar*, liebt sie, wie er sie niemals zuvor geliebt hat, niemals wieder lieben wird.

Gott ist groß, sagt der Kommandant in die Dunkelheit, er wird es richten.

So ist es, sagt Daria. Er wird dir einen Weg weisen, wie du das Wissen, was eingeschlossen ist in dem Felsen deines Vaters und deiner Vaterväter, deinem Kind weitergeben kannst.

Die Tage werden zu Vögel, versammeln sich, fliegen davon.

Daria hat den Bann des Felsen gebrochen, sie bindet das Amulett um den Hals ihres Kindes, sagt, es wird dich beschützen und alles und jeden vernichten, was dir Schaden zufügen will.

Daria hockt vor ihrem Feuer, walkt den Teig, sieht ihren Kommandanten nicht an, reißt kleine Stücke vom Teig, knetet sie zwischen den Händen, formt sie zu runden Bällen. Es ist Zeit, dass du ihn mit auf deinen Felsen nimmst.

In Gottes Namen. Niemand anderer außer mir und meinem Sohn dürfen den Felsen jemals betreten, sagt der Kommandant. Mit einer Stimme, die voll ist von Abscheu. Der Kommandant hebt einen Stein auf, wirft ihn, trifft nichts und niemanden.

Du hast das heilige Gesetz deines Felsen bereits einmal gebrochen, sagt Daria, als du mich mit auf den Felsen genommen hast. Also kannst du es auch ein zweites Mal brechen und deinen Samir mitnehmen, sagt Daria und weiß, Gott und das *ta-vis* werden es richten, der Kommandant wird es tun.

Es war nicht meine Schuld, sagt der Kommandant. Du hast mich dazu gebracht, es zu tun.

Es ist Gottes Wille gewesen, er hat seinen Engel geschickt, sagt Daria.

Es ist nicht Gottes Schuld, sagt der Kommandant.

Ein Schuss

Daria mit ihrem Kind auf dem Arm steht vor dem Zelt und weiß nicht, aus welchem Grund es ist, wie es ist, weiß aber so sicher, als sei sie dabei gewesen, ein Schuss ist gefallen.

Es ist Krieg. An jedem Tag, den Gott den Menschen in ihrer Heimat schenkt, fallen Schüsse, fliegen Raketen, explodieren Bomben. Arme Daria, aus welchem Grund bekümmert dich dieser eine Schuss? Hast du vergessen? Männer töten Männer.

Sie töten Mütter, Väter, Töchter, Söhne. So viele, dass keiner mehr eine Träne für sie hat. Männer zünden Häuser, Hütten, Zelte an. So viele, dass keiner wissen will, wie viele es sind. Häuser mit und ohne Menschen darin, mit Kindern, Frauen, Männern darin.

Männer vergewaltigen tausendundeine Frauen. Verschleppen sie, schlitzen Bäuche auf, trennen mit schnellem Schnitt Köpfe von Hälsen. Männer plündern, rauben, kassieren Wegegeld. Beine reißen ab, Hände werden abgehackt, Arme werden zerfetzt. An den Händen von Männern klebt Blut.

Daria sieht den Krieg, auch wenn er nicht bei ihr ist. Ihre Schlafbilder sind voll von ihm. Sind voll von Blut. Bevor er zurück in den Krieg gezogen ist, hat Daria ihrem Kommandanten von den Schlafbildern erzählt. Jemand hat das ganze Blut in meine Töpfe und Schüsseln gesammelt, bis es aus unserem Zelt herausgelaufen ist, es hat den Boden, den Bach und alle Wasser unserer Heimat rot gefärbt. Gott schenkt uns Bluttage.

Seit so vielen Sommern und Wintern, dass ich nicht weiß, wie viele es sind.

Es sind fünfundzwanzig, sagt der Kommandant.

Es sind fünfundzwanzig zu viel, sagt Daria.

Kriegsblut hat das Herz von Daria verschmiert, ihr Ohr ist voll von Kriegsschreien, sie hat Kriegsgeschmack auf der Zunge.

Aus welchem Grund weiß ich von diesem einen Schuss?, fragt Daria ihr Kind, weil kein anderer da ist, den sie fragen kann.

Der Schütze hat sich Zeit gelassen, hat sein Gewehr angelegt, hat seinen Atem beruhigt, hat gezielt, hat geschossen. Der Schuss ist geflogen. Jeder Schuss landet irgendwo. In einem Bein, einem Arm, einem Kopf, einem Herzen. Auch dieser Schuss ist irgendwo gelandet. Im Kommandanten. In seinem Hoden. Blut ist geflossen. Das Blut des Kommandanten.

Du hast Glück, sagen die Männer, die den Kommandanten vor das Zelt auf den Boden legen. Es sind die Männer, die unter seinem Kommando stehen, mit ihm in den Krieg, an die Front ziehen und kämpfen.

Für was kämpfen sie? Das wissen sie nicht mehr.

Du hast Glück, er lebt, sagen die Kampfmänner.

Ich habe Glück, sagt Daria.

Die Kleider des Kommandanten sind voll von Blut. Seine Augen sind geschlossen. Sein Körper hat kaum noch Leben. Er ist still.

Bibi-jan wacht mit Daria an der Seite des Halbtoten. Daria taucht ein Tuch in ihr brodelndes Wasser, legt Kräuter hinein, legt sie auf die Wunde. Auf seinen Hoden, den er nicht mehr hat. Sie träufelt Wasser in seinen Mund, wäscht ihn, reibt Öl in seinen ansonsten heilen und kräftigen Körper. Daria spricht mit ihm, weiß, er hört sie. Dein Sohn ist bei den Pferden, spielt mit ihnen, liegt mit ihnen auf der Wiese, klettert über ihre Kör-

50

per, döst in der Sonne. Daria weiß, wäre der Kommandant wach, er würde sagen, das gibt es nicht. Pferde liegen nicht, lassen keine Kind über sich krabbeln.

Daria spricht und spricht, weiß, er hört sie. Wenn du wieder aufgewacht bist, sagt sie, wirst du deinen Sohn mit auf deinen Felsen nehmen und ihn in alle Geheimnisse einweisen. Daria weiß, jetzt, da ihr Kommandant seine Männlichkeit verloren hat, wird er es tun.

Der Kommandant schläft und schläft. Tag und Nacht. Viele Tage, viele Nächte. Tief und fest, wie er noch nie geschlafen hat.

Er wird aufwachen, sagt sie zu ihrem Kind.

Samira klettert auf dem Halbtoten herum, spielt mit seinem Bart, legt sich auf seine Brust, schläft auf ihm ein, wacht auf, spricht mit ihm. Brabbelt den ganzen Tag, erzählt von den Pferden, mit denen sie auf der Wiese liegt. Ich bin voll von Mut, ich habe meine Hand in den Mund von deinem Hengst gesteckt. Weck ihn auf, sagt sie zu ihrer Mutter. Ich will nicht, dass er schläft.

Er wird aufwachen, sagt Daria.

Er ist ein Fisch geworden. Er ist tot, sagt das Kind.

Nein, sagt Daria. Er ist nicht tot.

Daria spricht die Wahrheit.

Der Kommandant wacht auf, öffnet die Augen, sagt, Pferde liegen nicht auf dem Boden. Pferde lassen es nicht zu, dass ein Kind auf ihnen herumkrabbelt.

Daria weiß es besser.

Der Kommandant sieht sein Kind, sieht seine Frau, wendet sich ab, weint. Tränen, die er nicht herunterschluckt. Tränen, von denen er will, dass Daria und sein Kind sie sehen. Der Kommandant weiß, was geschehen ist.

Ich werde ihn mit auf meinen Felsen nehmen, sagt er.

Daria wischt die Tränen ihres Kommandanten von seinem Gesicht, sagt, ich weiß.

Eine Entdeckung

Ein kleines Amulett mit vier Löchern, Samira mit Samir, Daria mit Schuld, der Kommandant mit einem Nichts statt Hoden und Männlichkeit, verbringen den Sommer im Hochland im Hindukusch.

Der Sack mit dem Weizen ist beinah leer. Der Beutel mit dem Salz ist längst leer. Die Schachtel mit dem Tee ist nicht mehr ganz voll. Der Zucker ist aufgebraucht. Das Tuch, in dem der Kommandant sein Geld aufbewahrt, ist leer. An manchen Tagen ist der Bauch von Samira leer.

Keiner weiß, warum, aber der Krieg ruht. Die Taleban kämpfen im Norden des Landes. Sie haben noch eine Stadt erobert. Der grausame Herrscher hat sein Volk betrogen, hat wieder einmal die Seiten gewechselt, hat sich auf die Seite der Taleban geschlagen. Zusammen mit ihnen hat er siebentausend und mehr Menschen vor ihre Hütten gezerrt und abgeschlachtet.

Yakolang brennt.

Die Taleban verbarrikadieren die Häuser und zünden sie an, die Menschen verbrennen bei lebendigem Leib. Ihr Blut klebt an den Fingern der Taleban, an den Fingern des grausamen Herrschers und seinen Männern. An den Fingern der Männer, die ihn bezahlen.

Für immer und bis in alle Ewigkeit.

Dieses Mal ist es nicht die Schuld von Daria.

Warum sind es immer Männer?, fragt Daria.

Der Kommandant zuckt die Schultern.

Der grausame Herrscher schlägt sich ein weiteres Mal auf die Seite der anderen Männer, die früher seine Verbündeten gewesen sind, dann seine Feinde geworden sind, jetzt sind sie wieder seine Freunde.

Siebentausend und mehr Taleban lässt er abschlachten.

Auch ihr Blut klebt an den Fingern des grausamen Herrschers und den Männern, die ihn bezahlen.

Für immer und bis in alle Ewigkeit.

Keiner weiß, warum.

Nur das eine wissen alle. Es sind immer Männer.

Die einen bezahlen. Die anderen töten.

Die Toten sind Kinder. Frauen. Greise. Krüppel. Lehrer. Bauern. Einbeinige. Einarmige. Menschen mit Verstand. Menschen ohne Verstand.

Der grausame Herrscher flieht.

Manche sagen, vielleicht ist er tot.

Viele sagen, wäre er es nur. Tot.

Wären sie nur alle tot. Die Mörder der Toten.

Samira weiß nichts von Toten und Tötern, von Krieg und Schlachten. Samira weiß nur, in diesem Sommer ist ihr Vater nicht in den Krieg gezogen. Ihr Vater ist bei ihr. Bei seinem Tochtersohn.

Samir. Komm. Der Kommandant spricht leise. Weil es wichtig ist, was er zu sagen hat. Weil nur sein Samir es hören soll.

Noch bevor die Sonne ihr erstes Licht und ihre erste Wärme über den Berg wirft, flüstert der Kommandant in das schlafende Ohr seines Kindes. Geflüsterte Worte sind geheime Worte, sind wichtig. Wichtige Vaterflüsterworte.

Jeden Morgen das gleiche Spiel. Der Vater und sein Kind stehen draußen, in dem Rest der Dunkelheit und Kälte der Nacht, die Sonne wecken. Der Kommandant nimmt seinen Mädchensohn auf den Arm, wickelt sich und ihn in sein *patu*, drückt ihn an sich.

Mach die Augen zu, sagt Samira. Sei ohne Sorge, ich habe sie gerufen, sie wird kommen. Das Herz des Kommandanten wird zu Papier, zerreißt.

Daria wartet nicht auf die Sonne, sieht ihre Tochter und ihren Kommandanten, hockt sich vor das Ofenloch im Boden, zündet das Feuer an. Die Tochter und der Vater rufen die Sonne. Daria ruft das Feuer.

Daria hat Glück.

Die anderen *kutshi*-Frauen haben keinen Brotofen im Boden ihres Zeltes. Die anderen Frauen haben keinen Mann, der so gut zu ihr ist, wie der Kommandant zu seiner Daria.

Daria hat Glück. Sie spricht mit dem Wasser in ihrem Topf und fängt die Blasen auf.

Sie hat hinter ihrem Kommandanten gehockt und hat ihm zugesehen, wie er den Ofen für sie gebaut hat. Der Kommandant hat das Loch ausgehoben, Lehm gestampft, gesagt, damit du es bequem hast.

Damit das Brot, das ich für dich backe, besser schmeckt, hat Daria gesagt.

Das Feuer brennt hell, wärmt das Zelt, der Duft von gebackenem Teig legt sich auf alles und jeden, der Kommandant sagt, es sieht aus wie die Sonne. Als wenn du die Sonne in deinem Ofen eingefangen hast.

Die Sonne einzufangen ist Sache von dir und deinem Samir, sagt Daria.

Der Vater und sein Kind stehen vor dem Zelt, die Augen geschlossen, warten sie auf die Sonne. Sie kommt, sagt Samira.

Jedes Mal aufs Neue ist sie gefesselt, lässt sich hinreißen von dem Spiel der Sonne, ihrem Licht und ihrer Wärme. Der Atem von Samira geht schnell, ihr Herz klopft.

Kannst du es fühlen?, fragt der Kommandant.

Ja, flüstert das Kind.

Was fühlst du?

Den Anfang der Sonne.

Sachte, behutsam wirft die Sonne zartes Licht über die Berge und kündigt ihr Kommen an. Sie färbt den dunklen Himmel rotgelb und zeigt einen dünnen Streifen von sich.

Ich kann sie hören, sagt das Kind.

Was kannst du hören?, fragt der Vater.

Ihr Knacken. Ihren Atem.

Was du hörst, ist das Holz, das aus dem Schlaf erwacht. Es sind die Felsen, der Berg, die Steine, die die Wärme der Sonne in sich aufsaugen, die Gräser, die sich langsam aufrichten, die Blumen, die ihre Blüten entfalten. Was du hörst, sind die Menschen in den anderen Zelten, die den Tag beginnen, die Pferde, Schafe, Ziegen, Kamele, die ihre Knochen schütteln.

Samira sieht ihren Vater an, lauscht den Vaterworten, als wenn es ein Märchen aus Tausendundeine Nacht ist. Später wird Samira zum Bach gehen, die anderen Kinder um sich versammeln und Wort für Wort alles wiederholen. Sie wird die gleichen Fragen stellen, die gleichen Antworten geben. Sie wird sprechen wie ihr Vater, zwischen den Worten die gleichen Pausen machen, den Kindern in die Augen sehen, wie ihr Vater ihr in die Augen sieht. Sie wird die Hände heben und senken, drehen und wenden, wie er es macht. Wie er wird sie den Kopf neigen, überlegen, erst dann sprechen.

Die anderen Kinder lieben und hassen es, Samira zuzuhören. Niemand kann so schön Geschichten erzählen wie sie. Die Menschen in ihren Geschichten sind lebendig, atmen, weinen, lachen. Samira erzählt vom Holz, das aufwacht, wird selber zu Holz.

Das Holz spricht, sagt Samira.

Du lügst, rufen die Kinder. Holz schläft nicht, und es spricht

nicht, es stimmt auch nicht, dass man es hören kann, wenn
Gräser sich aufrichten.

Ihr seid dumm, sagt Samira. Ihr wisst nichts, versteht nichts
von der Welt und habt auch keinen Felsen, auf den eure Väter euch mitnehmen. Samira steht auf, spuckt aus, wischt den
Mund mit dem Rücken ihrer Hand, lässt die Jungen und Mädchen auf der Wiese hocken, stampft davon.

Ich mag die anderen Kinder nicht, sagt Samira zu ihrem
Vater und haut die Luft.

Lass sie, sagt der Vater. Wozu brauchst du die anderen Kinder?

Man tshe midanam, sagt Samira, zuckt die Schultern.

Du brauchst sie nicht. Du brauchst niemanden, sagt der
Kommandant.

Samira schweigt.

Du hast mich, sagt der Kommandant. Und heute schenke
ich dir einen neuen Freund.

Wer ist mein alter Freund?, fragt Samira.

Der Kommandant lacht. Also gut. Dann ist eben es dein erster Freund, den ich dir heute schenke. Das braune Pferd wird
sein Kind bekommen.

Samira rennt ins Zelt, wirft sich in die Arme der Mutter,
sagt, rate, welcher Tag heute ist.

Weiß nicht, sagt Daria, schweigt, walkt weiter die Schafshaut
mit der Milch darin.

Du sollst fragen, aus welchem Grund heute ein besonderer
Tag ist, ruft Samira.

Aus welchem Grund ist heute ein besonderer Tag?, fragt
Daria, hört auf, die Milch zu walken, umarmt ihre Tochter.

Mein kleines Pferd wird auf die Welt kommen. Samira überlegt, fragt, wann wird es kommen?

Das weiß ich nicht, sagt Daria.

Warum weißt du es nicht?, fragt Samira.

Von Tod und Geburt weiß nur Gott, sagt Daria.

Das stimmt nicht, sagt Samira. Mein Vater weiß es.

Dein Vater weiß alles, sagt Daria zu dem brodelnden Wasser im Topf. Der Kommandant weiß alles.

Wann kommt mein Pferd?, fragt Samira ihren Vater.

Das dauert noch, sagt der Vater. Vielleicht heute, vielleicht morgen.

Samira rennt zurück ins Zelt zu ihrer Mutter, dreht und wendet ihre Hand, wie ihr Vater es getan hat, sagt, es kommt vielleicht heute, vielleicht morgen.

Na gut, sagt Daria, dann weißt du ja jetzt, wann dein Pferd kommt.

Sahihst, sagt Samira, nickt.

Daria rührt den Reis, den sie in das brodelnde Wasser gegeben hat. Rührt und rührt, damit er nicht am Boden des Topfes festklebt.

Samira steht da und überlegt. Wann ist vielleicht heute, vielleicht morgen? Samira steht da, die Stirn in Falten und weiß nicht, ob sie nun weiß oder nicht weiß. Dann müssen wir eben Geduld haben und warten, sagt Samira.

Mein schlaues Kind, sagt die Mutter, lächelt, breitet die Arme aus, sagt, komm her. Gib deiner Mutter einen Kuss und mach sie glücklich.

Samira wirft sich in die Arme der Mutter, sie liebt es, wenn die Mutter will, dass sie sie glücklich macht.

Bevor die Mutter ihr einen Kuss geben kann, sagt Samira, dann gehe ich jetzt zum Bach, springt auf und sagt, während sie aus dem Zelt rennt, ich muss den anderen Kindern erzählen, dass wir Geduld haben müssen, bis mein Pferd kommt.

Eine Blase springt aus dem Wasser, was brodelt und schimpft, wirft sich ins Feuer und findet den Tod, mit einem Zisch.

Wir müssen Geduld haben, ruft Samira den anderen Kindern zu. Die Kinder hocken alle in einer Reihe am Ufer, kümmern sich nicht um sie.

Was tut ihr?, fragt Samira.

Wir pinkeln, sagt einer der Jungen.

Samira zieht ihre *shalvar* herunter, hockt sich wie die anderen Kinder ans Wasser, pinkelt. Einer der Jungen ist als Erster fertig mit dem Pinkeln, steht auf, sagt, Sieger. Ich bin Sieger.

Samira sieht den Jungen an, will gerade schimpfen und zanken, dass sie gar keine Wette abgeschlossen haben. Samira macht den Mund auf, die Worte bleiben darin stecken. Samira schweigt. Schweigt, weil sie etwas entdeckt, was sie noch nie zuvor richtig gesehen hat. Das Etwas hängt zwischen den Beinen des Jungen, hat eine längliche Form, ein Tropfen Wasser hängt daran, der Junge nimmt das Etwas in die Hand, zieht daran, als wollte er es abreißen, reißt es nicht ab, lässt es wieder los, kratzt sich dafür lieber am Po. Das am Po kratzen gibt Samira Zeit, das Etwas genauer zu betrachten. Es hängt zwischen den Beinen von dem Jungen, sieht aus wie ein Finger.

Wofür brauchst du das?, fragt Samira. Unsicher, ob sie die Antwort hören will. Sicher, sie wird die Antwort nicht mögen.

Was?, fragt der Junge.

Das da, sagt Samira, zeigt auf den Finger zwischen den Beinen des Jungen, pinkelt zu Ende, zieht ihre Hose so schnell hoch, dass der Junge nicht sehen kann, dass sie keinen Finger unter ihrem Bauch hängen hat.

Hast du etwa keinen?, fragt der Junge. Jeder richtiger Junge hat einen.

Samira weiß nicht, was sie sagen soll, zuckt die Schultern, sagt, *diwaneh*, lässt den Jungen, den sie verrückt nennt, und seinen Finger zwischen den Beinen stehen, rennt zurück zu ihrem Zelt.

Daria hat gewusst, der Tag wird kommen, an dem ihre Tochter erfahren wird, dass sie anders ist als die anderen Jungen. Sie

58

wird vor ihr stehen und Fragen stellen. Wieder und wieder hat Daria überlegt, was sie ihrem Tochtersohn sagen soll, wenn dieser Tag kommt. Wieder und wieder hat sie keine Antwort gefunden, hat gedacht, ich werde eine Antwort finden, wenn es soweit ist. Daria hat gedacht, soll ihr Vater es ihr erklären.

Ihr kleines Mädchen steht vor ihr, die Augen voll von Tränen, den Kopf zwischen ihre kleinen Schultern gezogen. Daria weiß, sie hat Schuld auf sich geladen. Das Herz der Mutter wird zu Papier, zerreißt.

Samira hat die Farbe aus ihrem Gesicht verloren. Es ist weiß wie Schnee, der im Winter in den Bergen liegt. Samira schluckt Tränen herunter. Tapfer wie ein großes Kind. Tapfer wie ein richtiger Junge. Samira sagt nicht viel. Fragt nur, bin ich kein richtiger Junge?

Daria hat Angst in den Augen.

Das Kind sieht seine Mutter an. Voll von Erwartung, voll von Hoffnung. Hoffnung, dass die Mutter sagen wird, alles ist gut.

Daria sucht in ihrem Kopf nach Worten. Worte, die nicht kommen. So viel sie auch in ihrem Kopf sucht.

Die kleine Samira steht da, wird immer winziger.

Daria will zu ihrem Kind, will es in den Arm nehmen. Ihre Arme und Beine gehören ihr nicht mehr. Daria steht da. Steif. Hilflos. Nicht wie eine Erwachsene. Nicht wie eine Mutter. Nicht wie eine, die stark und kräftig sein soll. Nicht wie eine, die Antworten hat, ihrem Kind Schutz geben soll.

Samira sieht alles, braucht eine Antwort, braucht die Mutter, braucht den Schutz. Eine Träne fällt aus dem Auge von Samira, rollt über ihr Gesicht, fällt auf den Lehmboden, verschwindet. Samira zieht alle Luft, die sie um sich herum finden kann, in ihren kleinen Körper, verschluckt sich, weint, hustet, will ersticken, will verschwinden. Wie ihre Träne.

Meine Mutter war ein Stein, wird Samira später denken.

Samira krümmt sich, Geschmack von Blut kommt in ihren

Mund, bis sie endlich weint. Die Tränen sind gut, machen Kraft. Gerade genug für eine kleine, große Frage. Bin ich kein richtiger Junge?

Daria sagt viele kleine Worte, die niemand hört. Sie selber nicht, und ihre Tochter auch nicht. Nur ein Wort kommt aus ihrem Mund heraus. Nur ein einziges kleines Wort.

Doch.

Ein kleines, winziges Doch. Mehr hat die Mutter nicht zu sagen.

Samira zittert, weiß nicht, dass ihr Körper kalt ist, weiß nur ihre tausendundeine Fragen haben keine Antwort.

Daria und Samira stehen und stehen. Daria zündet nicht das Feuer an, knetet nicht den Teig für das Brot, breitet nicht die Kissen und Decken für die Nacht aus, lässt den Filz nicht hinunter, um das Zelt für die Nacht zu schließen. Samira steht da, zittert, bebt, als wenn der Winter ins Zelt gekommen ist. Ihre schwarzen Augen flehen, kleben an der Mutter aus Stein.

Daria weiß, es ist die Schuld, die sie zu Stein macht. Schwarze, schwere Schuld. So viel Schuld, dass Daria nicht sieht, dass der Kommandant hinter seinem Mädchenjungen steht.

Komm, Junge, sagt der Kommandant, mit einer Stimme, die voll von Angst ist. Der Vater steht halb im Zelt, halb draußen. Die Kälte im Zelt ist eine Wand. Sein Tochtersohn steht vier Schritte entfernt von ihm. Die durchsichtige Wand aus Kälte lässt ihn nicht zu ihm. Komm Junge, sagt er. Dein Pferd ist da.

Die Vaterworte berühren den Rücken des Kindes. Langsam, so langsam, dass sie es selber nicht merkt, kommen sie in das Herz seines Mädchensohnes, sehen den Schmerz, die Angst, die Traurigkeit. Fressen sie auf. Die Vaterworte sind ein Tier, ein hungriges Tier. Ein Tier, was alles, was in dem Herzen des Kindes wohnt, auffrisst.

Samira hört es genau. Der Vater sagt, Junge.

Langsam, so langsam, dass sie selber es nicht merkt, trocknen die Tränen in Samiras dunklen Augen, die aussehen, als wenn sie einer gerade gewaschen hat. Die Tränen in ihrer Nase zieht sie hoch, den Rest schluckt sie hinunter. Samira weiß nicht, was geschehen ist. Sie weiß nicht, aus welchem Grund sie sich nicht rühren konnte. Sie weiß nicht, aus welchem Grund sie sich jetzt wieder bewegen kann. Langsam, so langsam, dass sie selber es nicht merkt, bewegt sie ihre Finger, ihre Hand, ihren Arm, wischt die Tränen aus ihrem Gesicht, zieht ihre *shalvar* hoch, ohne zu wissen, wann und aus welchem Grund sie heruntergerutscht ist. Samira macht den Mund auf, will etwas sagen, findet die Worte in ihrem Kopf. Sie will sagen, ich bin ein richtiger Junge. Ich habe es gehört, mein Vater hat es gesagt. Er hat gesagt, Junge.

Samira bewegt ihre Zunge, öffnet und schließt den Mund. Die Worte kommen nicht heraus. Samira hört die Worte, die sie spricht, nicht. Samira schweigt. Bleibt stumm.

Stumm. Stumm.

Eine Lüge

Samira die Stumme spannt Grashalme zwischen ihre Daumen und Handballen, presst die Lippe dagegen, bläst, spielt eine Melodie.

Das Kind ist nicht glücklich, sagt Daria.

Lass ihn, sagt der Kommandant, sattelt sein Pferd, ruft seinen Mädchensohn, sagt, komm, Junge.

Samira lächelt. Junge. Das ist ein schönes Wort.

Kommandan koja miri? Kommandant, wohin reitest du?, rufen die Leute.

Miram sareh kouh. Zum Berg, antwortet der Kommandant. Mein Sohn und ich reiten zu unserem Felsen.

Der Vater und der Sohn lassen die Zelte, die anderen *kutshi*, ihre Tiere und alles andere hinter sich, stoßen den Pferden die Absätze in die Flanken, pfeifen durch die Zähne, schnalzen mit der Zunge, rasen so schnell, bis sie fliegen. Samira weiß es, sieht es, sie fliegen. Die Hufe der Pferde berühren den Boden nicht, der Wind weht durch ihr Haar, unter ihr Hemd, kitzelt ihre Haut.

Der Kommandant beugt sich herüber, greift die Zügel ihres Pferdes, treibt seinen Hengst noch mehr an, umfasst den Körper seines Tochtersohnes, hebt ihn in die Luft, setzt ihn vor sich auf seinen eigenen Hengst, hält ihn fest in seinen starken Armen. Samira schließt die Augen, lehnt sich zurück, breitet die Arme aus, weiß, es ist die Wahrheit, es ist eine Lüge. Eine schöne Lüge. Fliegen ist, wenn man hoch oben am Himmel ist.

Fliegen ist, wenn man Flügel hat. Engel fliegen. Samira fliegt nicht. Fliegt doch. Bis zum Schluss, bis zum Ende, bis zum Felsen.

Samira macht es wie ihr Vater, setzt den Fuß nicht in die Bügel, um abzusteigen, schwingt ihr Bein über den Kopf des Pferdes und springt in die Arme des Vaters. Er packt sein Kind wie einen Sack Zwiebel, schiebt es auf die flache Platte.

Unser Felsen, denkt Samira. Das ist er, und das ist er nicht. Er ist es, weil in allen Sommern und Wintern, die gekommen und gegangen sind, mein Vater, sein Vater und alle unsere Vaterväter hierhergekommen sind und er uns gehört.

Der Kommandant hat aber auch gesagt, dass alle seine Besitzer erstgeborene Männer gewesen sind. Richtige Männer. Richtige Väter und richtige Söhne mit ihrer Männlichkeit zwischen den Beinen. Samira hat keine Männlichkeit unter ihrem Bauch hängen. Der Vater hat keinen Sohn. Samira weiß aber auch, sie ist mehr Mann als mancher Mann, der Männlichkeit zwischen seinen Beinen hat. Samira schließt die Augen. Wann ist der Zeitpunkt, wenn ein Junge zum Mann wird?

Der Kommandant hievt seinen kräftigen Körper auf den Felsen, streicht seinem Samir über den Kopf, sieht, dass er schon wieder in seiner eigenen Welt verschwunden ist. Ich habe Angst, dass du verloren gehst, sagt der Kommandant, schluckt seine Tränen, damit sein Kind sie nicht sieht.

Ein richtiger Mann weint nicht, denkt Samira.

Der Vater kniet vor seinem Tochtersohn, packt ihn an den Armen.

Woher weiß ich, wann sein Zupacken voll von Liebe ist, wann nicht?, denkt Samira.

Wo bist du?, fragt der Kommandant.

Samira sieht ihren Vater an, lächelt. Das schönste Kinderlächeln der Welt. Ich bin in deinen Händen, denkt sie.

Der Kommandant packt fester zu, sieht seinem Kind in die Augen, schüttelt es. Wo bist du? Geh nicht weg. Lass mich nicht allein.

Samira sieht Berge, Täler, Orte, wo sie noch nie gewesen ist, sieht Menschen, die sie nicht kennt. Ich bin hier, und ich bin nicht hier. Welchen Unterschied macht es, wo ich bin? Samira streicht das Gesicht ihres Vaters, berührt seine langen, schwarzen Locken. Ich bin im Nirgendwo, denkt Samira die Stumme.

Samira die Stumme, schweigt. Schweigt, weil die Zeit von einem Leben nicht reicht, für die vielen Worte, die sie sagen müsste, würde sie sprechen können. Schweigt, weil sie nicht weiß, wo der Anfang und das Ende ihrer Worte sind. Schweigt, weil der Vater der Mutter die Schuld gibt. Für alles und jeden. Samira schweigt, weil es nicht die Schuld der Mutter ist. Weil es eben doch ihre Schuld ist. Die Schuld der Mutter, des Vaters, der Welt, des Herrgotts.

Schuld an was?

Schuld an allem, an nichts, an was auch immer.

Aus welchem Grund schickt Gott all die Fragen in meinen Kopf?, denkt Samira. Jede seiner Fragen hat tausendundeine Antworten. Welchen Nutzen hat es, wenn ich eine Antwort gebe? Eine Einzige von tausendundeiner Antworten, die ich habe.

Die Mutter hatte nur ein kleines, großes Doch.

Daria sagt, mein Kind spricht nicht, weil das Unrecht, was wir ihm antun, so groß ist.

Die Leute sagen, Gott hat dem Sohn des Kommandanten die Zunge weggenommen, weil er ihn prüfen will. Gott will wissen, ob er genug Mann sein wird, wie sein Vater ein guter Kommandant zu werden, obwohl er nicht sprechen kann.

Samira spricht nicht, weil sie nicht weiß, welchen Nutzen es hat, falsche Worte zu sagen, obwohl sie die Wahrheit kennt. Die

Wahrheit ist nicht die Wahrheit, und die Lüge ist nicht die Lüge. Welchen Nutzen hat es, wenn Samira spricht, die Leute aber denken, es ist Samir, der spricht? Wenn nicht einmal sie selber weiß, ist es Samira, die spricht, oder Samir. Die Leute fragen, Samir, Junge, wie geht es dir? Samira lächelt, nickt. Nickt auch, wenn es ihr nicht gut geht. Die Leute wollen es so. Also nickt sie. Es geht ihm gut, sagen sie.

Was fühlst du?, fragt der Vater. Samira lächelt. Ist das, was du fühlst, schön?, fragt der Vater. Leise. Nicht weil es wichtig ist. Leise, weil die Traurigkeit in seinem Hals keinen Platz lässt für laute Worte. Samira lächelt, nickt. Alles, was ich will, ist dein Glück, sagt der Vater. Glück, denkt Samira. Das ist ein gutes Wort. Ich weiß, was dich glücklich macht, sagt der Vater, schwingt sich vom Felsen hinunter, breitet die Arme aus, sagt, spring.

Samira stellt sich an den Rand des Felsen, schließt die Augen, breitet die Arme aus, hört die Luft, wie sie an ihr vorbeizieht und gleichzeitig bei ihr bleibt, genießt den Augenblick. Langsam. So langsam, dass sie selber es kaum merkt, lässt sich Samira nach vorne in die starken Arme des Vaters fallen. Glück ist ein wichtiges Wort, denkt sie, weiß, der Tag wird kommen, an dem sie zu groß und der starke Vater nicht mehr stark genug sein wird, um sie aufzufangen.

Der Vater packt sie, hebt sie auf den Rücken ihres Pferdes, schwingt sich auf seinen Hengst, stößt ihm die Absätze in die Seiten, klettert mit ihm das steinige Stück Berg hinunter bis zur Wiese, pfeift durch die Zähne, galoppiert los, reißt seinen Hengst herum, sieht seinem Tochtersohn zu. Samira schnalzt mit der Zunge, stößt ihrem Pferd die Absätze nicht in die Seite, klopft seinen Hals, klettert den steinigen Hang mit ihm hinunter. Nicht so schnell, nicht so sicher wie der Vater. Das Pferd rutscht, stolpert.

Hab keine Angst, ruft der Vater.

Samira weiß, der Tag wird kommen, an dem sie ihr Pferd genauso geschmeidig und sicher, voll von Kraft und Anmut, die Felsen hinunterführen wird wie ihr Vater.

Der Kommandant pfeift durch die Zähne, galoppiert los, hinaus in die Ebene, in Richtung Bande Amir, den sieben heiligen Seen. Treib dein Pferd an. Zeig ihm, wer der Herr ist, ruft der Kommandant. Zeig ihm, wer von euch beiden der Stärkere ist.

Samira beugt sich vor, krallt die Mähne ihres Pferdes, krault ihn zwischen den Ohren, flüstert seinen Namen. Das einzige Wort, was sie spricht. Azad.

Azad hört seinen Namen, wirft den Kopf zurück, stürmt los. Samira lässt die Zügel locker, damit Azad den Hals strecken kann, so weit er will.

Kein Junge reitet wie mein Samir, denkt der Kommandant. Geschmeidig und ungestüm. Wendig und voll von Kraft. Vereint, eins mit dem Tier. Halb Tier, halb Mensch.

Samira sieht den Stolz des Vaters. Das ist Glück, denkt sie. Ihr Herz schlägt im Takt der Hufe, die Azad auf den Boden stampft, sein Fell wird heiß, wird feucht, seine Muskeln werden warm, werden geschmeidig. Das ist Kraft, denkt Samira. Kraft und Macht. Mein Azad und ich machen uns bereit für das Spiel der Spiele, das *boskashi*-Spiel. Wir machen uns bereit für das Leben. Samira vergisst, dass sie stumm ist. Vergisst ihre tausendundeine Fragen. Vergisst, dass sie keine Antworten hat. Vergisst, dass sie weder ein richtiger Junge noch ein richtiges Mädchen ist, vergisst ihren Vater, ihre Mutter, die im Zelt hockt, vergisst die Schuld. Die Schuld von jedem und allem.

Samira wird leicht. Fliegt. Löst sich auf, ist nichts. Ist alles. Junge. Komm her, Junge, ruft ihr Vater.

Samira hört nicht.

Der Kommandant zerrt an den Zügeln seines Hengstes, dass er sich auf die Hinterbeine stellt und wiehert. Er reißt das Tier herum, voll von Wut, schlägt die Peitsche gegen seinen Hals, rast los, holt seinen Samir ein, reitet neben ihm, greift die Zügel von Samiras Pferd, drosselt beide Tiere, bis sie beinah stehen. Samir. Junge. Sieh mich an. Wo bist du?

Das ist eine große Frage, denkt Samira, krault die Mähne ihres Azad, schmiegt ihren Kopf an seinen Hals.

Junge, sagt der Vater. Leise. Weil es wichtig ist, was er zu sagen hat. Du machst mir Angst.

Samira schüttelt den Kopf.

Der Vater streicht die feuchte Stirn seines Mädchenjungen.

Lass uns *boskashi* spielen, sagt er, macht es mit seinem Tochtersohn, wie sein Vater es mit ihm gemacht hat, hockt sich auf einen Stein, erklärt das Spiel. Die Männer spielen das Spiel, um ihren Mut auf die Probe zu stellen, um ihre Kraft zu stärken. *Boskashi* ist das Spiel, mit dem Kriegsmänner sich auf ihren Feind vorbereiten.

Samira macht die Augen zu Schlitze. Welche Schlacht? Welcher Feind? Ist es der Wille Gottes, dass die anderen die Schlechten sind und wir die Guten?

Du kämpfst um den Kadaver eines Kalbes oder eines Schafes, sagt der Kommandant, dein Sieg wird gefeiert, und du wirst gut bezahlt werden. Ein guter Spieler ist ein Mann, der mit Ehre und Macht gesegnet ist. Ehre, sagt der Kommandant.

Samira richtet sich auf.

Ehre gebührt dem Mann, dem es gelingt, das tote Tier, was im *helal*-Kreis liegt, zu greifen, damit um den Pfosten mit dem Stofffetzen herumzureiten und es wieder zum *helal*-Kreis zurückzubringen.

Ehre ist Mut, denkt Samira. Ehre ist Leichtsinn, Ehre ist beides und noch so vieles mehr. Ehre ist alles. Ehre ist nichts. Ein großes, lautes Nichts.

Weißt du, was Ehre ist?, fragt der Kommandant.

Samira nickt.

Ehre ist, wenn ein Mann sein Ziel erreicht. Wenn ein Mann von anderen Männern respektiert und geachtet wird, sagt der Kommandant.

Mein Vater wird geachtet, denkt Samira, weil er mit einem Kadaver zum Stofffetzen reitet und das tote Tier in den *helal*-Kreis bringt.

Ehre ist, wenn ein Mann voll von Kraft und Stärke ist. So wie ich, sagt der Kommandant, ballt die Hände zur Faust, spannt die Muskeln seiner Arme, hält sie gebeugt, bis Samira sie berührt und nickt.

Woraus baut Gott die Muskeln meines Vaters? Aus Fleisch, aus Knochen, aus Haut? Aus etwas, was ich nicht kenne?, denkt Samira und legt diese Frage zu allen anderen Fragen in ihrem Kopf. Aus welchem Grund haben manche Männer Kraft in den Armen, andere nicht? Aus welchem Grund gibt es Frauen, die kraftvoller sind als mancher Mann? Noch mehr Fragen.

Du wirst sehen, sagt der Kommandant, der Tag wird kommen, an dem auch du so stark sein wirst wie ich.

Warum reicht seine Kraft nicht, die Schuld von der Mutter zu nehmen?, denkt Samira. Und aus welchem Grund behält die Mutter die Schuld bei sich, statt sie ihm, dem Starken zu geben?

Wenn ein Mann das Spiel beherrscht, sagt der Kommandant, beherrscht er auch den Feind.

Die Augen von Samira sind funkelnde Juwelen. Mein Vater beherrscht das Spiel und den Feind, denkt sie, fragt sich, warum er nicht auch das Leben beherrscht, und weiß nicht, woher sie weiß, dass er das Leben nicht beherrscht.

Der Kommandant malt mit dem Finger einen kleinen Kreis in den Sand. Das ist der *helal*-Kreis. Zu Beginn des Spiels liegt hier das tote Tier. Die ganze Nacht über hat es im Bach gelegen, damit das Blut aus ihm herausgewaschen wird, damit sein

Fell sich voll Wasser saugt und es noch schwerer wird. Der Kommandant spricht nicht weiter, sieht, sein Samir ist nicht bei ihm. Du bist wie das Wasser im Topf deiner Mutter, sagt er. Du hockst still, reglos, dennoch bebst und brodelst du. Ich könnte aufhören zu sprechen, könnte schweigen, du würdest es nicht bemerken. Ich könnte gehen, du würdest mich nicht vermissen. Du bist wie der Vogel im Himmel. Der Kommandant kennt nur einen Weg, den Vogel vom Himmel zu holen. Er müsste sein Gewehr anlegen, auf den Vogel zielen, abdrücken. Mit einer Kugel und einem dumpfen, trockenen Knall könnte er ihn zu sich auf die Erde holen.

Der Kommandant packt seinen Tochtersohn an den Armen, schüttelt ihn. Halb mit Liebe und Sehnsucht, halb mit Wut und Abscheu.

Samira schließt die Augen.

Der Kommandant lässt sein Kind los. Sobald das Spiel beginnt, sieh weder nach links noch nach rechts. Achte nicht darauf, was die anderen Männer machen. Reite los. Die Männer werden schreien, werden versuchen, dir das Tier zu entreißen. Die Pferde werden wiehern und schnauben, werden auf die Hinterbeine steigen, ihre Augen und Mäuler aufreißen und aussehen wie Ungeheuer.

Samira schließt die Augen, sieht nicht die Ungeheuer, sieht die Engel, die sie tragen, spürt den Wind. Samira ist über den Wolken, nahe der Sonne, dem Mond, den Sternen. Samira hat keine Angst, die Engel sind bei ihr.

Beug dich tief herunter, sagt der Kommandant, damit du sicher zupacken kannst. Greif den Kadaver am Bein, zieh das Tier auf den Sattel und klemme es unter deinen Schenkel, damit du die Hände frei hast, die Zügel halten und deine Peitsche einsetzen kannst.

Samira breitet die Arme aus, greift die Hände der Engel, die sie tragen, steigt mit ihnen hoch, dahin, wo nichts mehr ist, dahin, wo das Ende ist. Das Ende von allem und nichts. Das Ende und der Anfang. Dahin, wo Gott ist. Dahin, wo keine Mutter mit Schuld ist, kein Vater ohne Männlichkeit, dahin, wo auch Gott nicht mehr ist.

Der Kommandant senkt seine Stimme, macht die Augen zu Schlitzen, als wenn er ein Geheimnis verraten will. Du musst so schnell du kannst aus dem Knäuel von Pferden und Männern herauskommen.

Samira richtet sich auf, überall sind Männer auf Pferden, überall sind kurze Peitschen, überall sind die Gesichter von Ungeheuern.

Der Kommandant schlägt mit seiner Peitsche die Luft, sagt, du gibst deinem Pferd die Sporen und die Peitsche, vertraue ihm, es kennt den Punkt, um den du mit dem Tier reiten musst. Du hast ihm den Pfosten vorher gezeigt, bist wieder und wieder mit ihm um den Stofffetzen herumgeritten, es kennt den Weg im Schlaf.

Samira, an jeder Hand einen Engel, erreicht den Pfosten mit dem Stofffetzen, fliegt zurück zum Kreis, der *helal* ist. Macht es nicht wie die anderen und wirft das Tier, Samira beugt sich herunter, legt es ab. Voll von Respekt und Achtung für das tote Tier.

Würde Samira die Stumme sprechen, würde sie sagen, Achtung ist, wenn ich das Messer nicht an den Hals des Tieres legen und ihn aufschlitzen muss, nur damit ich spielen kann. Samira ist halb so groß gewesen wie heute, als der Kommandant ihre Hand in seiner großen, starken Männerhand gehalten hat. Ganz fest, damit das Kind sie nicht wegziehen kann. Samira hat gespürt, wie das Messer in das Fell, die Haut, das Fleisch, die Kehle des weichen Lamms gedrungen ist.

Samira hat es getan, und hat nicht gewusst, warum. Sie hat es getan, weil der Vater es so gewollt hat.

Der Kommandant hat die kleine Samira auf ihr Pferd gesetzt

und hat sie hinter sich hergezogen. Vorsichtig, unvorsichtig. Zuerst ist das Lamm auf den Boden gefallen, dann Samira. Der Vater hat sie gepackt, auf das Pferd zurückgesetzt. Wieder und wieder. Die Sonne war längst untergegangen, der Mond und die ersten Sterne haben sich längst am Himmel gezeigt, da hat der Kommandant seinen kleinen Tochtersohn endlich zu sich aufs Pferd gesetzt und ist mit ihm durch die Nacht geritten.

Daria hat vor dem Zelt gestanden. Voll von Sorge, voll von Sehnsucht, hat sie die Arme ausgebreitet.

Er schläft, hat der Kommandant gesagt.

Daria hat ihren Tochtersohn genommen, hat gesagt, *koshtish*. Du hast ihn umgebracht.

Er schläft, hat der Kommandant gesagt.

Eines Tages wirst du mir mein Kind bringen, und es wird tot sein, hat Daria gesagt.

Der Kommandant wollte wütend werden, wollte seine Daria zurechtweisen, ihr sagen, dass es nicht Sache einer Frau ist, mit ihrem Mann derart zu sprechen. Statt dessen hat er seinen Mund Worte sprechen hören, von denen er nicht gewusst hat, dass sie in seinem Kopf sind. Nicht dein Kind, ich bin es, den man dir tot bringen wird.

Viele Sommer und Winter sind seit jenen Worten gekommen und gegangen. Frauen, Männer, Kinder sind tot zu ihren Müttern, Frauen, Schwestern, Vätern, Brüdern, Söhnen gebracht worden. Der Kommandant aber ist so lebendig wie an dem Abend, als er gesagt hat, ich bin es, den man dir tot bringen wird. Ein kalter Schauer fährt über den schönen Rücken von Daria, wenn die Worte ihres Kommandanten in ihre Erinnerung zurückkommen.

Daria sagt, es ist nicht gut, dass du die Worte nicht für dich behalten hast. Wenn Menschen Dinge in ihrem Kopf sehen, Worte dafür finden, sie auf ihre Zunge legen, aus ihrem Mund befreien, werden sie wahr. Das ist nicht gut. So vieles ist nicht gut. Wie so vieles andere in meinem Leben, was nicht gut ist.

Die Tage von schlafend in die Arme der Mutter gelegt werden sind längst wieder gegangen. Samira ist längst kein kleines Kind mehr. Sie ist größer und stärker als ihre Mutter, schlauer als ihr Vater, kräftiger als die anderen Jungen. Samira ist größer und mutiger als Jungen, die ebenso viele Sommer und Winter auf Gottes Erde sind wie sie. Sie reitet schneller als viele der anderen Jungen, als manch anderer Mann. Samira ist ein halber Mann, eine halbe Frau, mit einer Schönheit, die Männer wie Frauen verzaubert. Die Leute nennen ihn, Samir der schöne Stumme.

Die Frauen sprechen hinter vorgehaltener Hand, sagen, Samir braucht weder die Peitsche, noch muss er Kraft anwenden, um sein Pferd zu beherrschen. Die Männer sagen, die Pferde gehorchen ihm, als wenn er einer von ihnen ist, als wenn er ihr Anführer ist.

Samira spielt eine Melodie auf dem Grashalm. Das Pferd spricht mit Samira der Stummen. Es scharrt den Boden, stellt sich auf die Hinterbeine, kommt auf sie zu, bis sie seinen Atem spüren kann, seine weichen Nüstern berührt, seinen Kopf umfasst, seine Nase streichelt. Samira geht neben dem Pferd her, schmiegt ihr Gesicht an seinen Kopf. Das Pferd sieht sie an, knabbert an ihren Fingern.

Wäre ich doch nur das Pferd, sagen die Mädchen. Leise. Damit ihre Väter und Brüder, Mütter und Schwestern es nicht hören. Die Frauen kichern, sagen, der Junge spielt mit dem Pferd wie mit seiner Geliebten. Die Frauen sehen, wie der schöne Junge die Augen schließt, sein Atem ruhig geht, die Welt um ihn herum versinkt. Nichts mehr ist, nur noch der Junge und das Pferd.

Die jungen Mädchen vergessen, ihre Münder zu schließen, die Männer sehen die Sehnsucht, die Lust ihrer Töchter, zischen wie eine Schlange, geben ihnen mit flacher Hand einen

Schlag auf den Hinterkopf. Der Junge ist ein Teufel, sagen die Männer. Leise. Damit der Kommandant es nicht hört.

Daria sieht und hört alles das und noch viel mehr.

Die Jungen legen Samira die Hand auf die Schulter. Samira sieht die Blicke der Mutter und des Vaters, windet sich, schüttelt die Hände der Jungen ab.

Mädchen ist es verboten, sich von Jungen berühren zu lassen. Ihre Ehre steht auf dem Spiel. Samir dem Jungen wäre es erlaubt, sich anfassen zu lassen. Samira die Stumme sieht auf den Boden, beißt ihre Lippe.

Daria weiß, der Tag wird kommen, an dem die Jungen richtige Männer sein und ihre Hand nicht von der Schulter ihrer Tochter nehmen werden.

Die Leute sagen, Gott hat dem Jungen die Sprache genommen, damit er niemandem sein Geheimnis verrät.

Je mehr über einen Mann gesprochen wird, sagt der Kommandant, desto wichtiger ist dieser Mann.

Dein Sohn ist kein Mann, sagt Daria.

Das wird er noch werden, sagt der Kommandant, sieht hinüber zu seinem Tochtersohn, der auf der Wiese hockt und auf seinem Grashalm eine Melodie spielt.

Samira hört die Worte der Mutter und des Vaters nicht, sieht ihre Gesichter, weiß, es sind hässliche Worte.

Siehst du, was du getan hast, sagt der Kommandant. Wieder hast du ihn traurig gemacht.

Daria schweigt.

Samira weiß, der Vater gibt der Mutter die Schuld. Schuld für ihre Melodie. Schuld für alles, was kommen wird.

Daria lässt den Kommandanten stehen, geht ins Zelt zu ihrem Feuer und ihrem Wasser.

Der Kommandant sieht ihre Tränen nicht, weiß aber, Daria hat Tränen. Sie hat immer Tränen. Seit jenem Tag, als ihr Kind im Zelt vor ihr gestanden und sie keine Antwort für Samira gehabt hat. Sie hocken in ihrem Hals, sind jederzeit bereit herauszuspringen.

Junge. Lass das, ruft der Kommandant. Er mag es nicht, wenn sein Samir die Melodie spielt, die die Tränen aus Darias Hals löst und in ihre Augen bringt.

Samira lässt es. Hört auf zu spielen.

Azad hört auf zu grasen, kommt zu ihr, geht in die Knie, legt sich auf den Boden, legt seinen Kopf in den Schoß von Samira.

Lass das, ruft der Kommandant. Ein Pferd ist ein Pferd. Er soll einen Mann auf seinem Rücken über die Ebene tragen, im Spiel kämpfen.

Samira sieht die Wut des Vaters nicht, hört seine Worte nicht.

Der Kommandant schlägt mit der Peitsche in die Luft. Was ist mit dir?, ruft er. Bist du jetzt auch noch taub geworden?

Daria kommt aus dem Zelt. Lass ihn, sagt sie.

Lass mich, sagt der Kommandant.

Daria lässt ihn, schweigt.

Samira schiebt Azad von ihrem Schoß, erhebt sich gleichzeitig mit ihm, schwingt sich auf seinen sattellosen Rücken, schnalzt mit der Zunge, reitet los.

Der Kommandant schlägt seine Peitsche in die Luft, pfeift nach seinem Hengst, vergisst, dass er ihn an den Pflock gebunden hat. Das Pferd reißt an der Leine, reißt die Augen auf. Der Kommandant beeilt sich, es loszubinden, schwingt sich auf seinen Rücken, folgt seinem Mädchenjungen. Daria hockt in ihrem Zelt, vor dem Feuer und ihrem Topf mit dem brodelnden Wasser, sieht hinaus, sieht ihr Kind, sieht ihren Kommandanten, fängt die Blase nicht, die aus dem Wasser springt.

Der Kommandant holt seinen Tochtersohn ein, reitet neben ihm, packt seinen Samir, setzt ihn vor sich auf den Rücken seines Hengstes, hält ihn fest. Ganz fest, damit er nicht herunterfällt. Damit er nicht herunterspringt.

Wir wollen zu unserem Felsen reiten, sagt der Vater, drückt den Arm so fest um Samira, dass sie kaum noch Luft bekommt.

Samira krallt sich in die Mähne des Vaterhengstes, schmiegt ihr Gesicht an das Fell des Tieres, krault ihn, sieht ihren Azad neben sich. Azad galoppiert nicht mehr, wird langsamer. Je mehr Samira den Vaterhengst krault, desto langsamer wird Azad, desto langsamer wird auch der Vaterhengst. Der Kommandant schlägt mit der Peitsche gegen die Schenkel seines Hengstes, zieht und zerrt an den Zügeln. Der Hengst gehorcht nicht, wird langsamer, stellt sich auf die Hinterbeine. Samira richtet sich auf, schwingt das Bein über den Kopf des Hengstes, springt ab. Der Kommandant reißt an den Zügeln, kommt zum Stehen, springt auch ab.

Samira steht da, mit ihrem Azad hinter sich. Er schiebt seinen Kopf über ihre Schulter, sie legt ihren Arm darum. Der Vaterhengst schiebt seine Nase in die Hand von Samira, knabbert an ihren Fingern.

Die Tiere verstehen dich, sagt der Kommandant und weiß nicht, woher all sein Hass kommt. Es ist Hass, der größer und stärker ist als der, den er für den Feind in sich trägt. Es ist Hass, der ihm Angst macht.

Die Pferde scharren mit den Hufen, machen einen Schritt zurück. Samira steht wie ein Baum.

Lass das, sagt der Vater. Der Kommandant bittet seinen Samir nicht. Es ist ein Befehl.

Was soll sie lassen? Ein Baum zu sein? Samira zu sein? Samir zu sein? Ein richtiger Junge zu sein? Am Leben zu sein? Was?

Lass das, sagt der Vater.

Samira die Stumme senkt den Blick.

Pferde sind Pferde, sagt der Kommandant.

Samira die Stumme hebt den Blick, macht die Augen zu Schlitze, sonst tut sie nichts.

Der Kommandant schlägt die Peitsche in die Luft. Lass das,

sagt er. Mit einer Stimme, die so laut und hässlich ist, dass der Geschmack von Blut in seinen Hals kommt.

Der Kommandant holt aus, will mit der Peitsche den Hengst schlagen. Der Blick von Samira folgt dem Peitschenarm des Vaters. Der Kommandant streckt den Arm hoch und höher, bis in den Himmel, dass Gott seine Peitsche sieht. Gerade will der Kommandant den Zorn aus sich herauslassen, gerade will er zuschlagen, da reißt der Hengst die Augen auf, stellt sich auf die Hinterbeine, wiehert, rennt davon.

Der Peitschenarm des Kommandanten bleibt in der Luft.

Es ist Gott, der seine Hand hält, denkt Samira.

Eine Ahnung

Damit der Tod schnell kommt, schärft Samira das längst geschärfte Messer, schenkt dem Tier, das schließlich auch von Gott geschaffen ist, einen letzten Schluck Gnadenwasser, packt es an den Beinen, zieht sie mit einem Ruck unter seinem Körper weg, dass es auf den Boden fällt, presst ihr Knie auf seine Brust, legt das Messer an seinen Hals, sagt ein stummes *be-isme-Allah* und schlitzt mit einem schnellen Schnitt die Kehle des Schafes auf. Es zappelt, röchelt, Blut platzt aus seinem Hals, läuft Samira über die Hand, auf den Boden, vor die Füße. Das Tier rudert mit den Beinen in der Luft, reißt die Augen auf, sieht seinen Mörder.

Das ist der Lauf des Lebens, denkt Samira die Stumme. Leben ist töten, Leben ist getötet werden.

Gott segne das Opferblut, sagt der Vater.

Das erste Blut fängt Samira in der Schale auf, schenkt es dem Kreis, der *helal* ist, den Rest kippt sie vor ihr Zelt, damit jeder sieht, dieses ist das Zelt eines Kriegers. Samira führt ihr eigenes Pferd und das des Vaters über das Blut, geht selber darüber hinweg. Viermal. Damit Gott ihr vergibt. Für das Opferblut, das sie vergossen hat, das so rot ist wie das, was in ihren eigenen Adern fließt.

Lass das, sagt der Kommandant. Das ist genug Respekt.

Samira lässt es.

Komm, sagt der Kommandant. Die anderen Jungen warten.

Er steht neben dem Spielfeld und sieht seinem Samir zu. Mein Sohn ist ein Unbesiegbarer, sagt er zu sich selber.

Samira beugt sich tief über den Hals ihres Pferdes, zerrt nicht an den Zügeln, stößt ihm die Absätze nicht in die Seiten, haut ihm die kurze *boskashi*-Peitsche nicht auf die Schenkel. Es sieht aus, als wenn Samira in einer geraden Linie galoppiert. In Wahrheit schwenkt sie mal zur einen, mal zur anderen Seite aus, verdrängt die anderen Jungen, als wenn es ein Tanz ist, den sie aufführt, als wenn es keine Schlacht ist, die sie gewinnen muss.

Seht ihn euch an, sagt der Kommandant, mein Sohn ist wendig wie ein Fisch im Wasser, leicht wie ein Vogel in der Luft.

Die anderen Männer nicken.

Der hässliche Olfat wendet sich ab, damit der Kommandant ihn nicht hören kann, sagt, der Tag wird kommen, an dem sein Sohn im wirklichen Spiel reiten muss, wenn hundert und mehr Reiter gegen ihn um den Kadaver kämpfen. Das wird der Tag, an dem er verlieren wird.

Die anderen Männer schweigen, haben Angst, wollen nicht, dass Samir verliert. Er soll ihr neuer Anführer werden, wenn der Kommandant sie nicht mehr führt, denn wenn Samir es nicht tut, wird Olfat es tun. Olfat und seine vier Söhne. Olfat der Lügner, der ohne Ehre ist. Olfat der Dieb.

Die Männer wollen an die Kraft, an die Unbesiegbarkeit des Kommandantensohnes glauben. Sie wollen, dass Samir den Platz seines Vaters einnimmt, ihre Familien, ihr Hab und Gut beschützt. Vor dem Feind und vor Olfat und seinen vier Söhnen. Seht ihn euch an, sagen die Männer, er ist noch ein Junge, noch lange kein richtiger Mann, aber bei Gott, schon jetzt ist sein Körper voll von Kraft, sein Geist ist voll von Zuversicht, und sein Herz ist voll von Güte.

Olfat spuckt aus, Grüngelbes liegt vor seinen Füßen. Seht ihn euch an, sagt er mit stinkendem Lachen. Seht, wie er mit den Pferden umgeht. Sanft und weichherzig. Der Junge ist kein richtiger Kerl. Und wird niemals ein richtiger Mann sein.

Die Männer wenden sich ab, wollen das Grüngelbe aus dem Rachen von Olfat nicht sehen, seinen stinkenden Atem nicht riechen, sagen, Samir ist gerecht, ist anständig. Sie sagen es leise, damit Olfat es nicht hört, sagen es laut, damit der Kommandant es hört. Olfat drängt sich zurück in den Kreis der Männer, zwingt sie, ihm zuzuhören, sagt, unser Kommandant ist selber kein richtiger Mann. Er hat nur einen einzigen Sohn gezeugt, und seine Männlichkeit hat er auch verloren. Samira hört die Worte nicht, weiß aber sowohl von dem einen als auch von dem anderen Gerede. Weiß, die Worte von Olfat sind hässlich. So hässlich wie das Grüngelbe, das er ausspuckt, das auf der Wiese liegt wie ein hässlicher Frosch mit aufgerissener Haut, der sterben will.

Samira die Stumme mag es, stumm zu sein, denn sie weiß weder eine Antwort auf die hässlichen noch auf die nichthässlichen Worte. Wenn es nach ihr geht, wird sie gar nichts. Weder ein guter noch ein schlechter Anführer, weder ein guter noch ein schlechter Krieger. Schon jetzt hat sie genug Verantwortung, findet Samira, und sie weiß nicht, warum die Leute nicht zufrieden sind mit der ganzen Mühe, die sie sich gibt, um so zu sein, wie alle wollen, das sie ist.

Samira sieht hinüber zum hässlichen Olfat, treibt ihr Pferd an, damit es noch schneller reitet. Der Vater sieht es, die Männer sehen es, Olfat der Hässliche sieht es auch. Der Kommandant ist zufrieden, die Männer sind zufrieden. Nur der hässliche Olfat ist nicht zufrieden.

Daria hockt in ihrem Zelt vor dem Feuer, fängt die Blase, die aus dem Topf springt, nicht auf, lässt sie ins Feuer springen, wo sie mit einem Zisch den Tod findet. Daria sieht das Gesicht des hässlichen Olfat nicht, sieht das Grüngelbe nicht, weiß, dass es da ist. Daria hört das Gerede der Männer nicht, weiß, dass es da ist, weiß, dass es nicht gut ist für ihr Kind.

Der Kommandant sagt, mein Samir ist ein Sieger.

Daria hört die Worte ihres Kommandanten, hört die polternden Hufe des Pferdes, hört den Atem ihres Kindes. Sie will zu ihm gehen, will sagen, lass es, du bringst dich noch um. Tut es nicht, sieht stattdessen den Blasen zu. Daria lässt ihr Kind kämpfen. Lässt die Blasen springen. Lässt ihren Kommandanten hoffen. Lässt die Männer reden. Lässt Olfat spucken. Daria lässt alles. Daria lädt Schuld auf sich.

Wer hat gewonnen?, fragt Daria, als Samira und der Kommandant zu ihr ins Zelt zurückkehren.

Samira lächelt.

Der Kommandant schweigt, tut, als wenn er die Frage seiner Frau nicht gehört hat.

Also hat mein Kind gewonnen, sagt Daria. Der Sieg ihres Kindes ist das Glück im Leben der Mutter.

Samira lächelt, umarmt die Mutter, voll von Vergebung. Vergebung für die Schuld, die der Vater seiner Daria gibt. Samira liebt das Spiel der Vergebung. Liebt es, Kind zu sein. Samira sieht den Vater, sieht seinen Blick, voll von Eifersucht, voll von Zweifel an sich selbst.

Lass sie in Ruhe, sagt Daria.

Der Kommandant hört die Worte seiner Frau nicht. Will sie nicht hören.

Du hast unser Kind den ganzen Tag, sagt Daria. Du zerrst an ihr, jagst sie mit dem Pferd die Berge rauf und runter. Den ganzen Tag soll sie ein Mann sein. Schießen. Jagen. Töten. Das Spiel der Männer spielen. Lass sie. Lass sie einen kurzen Moment des Tages auch mein Mädchen sein.

Der Kommandant hört nicht.

Daria hockt sich vor ihr Feuer, lässt die Blasen springen, lässt sie sterben.

Junge, sieh mich an, sagt der Kommandant. Er bittet seinen Sohn nicht. Es ist ein Befehl.

Samira gehorcht.

Geh schlafen, sagt der Vater. Noch vor Sonnenaufgang werden wir in die Berge zu unserem Felsen reiten.

Samira gehorcht, will ihre Decken für die Nacht ausbreiten.

Lass das, sagt der Kommandant. Er bittet nicht. Es ist ein Befehl.

Samira lässt es.

Das Nachtlager auszubreiten ist Sache der Frauen, sagt der Kommandant.

Daria erhebt sich. Mühevoll. Sie stützt ihre Hand auf dem Knie ab, seufzt, wischt mit dem Rücken der Hand ihre Stirn. Daria trägt Last auf den Schultern, die so schwer ist wie die Felsen in den Bergen.

Samira weiß nicht, wann es geschehen ist, wann ihre Mutter eine alte Frau geworden ist, wann sie ihre Kraft verloren hat. Samira will sie auf den Platz am Feuer zurückschieben, will ihre Mutter von damals zurückhaben, will in den Armen der Mutter in die Welt des Schlafes verschwinden. Sie will sich vor ihren Vater stellen, ihm sagen, er soll die Mutter lassen. Tut es nicht, steht einfach nur da, genau da, wo sie gestanden hat, als sie weniger als halb so groß gewesen ist wie heute, und weiß nicht, wann der Tag gewesen ist, an dem alles verloren gegangen ist.

Gerade taucht der Kommandant sein warmes Brot, was Daria aus dem Ofenloch im Boden gezogen hat, in den frischen Joghurt, den sie den ganzen Tag lang aus Milch der Ziegen gewalkt hat. Gerade will er das joghurtgetränkte Brot in seinen Mund schieben. Gerade hat Daria die Decken und Kissen für ihr Kind auf dem Boden ausgebreitet. Gerade wirft Daria dem Kommandanten einen müden Blick zu, da packt Samira ihr Gewehr, schultert es, geht aus dem Zelt, mit festem Schritt, weder schnell noch langsam, pfeift nach ihrem Pferd, schwingt sich auf seinen Rücken, reitet davon, in die Dunkelheit der Nacht.

Der Kommandant begeht eine Sünde, wirft sein Brot ins Feuer, in das Feuer seiner Daria, erhebt sich, will aus dem Zelt gehen, will seinem Samir hinterherreiten, da spürt er die Hand seiner Frau auf seinem Arm.

Siehst du?, sagt der Kommandant. Siehst du, was du mit meinem Sohn getan hast?

Daria will sagen, wie groß ihr Schmerz ist, da fällt ihr Blick in die Augen ihres Kommandanten, und sie sieht die Trauer darin. Die Trauer und die Sehnsucht. Warum ist damals immer besser als heute?, fragt sie.

Der Kommandant versteht nicht.

Daria weiß nicht, woher die Worte in ihrem Kopf kommen, weiß nicht, aus welchem Grund ihre Zunge sie sprechen. Es sind Worte, die sie damals gesprochen hat. Worte, die sie längst vergessen hatte. Ich vermisse dich, sagt sie.

Der Kommandant schweigt, schluckt Tränen. Ich bin hier, siehst du mich nicht, sagt er und wundert sich, weil seine Stimme die Wut verloren hat.

Doch. Mehr sagt Daria nicht. Nur ein kleines, unbedeutendes Doch.

Es ist meine Sache, mein Lager aufzuschlagen, denkt Samira, breitet die Decke auf dem Felsen aus, spannt ihr Gewehr, legt es neben sich, sieht in den Himmel, spricht mit Gott und den Sternen.

Das Kind ist kein Kind mehr, sagt Daria.

Ich weiß, sagt der Kommandant.

Daria tut, was sie längst nicht mehr getan hat, streift ihr Kleid über den Kopf, ist halb nackt.

Der Kommandant legt seine Finger auf die Haut seiner Daria, lässt sie machen, was sie wollen. Daria schweigt, ihre Hand wandert am Hals des Kommandanten hinunter, über seine Brust, wandert tiefer, dahin, wo der Schuss in dem Körper des Kommandanten gelandet ist. Dahin, wo heute nichts mehr ist. Nur noch Narben, Krater und Wunden.

Der Kommandant zuckt, sagt, du hast deine Sehnsucht für mich verloren.

Sie ist da, du siehst sie nur nicht, sagt Daria.

Es ist nicht meine Schuld, sagt der Kommandant.

Daria weiß, wer schuld ist. Es ist die Scham, der Hass. Der Kommandant hasst den Mann, der geschossen hat, seine Männer, die ihn vors Zelt gelegt haben, statt ihn sterben zu lassen. Er hasst Bibi-jan, weil sie Daria das Amulett geschenkt hat, er hasst seine Frau, weil sie Schuld auf sich geladen hat. Er hasst die Leute, die ihn nicht für einen richtigen Mann halten. Der Kommandant hasst seinen Samir, weil er kein richtiger Junge ist. Der Kommandant hasst alles und jeden, hasst sich selber und alles, was geschehen ist, hasst alles, was nicht geschehen ist.

Der Kommandant ist eins geworden mit dem Nichts, wo damals seine Männlichkeit gewesen ist. Ich habe den Mann in mir verloren, sagt der Kommandant.

Daria will nicht, dass er es sagt. Dinge werden wahr, wenn man sie sagt. Wir haben unser Kind verloren, sagt sie.

Ich habe meinen Sohn nicht verloren, sagt der Kommandant.

Sie gehört uns nicht, sagt Daria.

Er ist mein Sohn, sagt der Kommandant.

Noch lange bevor die Sonne über den Berg kommt, schwingt der Kommandant sich auf seinen Hengst, reitet durch die Dunkelheit zu seinem Felsen. Zu seinem Samir.

Samira lächelt, als sie die Hufe und das Schnauben des Vaterhengstes hört.

Der Kommandant steht unter seinem Felsen, starrt in die Dunkelheit der Nacht, weiß mit einem Mal nicht mehr, aus welchem Grund er zu seinem Samir gekommen ist, streckt die Arme in die Höhe, springt, will die Kante des Felsen packen, rutscht ab, springt wieder, berührt mit der Spitze seiner Finger die Kante, bekommt sie nicht zu fassen, weiß, sein Sohn hat längst gewusst, heute ist der Tag, an dem der kleine Samir ein Mann werden muss, weil sein Vater längst keiner mehr ist. Der Kommandant ist weder traurig, noch spürt er Schmerz. Er ist voll von Leichtigkeit. Er pfeift nach seinem Hengst, schwingt sich auf seinen Rücken, stellt sich auf, zieht sich auf den Felsen hinauf, wie damals, als er ein kleiner Junge gewesen ist.

Wach auf, mein Sohn, dein Vater ist hier, flüstert der Kommandant. Samira tut, als wenn sie schläft, tut, als wenn sie nicht längst weiß, der Kommandant ist nicht mehr der Unbesiegbare. Samira dreht sich herum, lächelt.

Du hast dein Lächeln von damals behalten, sagt der Kommandant. Ich habe dich im Arm gehabt, du hast meinen Daumen in deine kleine Hand genommen, hast gelächelt, hast deinen Kopf zur Seite gelegt, bist eingeschlafen. Wann war damals? Vor zwölf oder vielleicht auch nur elf Sommer und Winter, die gekommen und gegangen sind?

Samira zieht an einer Locke ihres Vaters, zuckt die Schultern.

Du hast Recht, sagt der Kommandant. Welchen Unterschied macht es? Keinen. Gar keinen.

Der Kommandant sieht seinen Samir an, sieht die junge Frau in ihm, sieht den jungen Mann in seiner Tochter. Weiß, er wird niemals weder das eine noch das andere werden. Spürst du es?, fragt der Kommandant. Gott hat den Schleier, den er zwischen mich und dich gehängt hatte, entfernt.

Samira die Stumme lacht, nimmt die Hand vor die Augen, als wenn ihre Finger der Schleier sind.

Der Kommandant sagt nichts. Vergib mir, sagt er am Ende seines Schweigens.

Samira die Stumme lächelt.

Der Kommandant hat ein Bündel mitgebracht, gibt es seinem Tochtersohn, sagt, der Tag wird kommen, an dem du dieses Bündel öffnen wirst. Das wird der Tag sein, an dem du eine Entscheidung treffen wirst.

Samira die Stumme lächelt.

Ich muss in den Krieg, sagt der Kommandant.

Samira die Stumme nickt.

Der Krieg ist ein Ort, von dem man vielleicht nicht wieder zurückkommen wird.

Samira nickt, tut, als würde sie schießen, tut, als würde sie getroffen, sackt in sich zusammen.

Macht dir das keine Angst?

Samira die Stumme schüttelt den Kopf.

Ich könnte getötet werden.

Samira schüttelt den Kopf, berührt die kräftigen Muskeln ihres Vaters.

Lass uns die Sonne rufen, sagt der Vater, breitet die Arme aus. Wie damals. Wie damals will er sein Kind in den Arm nehmen, die Augen schließen, fragen, was spürst du?

Samira wirft sich nicht in den Arm des Vaters, lässt sich nicht von ihm umarmen, springt vom Felsen und verschwindet in die Dunkelheit.

Gerade holt das erste Licht der Sonne den schwarzen Himmel aus der Dunkelheit und färbt ihn blau, gerade zeichnet sich die Silhouette des Berges gegen das erste Licht ab, da sieht er seinen Samir, der flink und gekonnt wie eine Ziege den Gipfel erklimmt.

Oben auf dem höchsten Punkt bleibt Samira stehen. Still, bewegungslos, aufrecht wie ein schmaler Felsen, steht sie da, mit dem Rücken zum Vater, sieht der Sonne entgegen. Die Sonne steigt über den Berg, weckt die Gräser, das Gestrüpp, die Büsche. Die Welt wacht auf, wird warm, das Licht wird grell, schmerzt in den Augen. Samira dreht sich herum, breitet die Arme und Beine aus, steht vor der Sonne, wirft einen langen Schatten. Wasserperlen kommen auf die Stirn des Kommandanten, das Blut in seinen Adern rast, Atmen wird schwer, seine Zunge wird dick, der Kommandant will schlucken, kann nicht. Der Hengst und das Pferd scharren mit den Hufen, heben und senken die Köpfe, dass ihre Mähnen fliegen, der Schatten wächst, wird länger, kriecht auf den Felsen. Die Sonne ist ein großer, leuchtender Ball. Samira steht mitten in der hellen Kugel, steht mitten in der Sonne.

Mein Sohn ist ein Engel geworden, flüstert der Kommandant. Er hockt im Schatten seines Tochtersohnes, starrt hinauf zum Gipfel, sagt, vergib mir.

Die Sonne steigt, mit ihren ausgebreiteten Armen steht Samira da, sieht aus, als wenn sie die Sonne trägt.

Du hast das Licht der Sonne durchbrochen, dann hast du sie getragen, sagt der Vater, als sein Samir sich ohne Mühe auf den Felsen schwingt. Der Kommandant legt den Kopf an die Schulter seines Tochtersohnes, wird zum Kind. Wann ist das geschehen?, fragt der Vater. Ich wusste nicht, dass du nicht mehr auf den Rücken des Pferdes steigen musst, um auf den Felsen hinaufzukommen.

Samira die Stumme zuckt die Schultern.

Wann hast du das Kind in dir verloren?, fragt der Vater.

Samira springt vom Felsen hinunter, schwingt sich nicht auf den Rücken ihres eigenen Pferdes, schwingt sich auf den Rücken des Vaterhengstes, sieht zum Felsen hinauf, verneigt sich vor ihrem Vater, dem Kommandanten, dem Unbesiegbaren, reitet los.

Der Kommandant sieht ihr nach, bis sie nur noch ein kleiner Punkt ist.

Samira reißt den Kopf des Hengstes herum, rast zum Felsen und ihrem Vater zurück. Unter dem Felsen stellt der Hengst sich auf die Hinterbeine, wiehert, rudert mit den vorderen Beinen in der Luft, als wenn er auf den Felsen springen will.

Bevor ich in den Krieg gehe, werde ich an dem *boskashi*-Spiel teilnehmen, sagt der Kommandant. Es wird mein letztes Spiel sein. Und wenn ich wiederkomme, wirst du es sein, der ins Spiel geht.

Samira die Stumme lächelt, weiß, sie wird nicht im richtigen Spiel sein, solange der Kommandant im Spiel ist.

Komm, sagt der Vater. Ich bin müde. Lass uns auf dem Felsen in der Sonne liegen und auf die Vögel warten.

Samira die Stumme gehorcht. Der Vater und sein Tochtersohn liegen auf dem Rücken, blicken in den blauen Himmel, machen es, wie der Vater gesagt hat, warten auf die Vögel. Nur der Wind und ihr Atem sind zu hören.

Samira ist die Erste, die den Vogel entdeckt. Ganz weit oben, so weit oben, wie Samira noch nie einen gesehen hat, fliegt ein riesiger, silberner Vogel, der die Flügel nicht schlägt. Samira streckt den Arm aus, verfolgt ihn mit dem Finger.

Das ist kein Vogel, sagt der Vater. Das ist ein Flugzeug.

Samira die Stumme legt die Stirn in Falten.

Armer Junge, sagt der Kommandant. Sieh nur, was ich mit dir angestellt habe. Du weißt nicht einmal, was ein Flugzeug ist. Aber du weißt doch, was Autos sind?

Samira nickt. Oben in den Bergen gibt es keine Autos, aber wenn sie im Winter in den Süden des Landes ziehen, sieht Samira Autos. Autos sind Kästen mit schwarzen, dicken Rädern darunter. Autos sind aus Eisen, sind stärker und schneller als die schnellsten Pferde. Sie tragen Menschen, ihre Zelte und ihren gesamten Besitz von einem Ort zum anderen. Samira mag Autos.

Siehst du, sagt der Vater. Und das da oben am Himmel ist eine Art Auto, nur dass es viel größer ist, Flügel hat und fliegen kann.

Das wusste Samira nicht. Sie wusste nicht, dass es Autos gibt, die Flügel haben und fliegen können.

Es gibt nicht viele Männer, die Flugzeuge fliegen können, sagt der Kommandant. Man nennt sie *pilot.*

Pilot, denkt Samira, das ist ein schöner Name.

Ein Wunder

Der Kommandant weiß längst nicht mehr, welchen Krieg er kämpft. Gegen wen und für wen er tötet, bereit ist, selber getötet zu werden. Seit er ein Junge ist, kämpft er. Sein Vater ist Mujahed geworden, ist in die Berge gezogen, hat Russen getötet. Der kleine Kommandantensohn ist bei seiner Mutter geblieben, hat sie und die Schwestern und Brüder beschützt. Zehn lange Jahre haben russische Soldaten afghanische Mädchen und Frauen verschleppt, vergewaltigt, aufgeschlitzt. Als die Russen sein Land verlassen haben, hat der junge Kommandantensohn seinem Gott gedankt und gedacht, der Krieg ist mit ihnen gegangen. Gerade hat er seine Waffe von der Schulter genommen. Gerade hat sein Vater gesagt, Frieden ist, wenn wir unsere Zelte aufbauen, die Ziegen melken, *boskashi* spielen.

Gerade hat der junge Kommandantensohn angefangen, Antworten auf seine Fragen zu bekommen, da hat der Vater gesagt, wir müssen zurück in die Berge. Dieses Mal geht der junge Kommandantensohn mit seinem Vater, kämpft gegen andere Afghanen. Gerade fällt ein Schuss, gerade trifft der Schuss den Vater, gerade schiebt der Junge Erde über seinen toten Vater, gerade fragt der junge Kommandant, für wen töten wir unsere Brüder, da sagen die anderen Männer, wir müssen gegen die Taleban kämpfen.

Gerade sagt der Kommandant, ich kämpfe nicht mehr. Ich töte keinen Bruder, da sagen die anderen Männer, wir kämpfen gegen Ausländer. Gegen ausländische Taleb. Gerade sagt der Kommandant, ich töte keine Moslems, da schickt Gott die Dürre und den Hunger und tötet die Saat in den Feldern. Die anderen Männer sagen, wir müssen kämpfen, damit wir überleben.

Und jetzt? Jetzt kämpft er noch immer. Gegen wen auch immer. Hauptsache, er kämpft. Nicht mehr für die Freiheit seiner Heimat und den wahren Islam. Der Kommandant kämpft nur noch für Geld und sonst für gar nichts. Für wenig Geld. Geld, das nicht einmal reicht, um die Treue seiner Männer zu kaufen.

Dieses Mal ist es ein guter Krieg, sagt der Kommandant, streicht seinem Samir über den kahl geschorenen Kopf.

Ich wusste nicht, dass Krieg gut sein kann, sagt Daria.

Die anderen Männer sagen, diesen Krieg bezahlen die Ausländer, sagt der Kommandant.

Ich dachte, wir wollen keine Ausländer in unserer Heimat, sagt Daria.

Sie wollen unser Land befreien, sagt der Kommandant.

Von wem wollen sie uns befreien?, fragt Daria.

Der Kommandant zuckt die Schultern.

Daria schweigt.

Samira springt auf, packt ihr Gewehr und den Gurt mit den restlichen vier Patronen, stellt sich vor ihren Vater.

Nein, sagt der Vater. Du kommst nicht mit.

Würde sie sprechen, würde Samira sagen, ich will töten, damit du lebst. Samira die Stumme bleibt stumm.

Die Nacht ist noch nicht gegangen, die Sterne kleben noch am schwarzen Himmel, da gibt es draußen vor dem Zelt Geklapper von Pferdehufen und leises Palaver von Männern. Es sind die Männer des Kommandanten, Raouf der Kluge, Habib der Gütige, Olfat der Hässliche mit seinen vier Söhnen. Es sind Treue und Nichttreue. Es sind Männer, die wollen, dass der

Kommandant sie führt. Es sind Männer, die selber führen wollen.

Der Kommandant begrüßt jeden von ihnen mit einem Lächeln und einer Umarmung, auch Olfat den Hässlichen und seine vier Söhne umarmt er.

Wir sind bereit, sagt Habib der Gütige.

Trinkt einen Tee, sagt der Kommandant.

Komandan, was denkst du? Werden wir gut bezahlt werden?, fragt der erste Sohn von Olfat dem Hässlichen.

Der Kommandant weiß, die Frage ist eine Falle.

Die anderen Männer schweigen. Es ist nicht Sache von Söhnen, in Gegenwart von älteren und wichtigen Männern zu sprechen. Es ist nicht Sache von Söhnen, Fragen an den Kommandanten zu richten.

Komandan, sagt der erste Sohn von Olfat dem Hässlichen wieder. Du bist unser Anführer. Du trägst die Verantwortung für uns. Werden wir gut bezahlt werden?

Der Kommandant macht die Augen zu Schlitze, sagt, *batshe.* Mehr sagt er nicht. Sagt nur, Junge. Es ist wie ein Schuss. Ein kleiner, gezielter Schuss.

Der erste Sohn von Olfat dem Hässlichen zuckt, senkt den Blick.

Der Kommandant beugt sich vor, sagt, sieh mich an. Es ist ein Befehl, den er dem Sohn von Olfat dem Hässlichen gibt.

Der erste Sohn von Olfat dem Hässlichen hebt seinen Blick.

Der Kommandant richtet sich auf, fragt, bist du bis zum heutigen Tag bezahlt worden?

Der erste Sohn von Olfat dem Hässlichen senkt den Blick, schweigt.

Antworte, sagt der Kommandant.

Samira hört das Schlagen von Herzen. Ihr eigenes, das von dem ersten Sohn von Olfat dem Hässlichen, das Herz ihrer

Mutter, das Herz ihres Vaters. Das Schlagen von allen anderen Herzen.

Der Kommandant wartet.

Bale, sagt der erste Sohn von Olfat dem Hässlichen. Leise.

Der Kommandant nickt. Schweigt.

Samira hört das Schlagen von Herzen.

Der Kommandant trinkt einen Schluck von seinem Tee, sieht jedem der Männer, die um ihn herumhocken, einem nach dem anderen in die Augen, sagt, ich weiß nicht, ob die Leute die Wahrheit sagen oder ob sie alles, was sie sagen, nur sagen, weil sie sich wichtig machen wollen. Ich kenne die Ausländer nicht. Ich weiß nicht, aus welchem Grund sie in unsere Heimat gekommen sind. Ich weiß nicht, wie viel Geld sie mitgebracht haben. Der Kommandant hält sein leeres Glas in der Luft, wartet, bis seine Daria es mit frischem Tee auffüllt. Alles, was ich weiß, sagt der Kommandant, ist, ich werde euch führen, wie ich euch immer geführt habe.

Die Männer schweigen.

Gott ist mein Zeuge, sagt der Kommandant. Bei dem Leben meines Sohnes, ich werde die Verantwortung für euch tragen, wie ich sie immer getragen habe.

Habib der Gute, nickt, richtet sich auf, sagt, du redest gut.

Der Kommandant schweigt, streicht seinen Bart glatt.

Olfat der Hässliche macht die Augen zu Schlitze, sagt, du redest gut. Du trägst die Verantwortung für uns, dann sag uns, was wir tun sollen, wenn diese Ausländer zu uns in die Hochebene kommen? Sollen wir unsere Frauen und Töchter, unseren Besitz und unsere Viecher verstecken?

Der Kommandant tut etwas, was er noch nie getan hat, wenn er mit seinen Männern hockt. Er spricht seine Worte mit einer Stimme, die laut und voll von Wut ist. Mit einer Stimme, die jeden und alles zum Schweigen bringt. Die Ausländer werden nicht kommen, sagt der Kommandant und weiß nicht, woher er weiß, dass sie nicht kommen werden.

Samira hört das Schlagen von Herzen.

Sie werden nicht kommen, weil wir zu ihnen gehen werden. *Bass und khalass.* Habib der Gute ist der Erste, der nickt. Raouf der Kluge nickt. Alle anderen Männer nicken. Sogar Olfat der Hässliche und seine vier Söhne nicken.

Für wen werden wir kämpfen?, fragt einer der Männer.

Für wen und gegen wen auch immer, sagt der Kommandant. Wann werden wir kämpfen?, fragt einer der Männer.

Wenn die Sonne kommt, sagt der Kommandant. Wir werden beten und in den Krieg gehen.

Am Morgen schält der Kommandant sich aus seinen Decken, schultert sein Gewehr, schnürt das Bündel mit dem Brot, das seine Daria aus dem Ofen gezogen hat, auf sein Pferd, reitet los. Hinunter ins Tal, ins Dorf, in den Krieg. Der Kommandant sitzt nicht mit geradem Rücken auf dem Hengst, er ist nicht voll von Hoffnung, dass er auch dieses Mal gewinnen, dass er auch dieses Mal den Feind besiegen wird. Wer immer der Feind sein wird.

Alles ist, wie es immer ist, wenn der Kommandant in den Krieg geht. Alles ist anders, als es immer ist. Der Kommandant vermisst seinen Samir, sein Hochland in den Bergen des Hindukusch, seinen Felsen. Der Kommandant sehnt sich nach dem Kommandanten, der er vor soundso viel Sommer und Winter, die gekommen und gegangen sind, gewesen ist. Er sehnt sich nach der Kraft, die er damals in sich gehabt, der Kraft, die er verloren hat.

Samira und Daria hocken in ihrem Zelt. Daria knetet den Teig für das Brot, macht kleine runde Klumpen, drückt sie flach, klatscht sie an die Wand des Ofens. Dem Ofen, den ihr Kommandant für sie gebaut hat. Du wirst sehen, die Zeit wird

Flügel bekommen und davonfliegen, sagt die Mutter. Du wirst gar nicht merken, dass er weg ist, dann wird er schon wieder hier sein.

Samira hockt vor ihrer Mutter, schlingt die Arme um die Beine, legt den Kopf auf ihr Knie. Daria zieht das gebackene Brot aus dem Ofen, reißt ein kleines Stück ab, reicht es ihrem Tochtersohn. Samira mag es, wenn das Brot frisch, noch ganz warm und weich ist. Damals, als sie halb so groß gewesen ist wie heute, als sie noch nicht stumm geworden war, hat sie gelächelt, hat das warme Brot an ihre Brust gedrückt und hat gesagt, dein Brot wärmt mein Herz. Heute ist Samira stumm, heute ist ihr Herz kalt.

Die Mutter hat die Wahrheit gesprochen. Die Tage und Nächte bekommen Flügel, werden zu Vögel, fliegen davon. Der Mond wird dünn. Samira hockt in der Dunkelheit auf dem Felsen und hört die Hufe der Pferde, die Hufe des Vaterhengstes. Samira springt vom Felsen, schwingt sich auf den Rücken ihres Pferdes, reitet den Männern entgegen. Sie reiten schnell. Still. Ohne miteinander zu sprechen.

Der Kommandant hält nicht an, reitet an seinem Sohn vorbei, ohne Gruß, ohne Umarmung, ohne Geschichten vom Krieg. Samira treibt ihr Pferd an. Sie hat es gewusst. Dieses Mal ist es anders als immer. Samira die Stumme versteht nicht, schluckt die Tränen nicht herunter, lässt sie laufen, treibt ihr Pferd an, reitet an ihrem Vater und seinen Männern vorbei, rast zu ihrem Zelt, zu ihrer Mutter.

Daria steht vor ihrem Zelt in der Dunkelheit.

Samira wartet nicht, bis ihr Pferd steht, springt von seinem Rücken, rennt vorbei an der Mutter, rennt ins Zelt, vorbei an dem kalten Feuer der Mutter. Der Topf steht an seinem Platz, das Wasser ist im Topf, es brodelt und schimpft nicht. Ist still. Ist kalt. Keine Blase springt heraus, um mit einem Zisch im Feuer zu landen und dort den Tod zu finden.

Das Herz von Samira ist kalt. Kalt wie das Feuer, kalt wie das Wasser. Samira stolpert, fällt, kriecht in die Ecke zwischen Decken und Kissen, macht sich klein, schließt die Augen, will nichts sehen, nichts hören, hört nur noch das kalte Schlagen eines Herzen. Ihres eigenen Herzen.

Daria kommt ins Zelt. Ohne die Farbe in ihrem Gesicht. Samira weiß, der Vater hat auch die Mutter nicht begrüßt, hat auch sie nicht in die Arme geschlossen, hat auch ihr nicht vom Krieg erzählt.

Daria findet ihr Kind. Komm, sagt sie.

Samira rührt sich nicht, bleibt zwischen den Decken.

Die Mutter hockt sich vor Samira, sieht ihr schönes Gesicht, ihre zarten Züge, die hart geworden sind, weil sie den ganzen Tag draußen ist, wild reitet, auf die Berge klettert, weil sie schießt, mit den anderen Jungen kämpft, weil sie das Holz hackt, weil sie ein Junge geworden ist. Die schönen, dunklen Augen ihres Kindes funkeln wild, ihre kleine Nase ist breit und hart geworden, weil sie sich mit den anderen Jungen prügelt, ihre schönen Lippen sind grob und rissig, weil sie immerzu darauf herumbeißt, weil sie ständig die kurze Peitsche für das *boskashi*-Spiel oder die Zügel ihres Pferdes zwischen den Zähnen hat.

Samira sieht den Blick der Mutter, weiß, Gott hat seinen Schleier entfernt, den er zwischen ihr und die Mutter gehängt hatte.

Daria erhebt sich, zieht ihr Kind hoch, geht aus dem Zelt, zieht ihr Kind hinter sich her, tritt vor das Zelt. Steht da. Samira weiß nicht, warum die Männer noch immer auf den Pferden sitzen. Sie lässt die Mutter stehen, sucht ihren Vater. Sie will in sein Gesicht sehen, den Grund für sein Schweigen finden. Der Vaterhengst erkennt Samira, ruft sie, wiehert leise. Samira streckt die Hand aus, berührt das Tuch, das über dem Rücken des Vaterhengstes hängt, berührt das Blut, spürt den Körper unter dem Tuch, weiß, es ist ihr Vater. Ihr Vater, der Kommandant, der Unbesiegbare.

Samira reißt den Mund auf, will schreien. Kein Laut kommt aus ihrer Kehle. Samira schreit stumm. Lange. Holt Luft. Reißt wieder den Mund auf. Wieder kommt kein Laut aus ihrer Kehle. Der Geschmack von Blut kommt in ihren Hals. Samira die Stumme schreit. Samira fällt, bleibt auf dem Boden, kriecht wie ein Tier, das von einem Schuss getroffen ist, kriecht zu ihrer Mutter, liegt vor ihren Füßen, krallt den Mutterrock, zieht die Mutter zu sich herunter, starrt in die Mutteraugen, die voll von Trauer sind, öffnet den Mund, sagt, Blut ist vergossen worden.

Ein Wunder ist geschehen, sagt einer der Männer. Der stumme Samir spricht.

Dein Vater ist ein *shahid* geworden, sagt Daria. Sonst sagt sie nichts. Fragt nicht, aus welchem Grund ihr Kind spricht. Aus welchem Grund es die ganzen Sommer und Winter, die gekommen und gegangen sind, nicht gesprochen hat. Daria sagt nicht, es ist ein Wunder geschehen.

Die Männer legen die Leiche des Kommandanten auf den Boden vor das Zelt, genau dahin, wo sie ihn bereits einmal hingelegt haben.

Daria schreit, schmeißt sich auf den Toten, reißt an ihrem Haar, bis sie es büschelweise in der Hand hält, krallt ihre Finger in sein Tuch, zerrt daran, reißt es auf, krallt sich in seine Kleider, kratzt ihr eigenes Gesicht, bis es blutet, bis ein Tropfen von ihrem Blut auf das Gesicht ihres Kommandanten springt, liegen bleibt, sich mit seinem Blut vermischt, eins wird.

Samira will es machen wie ihre Mutter, will sich wie sie auf den toten Kommandanten werfen, will weinen, will klagen, will sich das Gesicht kratzen, bis es blutet. Samira tut nichts von alledem. Bleibt einfach nur stehen. Sieht der Mutter und dem toten Vater zu. Es ist, als würde sie unten im Tal, im Basar stehen und dem Spiel der ziehenden Musikanten zusehen, die aus der großen Stadt gekommen sind, um für die Leute in den Bergen die Geschichten aus dem *shah-nameh*, dem Brief des Königs, zu erzählen.

Daria wirft sich auf den Boden, schlägt den Kopf gegen den Stein, der vor ihr liegt, bis das Blut aus ihrer Stirn den Stein rot färbt.

Wo ist Gott?, fragt Samira, legt ihre Mädchenjungenhand auf den Kopf der Mutter.

Die Mutter starrt aus verrückten Augen, brabbelt Worte, die Samira nicht kennt, stößt den Tochtersohn von sich. Halb ohne Absicht, halb mit Absicht. Unsanft. Das Herz von Samira bleibt kalt.

Die Männer tragen ihren durchlöcherten Kommandanten in sein Zelt. Blut tropft auf den Boden. Kommandantenblut. Opferblut.

Bibi-jan kommt, wäscht sein zerfetztes Gesicht, bindet ein weißes Tuch um den Kopf des Toten, wickelt es um sein Kinn, damit sein toter Mund nicht aufspringt, streichelt den Kopf des Kommandanten, wie damals, als er ein kleiner Junge gewesen ist.

Olfat der Hässliche sagt, wir brauchen einen neuen Anführer.

Die anderen Männer weinen, sagen, es ist Zeit für den Jungen, ein Mann zu werden. Ein richtiger Mann. Er soll uns führen. Er ist der Sohn unseres verehrten Kommandanten.

Olfat der Hässliche sagt, er ist noch ein Kind.

Je mehr Menschen kommen, um den toten Unbesiegbaren zu sehen, desto mehr entfernt Samira sich von ihrem toten Vater und ihrer Mutter, die sich das Gesicht aufkratzt. Samira geht in die Dunkelheit der Nacht hinaus, holt das Bündel, das ihr Vater ihr auf dem Felsen gegeben hat, geht an den Bach. Sie will das Bündel öffnen, weiß, es ist noch nicht der richtige Tag, nimmt ihre Jungenmütze ab, zieht ihre Schuhe aus, zieht ihre *shalvar-kamiz* aus, legt sich in das kalte Wasser, schließt die Augen und tut, was sie die ganzen Sommer und Winter, die gekommen und gegangen sind, nicht getan hat. Sie spricht. Samira hat mit niemandem gesprochen, jetzt spricht sie mit dem Wasser.

Wasch mich, sagt sie, wasch meine Sünden, nimm sie mit dir, nimm die Fragen, die keine Antwort haben, nimm den Schmerz, nimm das Mädchen in mir. Nimm. Nimm, was immer du willst. Gib mir Platz. Platz für mein Leben ohne Vater, Platz, ein Junge sein zu können. Ein richtiger Junge.

Samira sieht ihre kleinen Brüste, weiß, das Wasser wird sie nicht mit sich nehmen. Samira weiß, dass sie größer werden, dass sie sie verstecken muss. Samira liegt im Wasser, weiß, dass sie weinen müsste, weiß nicht, warum sie stattdessen lacht. Samira bleibt im kalten Wasser, bis ihr Körper schmerzt, bis sie ihn nicht mehr spürt, bis sie nichts mehr weiß, nichts mehr wissen will, bis sie alle Fragen verliert, keine Antwort mehr will.

Gerade will der Mullah fragen, aus welchem Grund der Sohn des Kommandanten nicht zur Beerdigung seines Vaters kommt, da wirft sich ein Schatten auf das Tuch, in dem der Tote liegt. Der Mullah macht die Augen zu Schlitze, sieht die Umrisse eines Jungen, der noch kein Mann ist. Die Sonne ist ein großer, leuchtender Ball. Samira steht mitten in der hellen Kugel. Es ist, als sei ein Engel erschienen. Es ist, als sei der Teufel erschienen.

Salam. Mehr sagt Samira nicht. Nur ein kleines großes *salam.*

Ein Wunder ist geschehen, sagen die Frauen und Männer. Der stumme Samir spricht.

Hock dich neben mich, sagt der Mullah. Wir wollen beten.

Daria hockt hinter den Männern, neben den Frauen. Sie hat ein schwarzes Tuch über den Kopf gezogen, wiegt ihren Körper hin und her. Samira sieht den Schmerz der Mutter, der so groß ist, dass er sie beinah töten will. Samira geht zu ihrer Mutter, umfasst ihre Arme mit festem Griff. Die Arme der Mutter sind dünn geworden. Es ist nicht deine Schuld, sagt die Tochter, führt die Mutter dorthin, wo die Männer hocken, dorthin, wo der Mullah hockt, dorthin, wo der tote Vater liegt. Was soll die Frau in unseren Reihen?, fragen die Männer. Samira schiebt die Mutter neben den Mullah auf den Boden, hockt sich neben sie. Der Mullah rückt ab, will etwas sagen, sein Blick fällt in die dunklen Augen des Kommandantensohnes. Der Mullah schweigt.

Die Männer sprechen leise, damit der hässliche Olfat es nicht hört. Er wird das Erbe seines Vaters antreten und uns führen.

Der Mullah wiegt seinen Körper vor und zurück, legt eine Hand an sein Ohr, will anfangen zu beten. Bevor der erste stinkende Ton aus seinem Rachen kommt, ertönt eine andere Stimme. Sie klingt wie der Gesang von Gottes *hurie*, Engel, die er geschickt hat, das Leben und den Tod des Kommandanten zu besingen. Es ist die Stimme von Samira.

Das Herz von Daria wird eine Knospe, geht auf, leuchtet.

Die Nacht ist längst gekommen, die anderen Frauen und ihre Kinder, die Männer und ihre Gewehre sind in ihren Zelten. Daria und Samira hocken vor dem aufgehäuften Hügel Erde, unter dem der tote Kommandant liegt. Samira legt Holz in das Feuer, sieht nicht zum Erdhügel, will ihn nicht sehen, sieht nur ihre Mutter und das Feuer, das auf ihrem Gesicht tanzt, als sei es auf einem Fest der Freude.

Daria bewegt die Lippen, brabbelt Worte, die Samira nicht

begreift, das Amulett wird mein Kind beschützen, sagt die Mutter, und alles und jeden vernichten, was ihm Schaden zufügen will.

Ich werde dich beschützen, sagt Samira.

Mein tapferes Mädchen, sagt Daria. Sagt nicht, mein tapferes Kind. Sagt nicht, mein tapferer Junge. Sagt, mein tapferes Mädchen.

Samira überlegt nicht, rückt zur Mutter, legt ihren Kopf in ihren Schoß, schließt die Augen, atmet heftig, schluckt die Tränen nicht herunter. Weint. Weint. Jede Träne wird eine rote Blume.

Am Ende von vier Tagen und Nächten, die Daria und Samira bei dem Toten bleiben, fragt die Mutter ihr Kind, aus welchem Grund hast du nicht gesprochen?

Man tshe midanam, was weiß ich, sagt Samira, zuckt die Schultern. Gott hat es so gewollt. Sie legt den Kopf in den Schoß der Mutter.

Dein Kopf in meinem Schoß ist wie damals, als du ein kleines Kind gewesen bist.

Damals gibt es nicht mehr, sagt Samira. Das ist der Lauf des Lebens. Leben ist töten. Leben ist getötet werden.

Woher weißt du das?, fragt Daria.

Samira sieht die Schafe, die sie getötet hat, aufgereiht. Sieht den Hals, der aufklafft wie ein lachender roter Mund. Riecht das Blut des Opfers.

Man tshe midanam, sagt sie, macht die Augen zu, hört eine Stimme. Es ist die Stimme des unsichtbaren Zuhörers.

Du bist schlau, sagt er. Schlauer als deine arme Mutter, schlauer als dein toter Vater.

Man tshe midanam, sagt Samira.

Daria streicht ihrem Mädchen über den Kopf, sagt, schlaf.

Wer bist du?, fragt Samira.

Du kennst mich, sagt die Stimme. Ich bin der unsichtbare

Zuhörer. Woher weißt du, dass Leben Töten ist, dass Leben Getötetwerden ist?

Ich habe es gesehen, sagt Samira, krallt ihre Hand in den Rock der Mutter.

Ich weiß, sagt Daria. Deine armen Augen haben viel gesehen. Hör auf zu kämpfen. Schlaf.

Der unsichtbare Zuhörer ist bei mir, sagt Samira.

Schick ihn fort, sagt Daria. Sag ihm, du willst schlafen. Sag ihm, er soll dich lassen.

Meine Mutter sagt, ich soll dich fortschicken, sagt Samira.

Zuerst warst du stumm, jetzt sprichst du im Schlaf, sagt Daria.

Er wird mir alles sagen, sagt Samira.

Sag ihm, du willst es nicht wissen, sagt die Mutter.

Der unsichtbare Zuhörer hockt auf dem Erdhügel, unter dem der tote Kommandant liegt, pflückt eine blutrote Blume, wirft sie Samira ins Gesicht.

Samira zuckt, krallt sich fester in den Mutterrock.

Sieh hin, sagt der unsichtbare Zuhörer. Sieh hin und sag mir, was du siehst.

Ich sehe meinen Vater. Ich sehe meine Mutter. Ich sehe den Kampf, den sie gekämpft haben.

Mein Kind hat einen Gast, sagt Daria. Sie spricht zum Feuer, weil kein anderer da ist, mit dem sie sprechen kann.

Wer ist der Gast?, fragt das Feuer.

Es ist der unsichtbare Zuhörer, sagt Daria.

Was will er von ihr?, fragt das Feuer.

Er will, dass sie sieht, sagt Daria.

Arme Daria. Du hast deinen Verstand verloren, sagt das Feuer.

Daria zuckt die Schultern. Ich habe mein Kind verloren. Ich habe den Engel, der in mir wohnt, verloren.

Das Feuer kracht, die Flammen zanken, zischen.

Schsch, leise. Mein Kind schläft, sagt Daria.

Der unsichtbare Zuhörer hockt nicht mehr auf dem Erdhügel, er hockt auf dem Feuer, sieht Samira an, fragt, hast du gesehen?

Samira nickt. Ich habe die Schuld gesehen.

Die Schuld von wem?, fragt der unsichtbare Zuhörer.

Die Schuld meiner Mutter, die Sünde, die Schuld meines Vaters. Die Sünde, die Schuld von Gott.

Der unsichtbare Zuhörer hockt sich auf die Brust von Samira.

Mein armes Mädchen, sagt Daria.

Der unsichtbare Zuhörer legt seinen Finger auf den Mund von Samira. Sag ihr, du bist nicht arm.

Eine Träne springt aus dem Auge von Daria auf das schlafende Gesicht ihrer Tochter. Samira macht die Augen auf, wischt die Mutterträne aus ihrem Gesicht, sagt, ich wusste nicht, dass ich im Schlaf weinen kann.

Der unsichtbare Zuhörer stellt sich hinter Daria, legt sein Gesicht auf ihre Schulter.

Samira sieht ihre Mutter und daneben das Gesicht des unsichtbaren Zuhörers, streckt den Finger aus, will sein Gesicht berühren. Er verschwindet, taucht wieder auf, legt sein Gesicht in den Schoß der Mutter, ganz nah. Samira spürt seinen Atem, hört sein Herz.

Der unsichtbare Zuhörer spricht leise, weil es wichtig ist, was er zu sagen hat. Sag deiner Mutter, es ist an der Zeit, dir das Amulett zu geben, denn es vernichtet und zerstört alles, was dir Schaden zufügen wird.

Am Ende von vier Tagen und vier Nächten kehren Daria und Samira in ihr Zelt zurück. Daria zündet ihr Feuer an, füllt Wasser in ihren Topf, stellt ihn aufs Feuer. Samira sammelt die Pferde ein, schwingt sich auf den Rücken des Vaterhengstes, reitet, rast über die Ebene, bis sie fliegt.

Das ist er, sagen die Leute, der Kommandantensohn und seine Pferde.

Die Leute wissen, was sich gehört. Für die Dauer von vierzig Tagen und Nächten der Trauer lassen sie die Witwe Daria in Ruhe. Sie sagen nicht, euer Ernährer ist gestorben, fragen nicht, was wird nun aus euch werden. Sie sagen nicht, von uns kann niemand seine eigene Familie ernähren, keiner von uns kann euch beschützen. Sie sagen nicht, ihr braucht einen neuen Beschützer.

Am Ende von vierzig Tagen und Nächten kommen sie. Die Mütter der unverheirateten Söhne, die Hauptfrauen und Schwestern der anderen Männer. Du musst heiraten, sagen sie. Du brauchst einen Ernährer, einen Beschützer.

Ich bin nicht ohne Schutz, sagt Daria. Ich habe einen Sohn.

Dein Sohn ist ein Kind, sagen die anderen Frauen. Gott sieht es nicht gern, wenn eine Frau allein und ohne Schutz eines Mannes bleibt, das bringt Unruhe. Fremde Männer werden kommen, werden dich haben wollen, und es wird zwischen unseren und den anderen Männern Krieg geben.

Die Ältesten, die *riesch-sefid* und anderen Männer versammeln sich. Frauen ist es verboten, dabei zu sein. Die Frau des toten Kommandanten hockt abseits. Es reicht, wenn sein Sohn an unserer *shura* teilnimmt, sagen die Männer. Zwar ist er noch kein Mann, aber jetzt, da der stumme Samir wieder spricht, soll er sprechen.

Olfat der Hässliche sagt, die Frau und ihr Kind sollen unter meinem Schutz stehen. Mein erster Sohn wird die Herrschaft übernehmen, es steht meiner Familie zu, die Pferde und den Besitz des Kommandanten zu übernehmen. Der Mann mit dem weißesten Bart sagt, ich bin seit vielen Sommern und Wintern allein. Es wird Gott gefallen, wenn ich sie nehme. Ein anderer Mann sagt, woher willst du wissen, was Gott gefällt und was nicht?

Viele Männer sprechen viele Worte.

Samira schweigt.

Die Männer sagen, sprich. Deine Mutter hat gesagt, du wirst sie beschützen. Jetzt sprichst du nicht einmal.

Samira sagt weder ja noch nein, sie sagt, ich habe euch gehört. Ich werde eine Entscheidung treffen und sie euch mitteilen.

Die Männer schweigen. Keiner von ihnen hat eine so große Antwort erwartet.

Olfat der Hässliche fragt, wann wirst du uns deine Entscheidung mitteilen?

Wenn die richtige Zeit für eine Entscheidung gekommen ist, sagt Samira. Mit einer Stimme, die klar und deutlich ist. Voll von Mut. Voll von Vertrauen in sich selbst.

Wann wird die richtige Zeit für eine Entscheidung gekommen sein?, fragt Olfat der Hässliche und spuckt aus.

Samira antwortet nicht, erhebt sich, verneigt sich, bittet um Erlaubnis, gehen zu dürfen, wartet nicht auf Erlaubnis. Geht.

Du hast Mut, sagt die Mutter und lehnt ihren müden Kopf an die Schulter der Tochter. Sie werden wiederkommen, was wirst du tun? Daria sagt nicht, was werden wir tun, sie sagt, was wirst du tun. Das *Du* groß und schwer.

Das Richtige. Ich werde das Richtige tun, sagt Samira.

Wieder ist der Mond voll. Wieder ist es wie in jeder Nacht, seit der Kommandant unter der Erde liegt. Daria liegt unter ihren Decken, schläft, jammert und weint in ihrem Schlaf. Samira hockt neben dem Eingang, dort, wo ihr Vater gehockt hat, sagt, Gott ist groß, er wird uns helfen. Ich bin bei dir. Schlaf. Ich beschütze dich. Samira hockt und beschützt ihre Mutter, bis sie nicht merkt, ob sie schläft oder wacht, hockt oder liegt.

Gerade verschwindet der Mond hinter einer Wolke, gerade

weht eine kleine Brise, gerade jammert Daria wieder, da scharren die Pferde mit den Hufen, wiehern leise. Vier fremde Schatten huschen in der Dunkelheit um das Zelt herum. Der Hengst des toten Kommandanten hebt und senkt den Kopf, dass seine Mähne auf und ab fliegt.

Zwei der fremden Schatten schneiden die Seile durch, mit denen die Pferde an Pflöcke gebunden sind, die anderen zwei Schatten schlüpfen unter das Zelt hindurch, stehen still, rühren sich nicht, hören das Jammern von Daria, stürzen sich auf sie. Einer der beiden presst sie zu Boden, hält seine Hand auf ihren Mund, der andere reißt die Kleider von ihrem Körper, küsst sie, leckt ihren Hals, grapscht ihre Brust, leckt ihren Bauch, befriedigt seine stinkende Gier. Der andere sieht zu, geifert, wischt den Sabber von seinem Mund, öffnet seine *shalvar*, reibt seinen Schwanz. Die Schatten tauschen die Plätze. Der Zweite ist an der Reihe. Er presst seinen schweren Körper zwischen die Beine von Daria. Gerade will er noch einmal mit Kraft seine Lust in Darias Körper stoßen, da wacht Samira auf, weiß, es sind Fremde im Zelt, weiß, sie sind bei ihrer Mutter, weiß, die Fremden haben sie nicht gesehen. Samira greift neben sich, ihre Hand findet die Sichel. Die gleiche Sichel, mit der ihre Mutter ihre Nabelschnur durchtrennt hat. Samira springt, wirft sich auf den Rücken des fremden Mannes, legt die Sichel um seinen Hals, schreit und brüllt.

Der Fremde bäumt sich auf, will das Gewicht auf seinem Rücken abschütteln, Samira hält sich an der Sichel fest, um nicht auf den Boden zu fallen. Samira hängt an der Sichel, spürt, wie sie die Haut, das Fleisch, die Gurgel des Fremden durchtrennt.

Nur Gott weiß, dass Samira ohne Absicht und in einer Zeit, die kürzer ist als vier kurze *be-isme-Allah*, dem Mann die Gurgel aufgeschlitzt und ihn getötet hat.

Samira riecht Blut.

Daria rollt ihren entehrten Körper zur Seite, findet das Gewehr, schießt. Trifft. Der zweite fremde Mann fällt zu Boden.

Die beiden fremden Schatten, die die Pferde losgebunden haben, stürzen ins Zelt. Gerade gewöhnen ihre Augen sich an die Dunkelheit, gerade hören sie ein Röcheln, gerade hören sie das schnelle Atmen von Daria und Samira und wollen sich auf sie stürzen, da fällt das Licht einer Öllampe auf sie. Die Männer aus den anderen Zelten stehen vor ihnen, richten ihre Gewehre auf sie. Niemand spricht. Keiner der Männer rührt sich. Die Welt im Zelt steht still. Still wie der Tod. Nur Blut bewegt sich, sonst nichts.

Der Mann, den Samira ohne Absicht getötet hat, liegt auf dem Boden. Die Sichel in seiner Kehle ist eine rote Öffnung, ist ein lachender Mund. In Stößen quillt Blut aus der Gurgel des Vergewaltigers. Er liegt still. Mit heruntergelassener *shalvar*. Jeder sieht seine Männlichkeit. Sie ist schlaff, hängt ohne Leben an seinem Körper. Seine Männlichkeit hat seine Kraft verloren.

Die Brüder der Toten stehen da mit erhobenen Armen. Der Junge und die Frau haben unsere Brüder getötet, sagen sie.

Ihr seid Diebe, sagt Samira. Ihr wolltet unsere Pferde stehlen.

Mein Vater ist Kommandant Sabour, sagt einer der Brüder. Er wird sich an euch rächen. An dir und deiner Mutter, an euren Leuten und eurem Stamm.

Ihr werdet es sühnen, sagt sein Bruder. Bei Gott, ihr werdet dafür bezahlen.

Wir sind es, die sich an euch rächen werden, sagt Samira. Die Männer unseres Hochlandes werden in eure Ebene reiten und die Schmach, die ihr uns und unserem Stamm zugefügt habt, rächen.

Junge, schweig, sagt Olfat der Hässliche. Es ist nicht deine

Sache zu entscheiden, wie in diesem Fall weiterverfahren wird. Das ist Sache der Erwachsenen und Älteren.

Die Männer aus den anderen Zelten senken ihren Blick, nehmen ihre Tücher von den Schultern, wickeln sie neu, rascheln mit Stoff, schweigen.

Samira schweigt.

Olfat der Hässliche tut, als wenn er bereits das Kommando über die Leute und das Hochland übernommen hat. Der selbst ernannte Kommandant spuckt aus, sagt, fesselt die Schurken, bringt die Toten aus dem Zelt. Versammelt euch. Wir müssen uns beraten.

Dieses Mal sagt keiner, Samir soll dabei sein.

Sie versammeln sich ohne ihn, ohne Daria, besprechen die Angelegenheit, schicken den ältesten Sohn von Olfat als Vertreter. Er steht vor Samira und Daria, leckt die Lippen, sagt, die *shura* hat beschlossen.

Daria, ohne Schutz, ohne Ehre, senkt den Blick, weiß, sie hat verloren. Alles. Manche Menschen verlieren niemals im Leben. Nichts. Andere verlieren immer. Alles.

Der Sohn von Olfat kümmert sich nicht um die verlorene Ehre von Daria, sagt, wir werden euch zusammen mit den Toten und den beiden lebenden Söhnen zu ihrem Vater, Sabour, zurückschicken. Es ist eure eigene Schuld. Wäre deine Mutter meine Frau geworden, hätte sie unter meinem Schutz gestanden, und all das wäre nicht geschehen. Wenn wir euch nicht ausliefern, wird Sabour kommen und sich für den Tod seiner Söhne rächen. *Khalass* und *tamam*. Das war's.

Mein Vater hätte keinen von euch dem Messer des Feindes ausgeliefert, schreit Samira. Du, deine Brüder und dein Vater seid Feiglinge.

Der Sohn von Olfat holt aus, schlägt Samira ins Gesicht. Die Wucht seines Schlages ist so heftig, dass Samira auf den Boden fällt. Sie rappelt sich hoch, ihr Gesicht blutet, sie will sich auf den Sohn von Olfat werfen, als der sein Gewehr auf sie richtet und sagt, komm nur, ich habe große Lust, dich zu töten.

Daria zieht ihr Kind zu sich, wischt mit ihrem Kleid das Blut von seinem Gesicht. Es ist meine Schuld, sagt sie. Nehmt mich. Macht mit mir, was ihr wollt. Verschont mein Kind.

Samira sieht ihre Mutter an, sagt, schweig.

Daria schweigt.

Ihr gehört ihnen, hat der Sohn des selbst ernannten Kommandanten gesagt. Daria weiß, was das bedeutet.

Samira weiß, was das bedeutet. Sie werden ihre Mutter zwingen, einen von ihnen zu heiraten.

Sie werden herausbekommen, dass du ein Mädchen bist, sagt Daria. Sie werden auch dich zwingen, einen von ihnen zu heiraten. Vielleicht werden sie uns beide aber auch verkaufen.

Vielleicht werden sie uns töten, sagt Samira.

Wir müssen fliehen, sagt Daria.

Ich weiß, sagt Samira.

Samira weiß, dass sie Samir sein muss, wenn sie fliehen.

Daria rafft so viel von ihrem Besitz zusammen, wie sie auf die Rücken der Pferde packen können. Samira reißt das Kleid der Mutter in Fetzen. Das Kleid, das die Brüder von dem Körper ihrer Mutter gerissen haben. Sie wickelt die Fetzen um die Hufe der Pferde, damit niemand sie hört. Sie weiß, dass sie nur die Pferde mitnehmen kann, dass sie die Schafe und Ziegen, die Hühner und ihren Vorrat zurücklassen muss. Sie weiß, dass sie das Filzzelt, das ihr Schutz geboten hat in all den Sommern und Wintern, die gekommen und gegangen sind, seit ihre Mutter sie aus ihrem Körper gezogen hat, zurücklassen muss. Samira packt die Munition und das Gewehr ihres Vaters, ihr eigenes Gewehr, die Sichel und das Beil, schnürt alles auf die Rücken der Pferde.

Samira krault die weichen Nasen der Pferde, führt sie dicht

beieinander, presst ihren Körper gegen den des Vaterhengstes, gibt den Pferden so viel Nähe wie möglich, damit sie keine Angst haben, damit sie still sind, damit sie ihre Hufe leise aufsetzen.

Ich habe Angst, sagt die Mutter.

Samira schweigt.

Eine Prüfung

Was ist er für ein Mann?, fragt Samira.

Wer?, fragt Daria.

Mein Großvater.

Er ist mein Vater, und er ist dein Großvater, sagt Daria.

Ist er ein guter Vater und Großvater?, fragt Samira.

Daria lacht. Was ist ein guter Großvater und ein guter Vater?

Samira zuckt die Schultern, sagt nicht, mein Vater ist ein guter Vater gewesen, nimmt einen Stein, wirft ihn, trifft nichts.

Ich weiß ja nicht einmal, ob er noch in unserem Hochland lebt, ob er überhaupt noch am Leben ist, sagt Daria.

An jedem Berg, in jedem Tal, an jedem großen Baum fragt Samira, erkennst du, wo wir sind? Erkennst du diesen Felsen? Diesen Gipfel?

Nein, sagt Daria.

Wenn es dunkel wird, zündet Samira das Feuer an, breitet die Decken aus, holt Wasser, wenn sie welches findet, stellt den Topf aufs Feuer, nimmt die Last von den Rücken der Pferde, packt die getrocknete Molke und das alte Brot aus, packt wenn sie gegessen haben, alles wieder ein, legt die Decke um die Schultern der Mutter, legt sich hin, sieht in den Himmel und weiß nicht, ob sie jemals irgendwo ankommen werden.

Daria hockt sich vors Feuer, starrt in die Flammen, schweigt, fängt nicht einmal mehr die Blasen, die aus dem Topf springen. Erst wenn Samira schläft, fängt Daria an zu brabbeln. Brabbelt und brabbelt. Worte, die Samira nicht kennt.

Arme Daria, mit wem sprichst du? Daria, Daria. Sei achtsam, du hast deinen Verstand verloren, sagt das Feuer.

Wann habe ich meinen Verstand verloren?, fragt Daria.

Das Feuer antwortet nicht.

Ich weiß es, sagt Daria. Ich habe ihn im Zelt verloren. An dem Tag, als der zweite Mann seine stinkende Lust in meinen Körper gestoßen hat.

Du lügst, sagt das Feuer. Du hast deinen Verstand lange vorher verloren. Du hast ihn verloren, weil du die ganze Schuld auf dich geladen hast.

Lass mich, sagt Daria, wedelt die Luft, als wenn eine Fliege vor ihrem Gesicht fliegt. Sei still. Du weckst mein Kind mit deinem Geschwätz.

Arme Daria, sagt das Feuer.

Erst wenn der Morgen kommt, erst wenn die Sonne über den Berg kommt, erst wenn ihr Kind aus der Welt des Schlafes, in die Welt der Mutter zurückkommt, erst dann spricht das Feuer nicht mehr mit ihr, erst dann wird es ruhig um Daria, erst dann kann Daria die Verrücktheit in ihrem Kopf zum Schweigen bringen.

Warum hast du nicht geschlafen?, fragt das Kind seine Mutter.

Ich habe uns beschützt, sagt die Mutter.

Wir müssen in ein Dorf. Wir haben kein Mehl und kein Brot, sagt Samira.

Daria zieht ihren mit Perlen, Steinen, winzigen Knochen bestickten Beutel aus ihren Kleidern. Ich habe Geld, sagt sie.

Das ist nicht viel, sagt Samira.

Samira und Daria gehen und gehen. Bis ihre Stiefel die Sohlen verlieren. Bis ihre Füße wund werden. Bis ihre Knochen schmerzen. Bis ihre Seelen müde werden. Im nächsten Dorf kauft Samira ein Paar Frauenstiefel für ihre Mutter. Ein Paar Männerstiefel für sich selber.

Du hättest die Stiefel deines Vaters mitnehmen sollen, sagt Daria.

Ich habe sie mitgenommen, sagt Samira. Meine Füße sind noch nicht groß genug.

Mein Kind hat kleine Füße, sagt Daria in der Nacht zu ihrem Feuer.

Dein Kind ist der einzige Schutz, den du hast, sagt das Feuer.

Daria lacht. Ein Lachen, das schnell wieder verloren geht. Ein Lachen, das verrückt ist. Schöner Schutz, sagt Daria. Ihre Füße sind zu klein für die großen Vaterstiefel, und ihre Kraft ist zu klein für die große Welt. Daria spricht ihre Worte nicht leise. Nicht leise genug, damit Samira sie nicht hören kann.

Aber ich beschütze dich doch, flüstert Samira.

Schöner Schutz, sagt Daria mit einer Stimme, die zischt. Zwei Männer haben ihre stinkenden Schwänze in meinen Körper gestoßen. Nein, mein Kind, du kannst uns nicht beschützen. Du bist kein Junge. Kein richtiger Junge. Du kannst deinen Vater nicht ersetzen.

Samira sagt nicht, aber ich habe dich beschützt, sagt nicht, der Mann hätte dich getötet, hätte ich ihm nicht die Kehle aufgeschlitzt. Samira sagt nicht, ich habe Schuld auf mich geladen, habe eine Sünde begangen, Blut klebt an meinen Fingern, ich bin eine Mörderin und habe es für dich getan, damit du lebst. Samira sagt nicht, dass sie lieber wieder stumm wäre.

Daria sieht ihr Kind, findet ihren Verstand, bereut die Steinworte. Bereut sie zu spät. Ihre Worte sind ein glühend heißer, schwerer Stein, landen im Herzen ihres Kindes, bauen dort ein Nest. Bleiben. Für immer.

Die Tage werden zu Vögel, versammeln sich, fliegen auf und davon. Verschwinden. Für immer. Die Steinworte der Mutter bleiben. Samira legt den Kopf nicht mehr in den Schoß der Mutter.

Daria bereut zu spät, lädt Schuld auf sich. Für immer.

Zieh dein Tuch über den Kopf, sagt Samira, als sie in die Nähe des nächsten Dorfes kommen. Samira spricht wie ihr toter Vater. Es ist ein Befehl.

Die Mutter gehorcht.

Auf dem Weg in den Süden des Landes ist Samira in vielen Dörfern gewesen, aber ein so großes wie dieses hat sie noch nie gesehen. So viele Menschen, so viel Krach, Autos, Gestank, Augen, die sie anstarren. Tausendundein Düfte liegen in der Luft, Händler und Verkäufer rufen, verscheuchen freche Kinder und dicke Fliegen mit ihren Stoffwedeln. Esel, Ochsen, Pferde, Menschen laufen sich vor die Füße, versperren sich gegenseitig den Weg.

Samira will ihre Mutter fragen, für was es gut ist, welchen Nutzen es hat, wenn so viele Menschen so eng beisammen leben. Samira fragt nicht, sie braucht all ihre Kraft, um den Herzstein zu schleppen.

Sie führt ihre kleine Karawane in eine ruhige Gasse. Von hier aus kann sie den ganzen Basar rauf und runter sehen. Daria hockt neben ihrem Tochtersohn, schweigt, sieht nichts. Nur den Schmerz in den Augen ihres Kindes. Schmerz, für den sie die Schuld trägt. Am Ende ihres langen Schweigens sagt die Mutter, vergib mir.

Samira sagt, bleib hier. Sie spricht wie ihr toter Vater. Es ist ein Befehl. Samira hängt ihr eigenes Gewehr und das ihres toten Vaters über die Schulter.

Was willst du damit?, fragt Daria.

Es verkaufen und von dem Geld ein richtiges Gewehr kaufen, damit ich dich besser beschützen kann.

Nicht das Gewehr deines Vaters. Es ist sein Erbe. Sein Erbe für dich, seinen Sohn.

Richtig, Mutter, sagt Samira, mit einer Stimme, die klingt wie die ihres Vaters. Das ist das Erbe meines toten Vaters für seinen Sohn, der ich nicht bin. Samira schüttelt die Hand der

Mutter ab, lässt die Mutter zurück, geht. Wie ihr Vater. Mit festem Schritt.

Der Mann, der russische Gewehre verkauft, hockt vor seinem kleinen Laden, hat die Arme auf den Knien, kaut auf einem Stück Holz. Samira mit den beiden Gewehren, die sie sich auf den Rücken geschnallt hat, schlendert vorbei, geht auf die andere Seite der Straße, weiß, der Mann hat sie gesehen, kauft ein Brot, stopft es unter ihre Weste, kommt zurück, begrüßt den Gewehrverkäufer beiläufig, nicht als wenn sie etwas von ihm will, hockt sich in die Sonne, beiläufig, nicht als wenn sie sich mit Absicht neben ihn gehockt hat, holt ihr Brot heraus, reißt ein Stück ab, schiebt es sich in den Mund.

Der Mann erwidert ihren Gruß, beiläufig, zeigt nicht, dass er neugierig geworden ist.

Erst jetzt merkt Samira, wie viel Hunger sie hat. Das trockene Brot klebt fest in ihrem Mund, weil sie daran denken muss, ihre Mutter hat kein Brot.

Nan bokhor, iss Brot, sagt Samira, reißt ein Stück ab, reicht es dem Gewehrverkäufer.

Biete einem Mann ein Stück von deinem Brot an, und er ist nicht dein Feind, hat der Kommandant gesagt.

Tasha-kor, sagt der Mann. Woher kommst du?

Aus den Bergen.

Was tust du hier?, fragt der Gewehrverkäufer.

Ich ziehe.

Wohin ziehst du?

Zu meinem Großvater.

Bist du allein?, fragt der Mann.

Nein, mein Vater und seine Männer sind vorne am Eingang von deinem Dorf.

Ist die Frau, mit der du gekommen bist, deine Mutter?

Das ist sie, sagt Samira. Wir bringen sie zu ihrem Vater. Sie hat Sehnsucht nach ihm.

Der Gewehrverkäufer macht die Augen zu Schlitze. Da vorne sagst du? Am Eingang des Dorfes?

Ja, sagt Samira, sieht in die Richtung, aus der sie gekommen sind, da vorne. Sie sagt es beiläufig, tut, als wenn sie nicht spürt, dass der Mann längst eine Lüge wittert und den Jungen und seine Mutter für leichte Beute hält.

Wer ist dein Vater?, fragt der Gewehrverkäufer.

Er ist Kommandant, sagt Samira.

Wie viele Männer hat er unter seinem Kommando?

Man tshe midanam, sagt Samira, zuckt die Schultern. Sieht sich auf der Straße um, sagt, vielleicht so viele, wie hier sind.

So viele?, fragt der Gewehrverkäufer, hebt die Brauen. Das sind sehr viele.

Wenn der Feind deine Angst sieht, wird er stark, hat der Vater gesagt. Wiege ihn in Sicherheit. Wenn der Feind selber Angst hat, wird er gefährlich. Gib ihm das Gefühl, dass du keine Angst hast. Gib ihm das Gefühl, dass auch er keine Angst haben muss. Lass ihn deine Kraft spüren, aber mache ihm keine Angst.

Aber heute hat mein Vater nicht alle seine Männer mitgenommen, sagt Samira.

Der Gewehrverkäufer nickt, sagt, das ist gut. Denn schließlich zieht ihr ja nicht in den Krieg.

Ist dein Dorf ein sicherer Ort?, fragt Samira.

Das ist es, sagt der Gewehrverkäufer. Hier fürchtet sich niemand vor niemandem, nur vor dem Feind.

So lange mein Vater hier ist, könnt ihr ohne Sorge sein, sagt Samira, nimmt die Gewehre von der Schulter, legt sie neben sich, sieht den Gewehrverkäufer an, sagt, *bebachshid*, hast du einen Schluck Wasser?

Der Mann deutet in den Laden, da, hol es dir.

Samira lässt die Gewehre liegen, beiläufig, als wenn sie nicht fürchtet, jemand könnte sie stehlen, geht in den Laden, steht einfach nur da, wachsam, den Blick an die Gewehre geheftet. Sie trinkt kein Wasser, kommt heraus, sagt, du hast schöne Waffen in deinem Laden. Ich werde es meinem Vater erzählen, vielleicht kauft er mir eines deiner russischen Gewehre.

Der Gewehrverkäufer sagt, du hast doch schon zwei Gewehre, was willst du mit einem dritten.

Während sie ihre Gewehre schultert, lacht Samira, sagt, jeder von uns hat zwei Gewehre. Ich bin der Einzige von uns, der noch keine Kalaschnikow hat. Mein Vater hat gesagt, jetzt, wo ich ein richtiger Mujahed bin, wird er mir auch eine kaufen, sobald wir ins Dorf kommen.

Warum kaufst du nicht gleich jetzt eine Kalaschnikow?

Ich habe kein Geld dabei, sagt Samira. Mein Vater hat das Geld.

Schade. Ein gutes Geschäft soll man nicht verschieben, sagt der Gewehrverkäufer. Woher soll ich wissen, dass du wiederkommst.

Das weiß nur Gott, sagt Samira.

Der Mann sagt, sieh dir wenigstens deine Kalaschnikow an.

Ich habe kein Geld, sagt Samira wieder.

Hast du etwas anderes von Wert? Was hast du auf deinen Pferden geladen? Lapislazuli, Steine, Opium?

Nein. Ich habe nichts. Nur meine beiden Gewehre.

Das sind schöne Gewehre, sagt der Mann. Besonders das große mit dem Perlmutt.

Ja, sagt Samira. Es ist schön und sehr wertvoll. Mein Großvater hat es mir geschenkt.

Bebinam. Lass es mich sehen. Verkauf es mir.

Was willst du damit?, fragt Samira. Es ist schön, aber es schießt nicht gut, und man braucht viel Zeit, um es zu laden.

Ich werde es an die Ausländer verkaufen, sagt der Gewehrverkäufer. Die mögen alte Waffen, auch wenn sie nicht mehr schießen.

An welche Ausländer?

An die Amerikaner.

Samira fragt nicht, wer sind die Amerikaner? Fragt nicht, aus welchem Grund wollen die das alte Gewehr kaufen? Stattdessen sagt sie, aus welchem Grund soll ich dir das Geschäft überlassen? Ich werde mein Gewehr selber an die Ausländer verkaufen.

Der Gewehrverkäufer streicht über das Holz und das Perlmutt, kratzt mit dem Nagel daran. Als wenn du da oben in deinen Bergen jemals einen von diesen Amerikanern zu Gesicht bekommen wirst.

Bedeh. Gib, sagt Samira, ich muss gehen, mein Vater wartet auf mich und meine Mutter. Sie lässt das restliche Brot im Laden, beiläufig, als wenn sie keinen Hunger hat, als wenn ihre Mutter keinen Hunger hat, sagt, *be amane khoda,* Gott zum Schutze, kehrt zu ihrer Mutter zurück, nimmt die Pferde, verlässt das Dorf in die Richtung, aus der sie gekommen sind. Als sie wieder an dem Laden mit den Gewehren vorbeikommt, sieht sie den Gewehrverkäufer an, legt die Hand auf die Brust, neigt den Kopf, *be amane khoda.*

Sie ist beinah schon vorbei an dem Laden, da ruft der Gewehrverkäufer, *batshe.*

Samira bleibt nicht stehen, sagt, während sie weitergeht, *bogu.* Sprich. Was willst du?

Lass uns einen Tausch machen, ruft der Gewehrverkäufer.

Samira lässt ihre Mutter und die Pferde stehen. Was für einen Tausch?

Eine schöne, neue Kalaschnikow für dein altes, wertloses Gewehr.

Nein, danke, sagt Samira, zieht den Gurt ihres Gewehres fest, will gehen.

Warte, sagt der Mann. Warum nicht?

Weil mein Großvater es mir geschenkt hat, und wenn ich

eines Tages selber Kommandant und Anführer sein werde, werde ich es brauchen. Außerdem ist es viel mehr wert als deine Kalaschnikow. Eine Kalaschnikow bekomme ich in jedem Laden, in jedem Dorf.

Ein gutes Geschäft soll man nicht verschieben, sagt der Gewehrverkäufer.

Für mich ist das kein gutes Geschäft, sagt Samira.

Was ist ein gutes Geschäft für dich?, fragt der Gewehrverkäufer.

Ich will ein Gewehr und fünf Schachteln Munition dazu. Entscheide dich, mein Vater wartet, sagt Samira und glaubt bald selber, ihr Vater und seine Männer warteten am Dorfeingang auf sie. Sie richtet sich auf, spuckt aus, zurrt die Gewehre auf ihrem Rücken fest, fühlt sich groß und unbesiegbar. Am Ende von dem ganzen Gerede hat der Gewehrverkäufer das Gefühl, es ist seine Idee gewesen, eine Kalaschnikow gegen das Gewehr zu tauschen. Eine Kalaschnikow und fünf Schachteln Munition.

Zum Abschied fragt der Gewehrverkäufer, haben dein Vater und seine Männer auch solche alten Gewehre?

Ja, sagt Samira.

Sag ihnen, sie sollen zu mir kommen, ich zahle ihnen einen guten Preis dafür.

Tut es dir nicht Leid?, fragt die Mutter. Es war die Waffe deines toten Vaters.

Mein Vater ist tot. Ich lebe, sagt Samira. Und ich will am Leben bleiben. Um uns zu beschützen, brauche ich eine richtige Waffe.

Deine Worte sind hart, sagt Daria.

Samira schweigt, zuckt die Schultern, geht weiter, mit großen, schnellen Schritten.

Daria ist es nicht gewohnt, mit einem Tuch über dem Kopf und verdecktem Gesicht in engen Gassen zu gehen. Sie stolpert, muss Männern aus dem Weg gehen, hat Mühe, mit ihrem Kind Schritt zu halten. Als sie endlich wieder aus dem Dorf heraus sind, hockt sie sich auf einen Stein, schlägt ihr Tuch zurück, trocknet den Schweiß von ihrer Stirn, sagt, ich habe Angst.

Ich habe ein gutes Gewehr, sagt Samira. Ich werde dich beschützen.

Ich habe keine Angst vor dem Tod, sagt Daria. Ich habe Angst, dich zu verlieren.

Samira antwortet nicht, pfeift durch die Zähne, treibt die Mutter und die Pferde an.

Wer seid ihr?, fragt ein Mann, der selber eine kleine Karawane anführt.

Ich bin Samir, der Sohn des berühmten Kommandanten.

Der Sohn von welchem Kommandanten?, fragt der Mann. Unser Land ist voll von irgendwelchen berühmten Kommandanten.

Dem Kommandanten von der Ebene hoch oben im Hindukusch.

Welcher Ebene? An welcher Stelle im Hindukusch?

Dem Hochland nahe den Sieben Seen, dem Bande Amir.

Welcher der vielen Ebenen, die es nahe den Sieben Seen gibt?

Samira schweigt, schnalzt die Zunge, reitet weiter, zieht die Pferde hinter sich her.

Wo reitet ihr hin?, fragt der Mann.

Wir reiten zu meinem Großvater, sagt Samira.

Wer ist dein Großvater?, fragt der Mann.

Noch einmal will Samira sich keine Blöße geben. Sie hält den Vaterhengst und ihre kleine Karawane an, richtet sich auf und spricht mit einer Stimme, von der sie denkt, dass sie voll von Klugheit ist. Mein Großvater? Er ist einer von vielen Großvätern in unserem Land.

Wie heißt dein Großvater?, fragt der Mann.

Sag, er heißt Mahfous, sagt Daria. Leise. Damit der Fremde ihre Frauenstimme nicht hört.

Mein Großvater heißt Mahfous, sagt Samira. Laut, damit der Fremde ihre Jungenstimme hört.

Mahfous? Der Haarschneider Mahfous?

Daria vergisst, leise zu sprechen, damit der Fremde ihre Frauenstimme nicht hört. Ja, sagt sie. Der Haarschneider Mahfous. Das ist mein Vater.

Dann werdet ihr bald bei ihm sein, sagt der Mann. Du musst hoch über diesen Kamm zwischen den zwei hohen Gipfeln, dann kommst du in ein kleines Dorf. Dort kannst du jeden fragen. Jeder kennt den alten Mahfous, der in den Bergen über dem Dorf wohnt.

Der Mann hat die Wahrheit gesprochen, am Ende von vier Tagen und Nächten sehen Samira und Daria das kleine Dorf. Es ist umgeben von Feldern, auf denen bunte Blumen wachsen, sie haben den hübschen Namen *kokna*, Mohn. Mitten durch das Dorf fließt ein Bach. Die Leute begrüßen Samira und ihre Mutter mit großer Freundlichkeit. Sie sagen, trinkt Tee mit uns, teilt unser Brot, verbringt die Nacht bei uns. Sie sagen, seid vorsichtig, bleibt auf den Wegen, jenseits der bestellten Felder ist alles voll von Minen.

Daria erkennt alles, den Weg hinauf, die Felsen, die Kurven und Biegungen des Weges, die Gipfel der Berge, die Ebene, den Blick hinunter ins Tal, die Zelte. Daria erkennt sogar den einen oder anderen *kuthsi*. Bist du die und die, der und der?, fragt sie.

Der bin ich. *Khosh amadi*, sagen sie und heißen Daria und ihren Sohn willkommen.

Wo ist mein Vater?

In seinem Zelt.

Mahfous, Mahfous, rufen die Kinder und rennen voraus.

Samira springt vom Pferd, verneigt sich vor ihrem Großvater, küsst seine Hand.

Mahfous ist alt und zerbrechlich, und er hat beim Entschärfen einer Mine einen Arm verloren, doch er sagt, Allah sei Dank, ich lebe.

Samira mag den einarmigen Großvater. Er ist freundlich, und obwohl das Alter seine Augen klein gemacht hat, schenkt er ihr einen lebendigen Blick. Mit seinem einen Arm umarmt er Samira so fest, dass es sich anfühlt wie eine Umarmung mit vier Armen.

Wo sind deine anderen Kinder?, fragt der einarmige Großvater.

Ich habe nur dieses Kind, sagt Daria.

Gott sei Dank ist das eine Kind, was du hast, ein Junge. Ein kräftiger Junge.

Wo ist sein Vater?

Shahid shod.

Noch einer, der Opfer dieser verdammten Kriege geworden ist, sagt der einarmige Großvater.

Samira wundert sich. Sie wusste nicht, dass der Krieg verdammt ist. Sie hat immer gedacht, Krieg ist gut, weil er ihren Vater zum Kommandanten gemacht hat. Sie hat gedacht, Krieg ist wichtig, weil er ihren Vater zuerst zum Unbesiegbaren und dann zum ehrenvollen *shahid* gemacht hat.

Wo sind meine Brüder?, fragt Daria.

Der einarmige Großvater hebt seinen Arm, schlägt sich auf den Kopf, weint. Auch sie hat der verdammte Krieg gefressen.

Jetzt hast du wieder einen Sohn. Einen Enkelsohn, sagt Daria.

Möge Gott ihn beschützen, sagt der einarmige Großvater.

Ich kann mich selber beschützen, sagt Samira. Ich werde uns alle beschützen. Ich habe eine Waffe. Ich will Mujahed werden.

Das willst du nicht, sagt der einarmige Großvater.

Wo ist dein Arm?, fragt Samira.

Der verdammte Krieg hat ihn mir gestohlen. Eine Mine hat ihn zerfetzt. Unser Land ist voll von Minen. Du musst vorsichtig sein, sonst frisst eine von ihnen auch dich auf.

Der einarmige Großvater streicht Samira über den Kopf, der kahl geschoren ist, fragt, wo sind deine Haare?

Samira zuckt die Schultern.

Was ist das für eine Art?, fragt der einarmige Großvater. Wer hat dem Jungen den Kopf kahl geschoren?

Samira sieht zu ihrer Mutter, die ihre Lippen bewegt, sieht die Worte, die sie brabbelt. Ich habe sie geschoren. Ich bin schuld. Weiter spricht Daria nicht und lädt noch mehr Schuld auf sich, sagt nicht, mein Sohn ist kein Junge, kein richtiger Junge. Sagt nicht, Samira soll Samira sein.

Er ist doch kein Taleb, sagt der einarmige Großvater. Er ist ein Junge aus dem Bergvolk. Er ist ein *kutshi*. Ein Junge aus dem Bergvolk trägt das Haar lang. Ein *kutshi* zeigt die Pracht seines Haares. Sichtbar für jeden.

Samira mag die Worte des einarmigen Großvaters. Es gefällt ihr, wie er von ihr spricht, sie einen Jungen aus dem Bergvolk, ein *kutshi* nennt und damit sie meint.

Ich bin ein *kutshi*, sagt Samira.

Ein richtiger *kutshi*-Junge, sagt der einarmige Großvater.

Der einarmige Großvater prüft die Muskeln seines Enkels, fragt, bist du kräftig?

Das bin ich, sagt Samira, beugt die Arme, spannt ihre Muskeln an.

Das ist gut, sagt der einarmige Großvater. Dann zeig mal, wofür diese ganzen Muskeln in deinen Armen gut sind. Los, Junge, nimm die Sachen von den Pferden, und bring sie ins Zelt.

Ich mag dich, sagt Samira.

Ich mag dich auch, sagt der einarmige Großvater und lacht.

Seit wer weiß wie vielen Tagen und Nächten, Sommern und Wintern, die gekommen und gegangen sind, lacht Samira. Es ist ein Lachen, was den toten Vater vergessen hat, was die Vergewaltiger vergessen hat. Ein Lachen, was vergessen hat, dass sie einen Mann getötet hat, dass es trotzdem nicht genug Schutz gewesen ist. Ein Lachen, was den Wortstein in ihrem Herzen vergessen hat. Es ist ein Lachen, was frei, was *azad* ist. Ein Lachen, dem es egal ist, ob es Samira ist, die lacht, oder Samir.

Ein Aufbrechen

Junge, komm, sagt der einarmige Großvater. Wir wollen reiten.

Wohin?, fragt Samira.

Hinunter ins Dorf.

Was tun wir dort?

Wir gehen Felle eintauschen, wir werden Fett kaufen und Tee und Zucker, und wir werden dich in die Schule bringen.

Was ist Schule?

Schule ist ein Ort, an dem viele Jungen viele neue Dinge lernen.

Ich brauche keine Schule.

Es ist nicht deine Sache, das zu entscheiden. Wenn du nicht in die Schule gehst, was soll dann aus dir werden, wenn du groß bist?

Ich will werden wie mein Vater. Stark und groß. Wichtig und unbesiegbar.

Du redest gut. Der einarmige Großvater lächelt, streicht seinem Enkel über den Kopf, der nicht mehr ganz so kahl ist, sagt, wir verschieben dieses gute Gerede auf einen späteren Zeitpunkt. Jetzt werden wir erst einmal hinunter ins Dorf gehen und alles das machen, was ich gesagt habe. Einverstanden?

Einverstanden, sagt Samira. Sie ist immer einverstanden. Mit allem, was der Großvater sagt.

Den ganzen Weg hinunter ins Dorf lachen Samira und der Großvater. Samira steigt vom Pferd, hüpft und tanzt um ihren einarmigen Großvater herum, wie sie es noch bei keinem Menschen gemacht hat. Sie ist so sehr ohne Sorge und Angst, wie sie es noch nie in ihrem kleinen großen Leben gewesen ist. Dabei hat sie sogar ihr russisches Gewehr im Zelt gelassen, weil der Großvater es so gewollt hat.

Was ist?, fragt er. Vermisst du dein Gewehr?

Samira lächelt. Nein.

Siehst du?, sagt der Großvater. Ich habe es gewusst.

Du weißt immer alles, sagt Samira.

Gefällt es dir hier in deiner neuen Heimat?

Hier ist es beinah schöner als in meinem eigenen Hochland, sagt Samira und wundert sich über das, was sie sagt.

Aus welchem Grund ist es hier beinah schöner?

Man tshe midanam, sagt Samira, zuckt die Schultern.

Wie in den ganzen Stunden, seit sie unterwegs sind, ist auch jetzt weit und breit nicht eine Menschenseele zu erkennen, trotzdem spricht Samira leise. Weil es wichtig ist, was sie zu sagen hat. Sie holt tief Luft, hält beide Hände an den Mund, geht ganz dicht an das Ohr ihres Großvaters, sagt, ich muss dir ein Geheimnis sagen.

Der einarmige Großvater richtet sich auf, lächelt, sagt, ein Geheimnis ist aber nur so lange ein Geheimnis, wie man es für sich behält. Mit Geheimnissen sollte man nicht leichtfertig umgehen.

Samira nickt.

Überleg dir gut, ob du dein Geheimnis preisgeben willst.

Es ist ein schreckliches Geheimnis, sagt Samira und will nicht überlegen, will nicht warten. Kann nicht warten. Das Geheimnis bricht aus ihr heraus. Ich habe einen Mann getötet.

Der einarmige Großvater lächelt nicht mehr, steht vor seinem Enkelkind, schweigt, sieht Samira an. Samira steht still wie er, spürt bitter den Nachgeschmack der Worte, die sich aus ihrem Mund befreit haben.

Der einarmige Großvater beugt sich zu seinem Enkelsohn

herunter, sagt, wer einen anderen Menschen tötet, tötet auch einen Teil von sich selber. Möge Gott geben, dass du es nie wieder tun musst.

Samira hört auf zu atmen.

Der Großvater hockt sich auf einen Stein, umarmt seinen Enkel mit seinem einen Arm und sagt nichts mehr. Samira hockt unter dem einen Arm ihres Großvaters und weint. Weint. Weint.

Der Großvater stützt seinen einen Arm auf seinen Oberschenkel, erhebt sich und sagt, komm. Wir haben noch einen weiten Weg vor uns.

Unten im Dorf kennt jeder den einarmigen Großvater. Die Wichtigen und die Unwichtigen, die Reichen mit guten Kleidern und viel Tuch und die Armen mit nichts als Lumpen am Körper. Das gefällt Samira. Ihr Vater ist anders gewesen. Ihr Vater hat nur die wenigen wichtigen und reichen Menschen begrüßt.

Du kennst jeden, du bist ein wichtiger Mann, sagt Samira.

Jeder Mensch ist wichtig, sagt der einarmige Großvater.

Samira nickt. Auch wenn sie nicht weiß, aus welchem Grund sie nickt.

Mein Vater hat gesagt, es gibt wichtige und unwichtige Menschen.

Jeder Mensch ist von Gott geschaffen, sagt der einarmige Großvater. Schon alleine deswegen ist jeder von uns wichtig. Egal, ob wir Kommandant oder Bettler, Frau oder Mann sind.

Dann bin ich auch wichtig, sagt Samira.

Das bist du, sagt der einarmige Großvater und lacht. Und soll ich dir sagen, was noch wichtig ist?

Samira schiebt ihre Hand in die eine Hand des einarmigen Großvaters, lächelt, hüpft von einem Bein aufs andere, strahlt den alten Mann an, schüttelt den Kopf. Sag es mir.

Essen, sagt der einarmige Großvater. Es ist wichtig, dass

Menschen essen. Komm. Wir gehen zu Hadji Mussa und essen so viel von seinem köstlichen Dal, wie in unsere Bäuche passt. Hadji Mussa, sei gegrüßt, sagt der einarmige Großvater. Das ist mein Enkelsohn. Sein Vater, Gott habe ihn selig, ist im verdammten Krieg gefallen. Jetzt wird Samir bei mir leben. Und stell dir vor, mein Enkelsohn hat noch nie in seinem Leben Dal gegessen. *Khosh amadi,* willkommen Enkelsohn von Mahfous. Der nette Dalverkäufer gibt eine ordentliche Kelle von seinem duftenden, heißen Dal in eine Schale, stellt sie vor Samira und sagt, hier ist also das erste Dal deines Lebens. Iss, mein Junge, und genieße es, denn besseres Dal gibt es nirgendwo, weder im Gebirge des Hindukusch noch irgendwo sonst in der großen Welt.

Samira stopft sich Reis und Dal in den Mund, als wenn sie vier Tage lang nichts gegessen hat. Ihre Schale ist noch nicht leer, da gibt der nette Dalverkäufer ihr eine neue Kelle. Iss nur, sagt er, damit du groß und stark wirst, damit ein richtiger Mann und Krieger aus dir wird.

Samira sieht Hadji Mussa an, sieht ihren einarmigen Großvater an, lächelt, sagt, mein Vater wollte, dass ich Kommandant werde und in den Krieg ziehe, aber er ist tot. Jetzt lebe ich bei meinem Großvater, und der will nicht, dass ich Männer töte.

Der nette Dalverkäufer lächelt nicht mehr, sagt, du hast Recht. Ich habe dumm gesprochen. Aus welchem Grund sollst du ein Krieger werden, töten und getötet werden? Es sind genügend Krieger gekommen und gegangen, geboren und getötet worden. Wir haben genug von Krieg. Der nette Dalverkäufer holt alle Luft, die um ihn herum ist, in seinen Körper, bläst sie zusammen mit den Toten und Kriegen, die in seine Seele gekommen sind, heraus und lacht. Vielleicht willst du, wenn du groß bist, den gleichen Beruf haben wie ich und Dalverkäufer werden? Was hältst du davon?

Es ist das erste Mal, dass jemand Samira fragt, was sie werden will, wenn sie groß ist. Sie weiß nicht, was sie sagen soll, denkt und denkt und sucht in ihrem Kopf nach einer Antwort.

Samira zuckt die Schultern, sagt, *man tshe midanam*, was weiß ich. Es ist die Wahrheit, sie weiß es nicht. Während sie immer weiter Dal mit Reis in ihren Mund schiebt und nebenher an Beruf denken muss, während sie mal den einarmigen Großvater, mal den netten Dalverkäufer ansieht, während Samira denkt und denkt und merkt, wie wenig sie gedacht hat, bis zu dem Tag, an dem sie ihren einarmigen Großvater gesehen hat, fliegt leise ein großer, silberner Vogel weit oben am Himmel über das Dorf.

Der nette Dalverkäufer streckt den Arm aus, zeigt an den Himmel und sagt, da sind sie wieder. Die Ausländer, die gekommen sind, unsere Heimat zu befreien.

Samira und ihr voll von Dal Mund sehen in den Himmel, sehen den silbernen Vogel, und mit einem Mal weiß sie, welche Antwort sie geben muss, und sagt, *pilot*.

Pilot?, fragt der nette Dalverkäufer.

Pilot?, fragt der einarmige Großvater.

Bale, sagt Samira. *Pilot*.

Du willst *pilot* werden? Das ist ein ungewöhnlicher Beruf, sagt der nette Dalverkäufer. Zumindest für jemanden, der hier mitten in den Bergen des Hindukusch, lebt.

Was ist ungewöhnlich daran?, fragt der einarmige Großvater.

Na ja, sagt der nette Dalverkäufer, ich bin ja nur ein unbedeutender Dalverkäufer, lebe hier mitten im Nirgendwo der Berge und verstehe nicht viel von dem Rest der Welt, und von Flugzeugen und Piloten und dem Fliegen verstehe ich auch nicht viel. Aber so viel verstehe ich davon und von dem Rest der Welt, dass ich weiß, wenn einer Pilot werden und ein Flugzeug fliegen will, wenn jemand einen so wichtigen Beruf machen will, muss er Ausländer kennen, er muss viele Reisen machen, und er muss viele, viele Dinge lernen.

Der einarmige Großvater trinkt einen Schluck von seinem Tee, stellt das kleine Glas mit so viel Kraft auf den Tisch, dass es laut scheppert und fragt, aus welchem Grund soll mein Enkelsohn alles das nicht tun können? Sieh ihn dir an, er ist ein kluges Kind. Dann wird er eben Ausländer kennen lernen. Dann wird er eben viel lernen. Dann wird er eben viele Reisen machen. Was ist denn schon dabei? Glaubst du vielleicht, mein Enkelsohn kann das nicht? Sobald wir aufgegessen und unseren Tee getrunken haben, werden wir gleich damit anfangen. Es ist eine lange und beschwerliche, aber auch eine sehr schöne Reise, die er antreten wird.

Tshi migi? Mahfous was redest du?, fragt der nette Dalverkäufer. Was hast du vor mit deinem armen Enkelsohn? Er ist doch gerade erst angekommen, jetzt willst du ihn schon wieder wegschicken?

Samira hört auf zu kauen. Der Klumpen Dal in ihrem Mund klebt trocken und dick in ihrem Mund fest.

Der einarmige Großvater lacht, sagt, nein, ich will ihn nirgendwohin schicken. Ich bin glücklich darüber, dass er gekommen ist und ich nun nicht länger allein bin. Ich werde ihn in die Schule bringen.

Was? Wohin?, fragt der nette Dalverkäufer. In die Schule?

Bale. In die Schule.

Samira macht den Mund auf, will sagen, ich brauche keine Schule, ich will Mujahed werden, da fällt ihr ein, dass sie seit kurzem beschlossen hat, kein Mujahed zu werden, und schweigt.

Bildung ist das Tor zur Welt, sagt der einarmige Großvater.

Wie weit ist es bis zu diesem Tor?, denkt Samira. Und wie sieht diese Welt aus? Gibt es dort Kriege?

Als sie endlich aufbrechen, um die Reise zum Tor der Welt

anzutreten, ist Samira sich nicht mehr so sicher, ob ihr Entschluss, dem Großvater alles zu glauben und zu tun, was immer er sagt, so klug gewesen ist.

Das ist mein Enkelsohn, sagt der einarmige Großvater, legt seine eine Hand auf den Kopf von Samira, die sich hinter ihm versteckt hat, schiebt sie vor sich. Sag guten Tag zum Herrn Lehrer.

Salam, sagt der Herr Lehrer, lächelt und streckt seine Hand aus.

Samira mag den Herrn Lehrer. Er ist weder besonders groß noch besonders klein, er hat saubere Kleider, ein Tuch um den Hals, vor seinen Augen zwei runde, kleine Glasscheiben mit einem Bindfaden dazwischen, die den schönen Namen *einak*, Brille, haben. Der Herr Lehrer lächelt. Willkommen, *khosh amadi*. Kannst du lesen und schreiben?

Lesen und schreiben? Nein, sagt Samira. Was ist das? Ich kann reiten, und ich bin ein guter *boskashi*-Spieler.

Der freundliche Herr Lehrer lacht. Das ist gut. Reiten ist wichtig.

Was ist lesen und schreiben?, fragt Samira.

Lesen und schreiben?, sagt der freundliche Herr Lehrer. Das ist das Tor zur Welt und zum Leben. Es ist der Anfang von allem.

Ich reite den großen Hengst meines Vaters, sagt Samira.

Der freundliche Herr Lehrer lacht. Und worauf reitet dein Vater, wenn du seinen Hengst reitest?

Mein Vater ist tot, sagt Samira und lächelt.

Das ist schade, sagt der freundliche Herr Lehrer.

Das macht nichts, sagt Samira. Ich habe meinen Vater verloren und stattdessen meinen Großvater gefunden. Mein Großvater hat seinen Arm verloren, eine Mine hat ihn zerfetzt.

Der freundliche Herr Lehrer streicht über den Kopf von Samira. Dafür hat er jetzt dich bekommen.

Mein Großvater sagt, du zeigst mir die Welt.

Die Welt, sagt der freundliche Herr Lehrer und lächelt. Die Welt ist ein großer Ort, der voll ist von Wunder und Überraschungen.

Zeig sie mir.

Das werde ich, sagt der freundliche Herr Lehrer, lacht, streckt die Hand aus.

Zuerst zögert Samira, dann entschließt sie sich, ihre Hand in die des fremden Mannes zu legen, geht mit ihm mit, lässt den einarmigen Großvater stehen. Sie kommt zu einem leeren, kahlen Platz mit nichts als nur einem Baum, ohne Wiese, ohne Blumen.

Das ist unser Klassenraum, sagt der freundliche Herr Lehrer und geht mit Samira in die kleine Hütte. Auf dem Boden liegt ein alter Kelim, ringsherum Sitzmatten und Kissen. Überall sind fein säuberlich aufeinander gestapelt Dinge, die Samira nicht kennt. Das Zimmer ist so voll davon, dass es kaum Platz gibt zu gehen oder zu sitzen.

Was ist das?, fragt sie.

Der freundliche Herr Lehrer lächelt. Das, mein Junge, sind meine Bücher. Sie sind voll von Wissen und Worten. Der freundliche Herr Lehrer schlägt ein Buch auf. Sieh her, das sind geschriebene Worte.

Samira ist enttäuscht. Das soll die Welt sein?

Wer die Welt sehen will, muss Geduld haben, sagt der freundliche Herr Lehrer. In die Welt geht man in kleinen Schritten. Wort für Wort, Buch für Buch.

Samira sieht den freundlichen Herrn Lehrer an, versteht nicht.

Sie her, sagt er und schreibt. S-a-m-i-r. Das ist dein Name.

Das ist mein Name? Das sieht schön aus, sagt Samira. Kannst du alles schreiben?

Alles.

Schreib Azad. Freiheit. Das ist der Name von meinem Pferd. Und es ist ein schönes Wort.

Der freundliche Herr Lehrer schreibt. A-z-a-d.

Gibt es viele wie dich?, fragt Samira

Der freundliche Herr Lehrer lacht. Ja, sagt er. Sehr viele. Und du kannst auch einer von uns werden. Du musst es nur wollen, Geduld haben und viel üben. Und wenn du lesen und schreiben kannst, kannst du all die Bilder und Worte, die du in deinem Kopf hast, aufschreiben, und andere können sie lesen.

Samira zuckt. Nein, sagt sie. Niemand soll die Bilder in meinem Kopf sehen.

Dann schreibst du sie eben nicht auf, sagt der freundliche Herr Lehrer. Du schreibst nur das, was du schreiben möchtest. Du selber bestimmst. Du bist *azad*.

Weder Samira noch der freundliche Herr Lehrer merken, wie lange der einarmige Großvater im Eingang gestanden und ihnen zugesehen hat. Das ist schön, sagt er.

Was ist schön?, fragt Samira.

Ihr seid schön, sagt der einarmige Großvater und zeigt mit seinem einen Arm auf seinen Enkel und den Lehrer, die im Schein der Öllampe auf dem Boden hocken, um sie herum die vielen Bücher, die Zettel mit Bildern und Buchstaben.

Ich habe die Worte vom Herrn Lehrer kennen gelernt, sagt Samira auf dem Weg zurück in die Berge, spricht und spricht und hört nicht mehr auf zu sprechen. Der Lehrer hat von einem großen Dichter erzählt, er kommt aus dem Iran. Das ist ein Land. Jedes Land hat Grenzen. Wir sprechen die gleiche Sprache. Der Herr Lehrer hat von unserem Propheten erzählt. Der Prophet hat den Koran nicht selber geschrieben, weil er gewesen ist wie ich. Ohne Bildung. Andere Leute haben seine Worte genommen und haben sie aufgeschrieben. Aber da war der Prophet schon fünfzig Jahre tot. Gott mag keine Frauen. Deswegen hat er nur Männer zu Propheten gemacht. Wir wollen keinen König in unserer Heimat. Die Menschen müssen lesen und schreiben lernen, dann sollen sie selber sagen, wo es langgehen soll mit ihrem Leben. Samira spricht und spricht, umarmt ihren Großvater, sagt, danke. Mehr sagt sie nicht, nur ein kleines großes Danke.

Also wirst du in die Schule gehen?, fragt der einarmige Großvater.

Nein, sagt Samira. Mit einer Stimme, die klar und hell und voll von Glück und Zufriedenheit ist.

Aber. Der Großvater hält sein Pferd an. Aber ich habe gedacht, dir gefällt es dort.

Woher soll ich wissen, ob mir die Schule gefällt?, fragt Samira.

Das hast du doch gerade eben noch gesagt, sagt der einarmige Großvater.

Nein, sagt Samira. Ich will nicht in die Schule. Ich will lieber zum freundlichen Herrn Lehrer. Mir gefällt es bei ihm, ich mag seine Bücher und die vielen Worte.

Der einarmige Großvater lacht. Aber das ist doch Schule. Er schnalzt mit der Zunge, treibt sein Pferd an, reitet weiter.

Das wusste ich nicht, sagt Samira. Ich wusste nicht, dass die Bücher und ihre Worte Schule sind. Wenn das so ist, sagt Samira, macht es ihrem einarmigen Großvater nach, schnalzt die Zunge, reitet weiter, dann werde ich in die Schule gehen.

Das ist eine kluge Entscheidung, sagt der einarmige Großvater.

Gleich morgen, sagt Samira. Gleich morgen werden wir wieder ins Dorf hinunterreiten und werden zum freundlichen Herrn Lehrer und seinen Büchern und den vielen Worten gehen.

Nein, mein Junge, sagt der einarmige Großvater. Nicht wir werden gehen. Du wirst gehen. Zusammen mit dem Sohn unseres Kommandanten Rashid.

Nein, sagt Samira.

Warum nicht?

Ich kenne den Sohn von Kommandant Rashid nicht.

Dann wirst du ihn eben kennen lernen.

Das brauche ich nicht, sagt Samira.

Warum nicht?

Weil mein Vater gesagt hat, dass ich keine anderen Menschen brauche.

Jeder Mensch braucht andere Menschen.

Ich bin anders als die anderen Jungen, sagt Samira.

Das stimmt, sagt der einarmige Großvater. Jeder Mensch ist anders als andere Menschen.

Aber ich bin ganz anders als alle anderen, sagt Samira.

Das ist nicht schlimm. Du wirst Bashir kennen lernen, und du wirst mit ihm ins Dorf hinunter und in die Schule reiten. *Bass* und *khalass.*

Ein Unfall

Komm, sagt der einarmige Großvater. Es ist Zeit, du musst in die Schule. Und heute werde ich dich persönlich zum Zelt von Kommandant Rashid bringen, damit du und sein Sohn zusammen ins Dorf reitet und du nicht schon wieder allein ins Tal hinuntergehst.

Bashir ist ein komischer Name, sagt Samira.

Das ist er nicht. Es ist ein schöner Name, sagt der einarmige Großvater. Bashir bedeutet der mit der guten Botschaft, der Übermittler, der Bote.

Welche gute Botschaft überbringt er?, fragt Samira.

Frag ihn selber, sagt der einarmige Großvater.

So sehr der einarmige Großvater sich auch bemüht, sein Enkel kann einfach nicht nett zu Bashir sein. Als Samira vor ihm steht, fragt sie, warum trägst du kein Hemd, das nicht zu groß für dich ist?

Bashir kann sich nicht wehren, sieht Samira an, zuckt die schmalen Schultern, sagt *man tshe midanam*.

Samira macht sich wichtig und klingt wie ihr Großvater. Ich weiß nicht, sollst du nur als Antwort auf eine Frage geben, wenn du darüber nachgedacht hast und wirklich keine Antwort weißt.

Bashir sieht seinen Vater an, sieht den einarmigen Großvater an, sieht den neuen Jungen an, der scheinbar nur in seine Hochebene gekommen ist, um ihn zu ärgern, zuckt wieder die Schultern und verschwindet in sein Zelt.

Was ist denn das für eine Art?, fragt der einarmige Großvater. Einen Freund behandelt man nicht so.

Kommandant Rashid streicht seinen Bart glatt, will den
Arm um die Schulter von Samira legen, sie windet sich, lässt
ihn nicht. Dein Enkel ist wenigstens ein richtiger Junge, sagt
Kommandant Rashid. Sieh dir meinen Sohn an. Er ist dünn
wie ein Stock und läuft mit eingezogenen Schultern durch die
Welt. Wenn er so weitermacht, wird niemals ein richtiger
Mann aus ihm.

Zum ersten Mal, seit sie ihn kennt, hat Samira Mitleid mit
dem dünnen Bashir. Sie schwingt sich auf den Hengst ihres
Vaters, pfeift durch die Zähne, ruft, Bashir, komm, wir müssen
in die Schule.

Kannst du nur selber so schön pfeifen, oder kannst du das
auch meinem Sohn beibringen?, fragt Kommandant Rashid.

Kann ich, sagt Samira.

Ist das dein Hengst?, fragt Kommandant Rashid.

Der von meinem toten Vater, sagt Samira.

Falls du ihn mal verkaufen willst, lass es mich wissen. Ich
werde dich gut bezahlen.

Ich werde ihn niemals verkaufen, sagt Samira.

Bashir kommt aus dem Zelt gelaufen, zieht noch schnell
seine Weste über ein kleineres Hemd, das er angezogen hat,
rennt um das Zelt herum, rennt wieder ins Zelt, kommt heraus, stopft sich ein Heft in die Westentasche, kommt wieder
vors Zelt. Samira kann nicht glauben, was sie sieht. Bashir
hockt nicht auf einem Pferd, er hockt auf einem Maultier.
Einem kleinen, struppigen Maultier mit kurzen Beinen.

Was ist das?, fragt Samira und ärgert sich über sich selber,
weil sie merkt, dass sie mit ihrer Frage dem Kommandanten
die Möglichkeit gibt, wieder auf seinem Sohn herumzuhacken.

Mein Sohn hat Angst vor Pferden, sagt Kommandant Rashid, will den Hengst von Samira streicheln. Der Hengst zieht

seinen Kopf zurück, geht rückwärts, wiehert leise. Wer weiß, sagt der Kommandant, möglich, dass du ihm beibringen kannst, ein richtiger Junge zu werden.

Samira mag Bashir nicht. Sie hat ihn vom ersten Moment an nicht gemocht. Es ist ihr leicht gefallen, gemein gegen ihn zu sein, und sie hat es genossen, sich wichtig zu machen. Aber jetzt tut er ihr Leid. Samira mag es nicht, dass der Vater von Bashir derart gemein zu ihm ist. Das hat er nicht verdient. Auf dem Weg hinunter ins Dorf bleibt sie immer wieder stehen, reitet langsam, damit Bashir nicht zu weit hinter ihr zurückbleibt. Er hockt auf seinem Maultier, hält mit einer Hand die Zügel, mit der anderen sein Buch, in dem er liest.

Man liest nicht, wenn man reitet, sagt Samira.

Bashir zuckt die Schultern, liest weiter.

Ist dein Vater immer so gemein zu dir?, fragt Samira.

Bashir sieht kurz auf, sagt, du musst dich nicht mit mir unterhalten, sieht wieder in sein Buch.

Vier Kurven lang sprechen Samira und Bashir nicht. Dann hebt Bashir kurz den Kopf, sagt, und du musst auch nicht so tun, als würdest du mich mögen.

Samira dreht sich zu ihm herum, sagt, das tue ich nicht. Ich mag dich nämlich wirklich nicht.

Dann ist ja alles geklärt zwischen uns, sagt Bashir, liest weiter.

Wie an jedem Morgen steht der freundliche Herr Lehrer vor der Schule und begrüßt die Jungen. Als Samira und Bashir ankommen, lächelt er, sagt, *khob*, wie ich sehe, seid ihr endlich Freunde geworden.

Samira springt von ihrem Hengst herunter. Bashir springt nicht, klettert von seinem Maultier, lässt den Kopf hängen, geht mit schweren Schritten, gibt dem freundlichen Herrn Lehrer die Hand, hockt sich unter den Baum, zieht den Kopf ein, liest weiter in seinem Buch.

Hast du noch immer nicht fertig gelesen?, fragt Samira.

Nein.

Warum nicht?

Ich werde niemals fertig gelesen haben, sagt Bashir, ohne sie anzusehen.

Warum bist du überhaupt hier?, fragt Samira. Ich habe gedacht, nur Jungen, die nicht lesen können, kommen hierher.

Bashir sieht nicht auf, sagt, du bist noch dümmer als ich gedacht habe.

Der freundliche Herr Lehrer ruft zwei Jungen, Madjid und Abdol-Sabour zu sich. Samir, ab heute bekommst du keinen Einzelunterricht mehr, ab jetzt wirst du mit den anderen Jungen in den Unterricht gehen.

Ich brauche die anderen Jungen nicht.

Warum nicht?, fragt der freundliche Herr Lehrer.

Weil mein Vater das gesagt hat, sagt Samira.

Dein Vater ist tot, sagt der freundliche Herr Lehrer. Gott hab ihn selig.

Madjid und Abdol-Sabour stehen da, sehen ihren neuen Mitschüler an, lassen ihn stehen, gehen.

Samira geht nicht zu den anderen Jungen in die Klasse, geht in das Zimmer, in dem sie bis jetzt allein lesen und schreiben gelernt hat, hockt sich auf den Boden, nimmt ein Buch, blättert darin.

Junge, sagt der freundliche Herr Lehrer. Ich habe doch gesagt, ab heute sollst du zu den anderen Jungen gehen.

Samira sieht in das aufgeschlagene Buch, konzentriert sich auf die Striche und Kurven.

Der freundliche Herr Lehrer schiebt sie zu den anderen Jungen, drückt sie auf den Boden, gibt ihr ein weißes Blatt Papier, sagt zu Khalil, der neben ihr hockt, bitte, zeige Samir, wie sein Name geschrieben wird.

Meinen Namen? Du kannst meinen Namen schreiben?, fragt Samira.

Das kann ich, sagt Khalil, befeuchtet seinen Stift mit der Zunge, beugt sich tief über sein Blatt Papier, liest jeden Buchstaben, den er schreibt laut. S-a-m-i-r.

Am Anfang hält Samira den Stift, als wenn er ihr Dolch ist, sie drückt so fest zu, dass das Papier reißt. Samira ist so verkrampft, dass ihre Finger, die Hand, der ganze Arm, sogar der Rücken schmerzen und wegen der ganzen Anstrengung und Kraft, die sie zum Schreiben braucht, ihr Körper so heiß und feucht wird, als wenn sie zweimal die ganze Ebene hin- und zurückgeritten ist.

Der freundliche Herr Lehrer nimmt seinen Zeigestock, stellt sich vor seine Schüler, liest Worte von der Tafel, die Jungen sprechen ihm nach. Mutter. Vater. Heimat. Freiheit. *Azad.*

Während Samira übt und schreibt, kratzt und Papier in Fetzen reißt, Worte nachspricht und schwitzt, beobachtet sie die anderen Jungen und wundert sich darüber, wie vielen von ihnen Arme, Beine, Hände fehlen, weil sie auf Minen getreten sind.

Ich mag die Jungen, sagt Samira zum freundlichen Herrn Lehrer, überlegt, fragt, warum sind hier keine Mädchen?

Das ist eine lange Geschichte. Die Leute glauben, Mädchen brauchen nicht lesen und schreiben können. Sie denken, Mädchen sind nicht so schlau wie Jungen. Und weil aus Mädchen später einmal Frauen werden, glauben die Leute, dass es keinen Sinn macht, wenn Mädchen in die Schule gehen, weil sie später ihr Wissen ohnehin nicht gebrauchen können.

Samira sieht ihren Lehrer an, ihre Augen sind wach und aufmerksam. Sprechen die Leute die Wahrheit?

Der freundliche Herr Lehrer legt seine Stirn in viele kleine Falten, fragt, wie kommst du darauf, nach den Mädchen zu fragen?

Samira zuckt die Schultern.

Hat deine Frage mit etwas zu tun, was dein Vater gesagt hat?

Samira zuckt die Schultern.

Mein armer Junge, sagt der freundliche Herr Lehrer. In einem Land wie unserem gibt es auf die Frage nach Mädchen und Frauen keine einfache Antwort.

Samira zuckt die Schultern, traut sich dem freundlichen Herrn Lehrer nicht in die Augen zu blicken.

Als es wieder Zeit für Samira und Bashir ist, auf den Berg zurückzugehen, ist Bashir verschwunden. Alle Jungen, sogar der, der seine Beine an die Mine verloren hat, suchen und rufen ihn. Keiner findet ihn.

Erst als der freundliche Herr Lehrer ruft, Junge, du musst auf den Berg zurück, dein Vater wartet auf dich, kommt Bashir aus seinem Versteck hervor. Er hat Tränen in den Augen, schluchzt, vergräbt sein Gesicht in die Jacke des freundlichen Herrn Lehrer und sagt, Samir kann alles. Und alle mögen ihn.

Der freundliche Herr Lehrer drückt den Jungen an sich, sagt, niemand kann alles.

Mein Vater will, dass ich so bin wie er, sagt Bashir, er will, dass Samir sein Sohn wird. Er will mich nicht. Bashir zieht das Wasser aus seiner Nase hoch, wischt seine Tränen weg, sieht auf den Boden.

Der freundliche Herr Lehrer packt Bashir an den Schultern, sieht ihm in die verweinten Augen, fragt, hat er das gesagt?

Bashir zuckt die Schultern.

Junge, sagt der Lehrer, geh zurück auf deinen Berg, zu deinem Vater. Sei nicht traurig. Ich verspreche dir, dein Vater will keinen anderen Sohn. Samir ist ein guter Junge, aber du bist der Sohn deines Vaters. Sein eigenes Fleisch und Blut. Du bist verwirrt. Ich verspreche dir, alles wird gut.

Bashir zieht den Rest von dem Wasser in seiner Nase hoch, klettert auf sein Maultier, sieht Samira, die mit geradem Rücken auf ihrem Hengst hockt und voll von Freude und Zufriedenheit ist.

Gut, sagt Samira, dann komme ich morgen wieder.

Das ist gut, sagt der freundliche Herr Lehrer. Ich werde auf dich warten, auf dich und deinen Freund Bashir.

Samira zieht so viel Luft in ihren Körper, wie sie nur kann, richtet sich auf, will sagen, er ist nicht mein Freund, sieht in die Augen des freundlichen Herrn Lehrer, sieht die Augen des armen, dünnen Bashir, sagt, wir werden kommen.

Das ist gut, sagt der freundliche Herr Lehrer.

Ich mag ihn nicht, sagt Samira zu ihrer Mutter und ihrem einarmigen Großvater.

Aus welchem Grund magst du ihn nicht?, fragt der einarmige Großvater.

Weil er kein richtiger Junge ist, sagt Samira.

Die Tage bekommen Flügel, werden zu Vögel, versammeln sich und fliegen davon. Samira reitet hinunter ins Tal, geht in die Schule, lernt, was es zu lernen gibt, schreibt, liest, rechnet, hockt mit offenen Ohren und Augen da und wundert sich immer wieder darüber, wie viel größer die Welt ist, als sie gedacht hatte. Gerade denkt sie, endlich habe ich die Welt verstanden, da muss sie feststellen, dass es noch immer Dinge gibt, die sie nicht kennt, nicht begreift, nicht weiß.

Ich mag dieses Dorf lieber als das andere, sagt Samira.

Warum?, fragt Daria und wundert sich, wie wenig von Samira in ihrem Tochtersohn übrig geblieben ist.

Weil es größer ist, sagt Samira und schiebt ein Stück Brot mit Joghurt in den Mund.

Aus welchem Grund ist ein Dorf, das größer ist, besser als eines, das kleiner ist?, fragt Daria und wundert sich, wie viel von dem kleinen Kind noch immer in ihrem Samir ist, obwohl er beinah genauso groß ist wie sie selber.

Man tshe midanam, sagt Samira.

Das sollst du nicht sagen, sagt der einarmige Großvater. Ich weiß nicht, sollst du nur als Antwort auf eine Frage geben, wenn du darüber nachgedacht hast und wirklich keine Antwort weißt.

Ich mag das Dorf lieber, sagt Samira, weil mich hier niemand kennt. Weil ich neu bin für die Leute.

Der einarmige Großvater zieht die Augenbrauen hoch, will etwas sagen, kommt nicht dazu, weil Samira schneller ist als er.

Man tshe midanam, sagt Samira, lächelt. Frech und voll Mut.

Der einarmige Großvater lächelt, nimmt einen Stein auf, tut, als wollte er ihn nach ihr werfen.

Samira kreischt, springt auf, wirft sich auf ihren einarmigen Großvater, sagt, *man tshe midanam.* Ich habe nachgedacht, sagt sie. Es gibt keine Antwort auf diese Frage in meinem Kopf.

Die Tage kommen und gehen, Samira und Bashir reiten gemeinsam hinunter ins Tal, ins Dorf, in die Schule, sie essen zusammen, sie sind im gleichen Unterricht, aber Samira und der dünne Bashir wollen sich einfach nicht mögen.

Er kann nicht reiten, sagt Samira. Er kann das *boskashi*-Spiel nicht. Er ist dünn, er kann nicht schießen. Er kann dieses nicht. Er kann jenes nicht. Er kann nichts.

Er kann lesen, sagt der freundliche Herr Lehrer.

Er ist so rau, sagt Bashir. Er ist ohne Herz. Er ist dumm. Alles, was er kann, ist mit den blöden Pferden zu toben. Alles, was er kann, ist reiten, schießen, jagen, die Berge rauf und runter klettern.

Sag ihm, er soll es dir beibringen, sagt der freundliche Herr Lehrer. Du wirst sehen, das alles kann Freude machen.

Jeden Morgen und jeden Abend ist es das gleiche Spiel. Samira reitet auf ihrem Hengst vorneweg, Bashir trottet auf seinem Maultier hinterher, sieht nichts und niemanden, sieht immerzu nur in sein Buch.

Lies mir vor, sagt Samira. Sie bittet den dünnen Bashir nicht. Es ist ein Befehl.

Ich kann nicht lesen, wenn ich auf dem Tier hocke, sagt Bashir. Es wackelt zu sehr.

Was? Warum tust du dann so, als wenn du liest? Um dich nicht sehen zu müssen, sagt Bashir.

Samira hält ihren Hengst an, wartet, bis Bashir neben ihr ist, sieht ihn an, sagt, du bist ein Lügner.

Das bin ich nicht, sagt Bashir, holt aus, will Samira mit seinem Buch schlagen, der Hengst erschreckt sich, hebt den Kopf, steigt auf die Hinterbeine, kommt wieder auf den Boden zurück, rutscht, stolpert. Der Weg ist schmal und steil, der Hengst macht einen großen Schritt zur Seite, rutscht, Samira kann sich nicht auf seinem Rücken halten, fällt, stürzt, rollt. Sie purzelt den ersten Hang hinunter, überschlägt sich, bleibt an einem trockenen Strauch hängen, reißt sich den Arm und Hals blutig, purzelt weiter, stößt sich den Kopf, sieht aus wie ein Sack Zwiebel, der den Berg hinunterhüpft. Steine lösen sich, hüpfen, fliegen voraus und hinter Samira her. Sie hat Geschmack von Blut im Mund, Schmerzen im Bauch, in den Armen, den Beinen, im ganzen Körper. Am Ende bleibt sie liegen. Leblos. Ein flacher Stein, so groß wie ein Brot, hüpft noch hinter ihr her, landet auf dem Bauch von Samira. Bleibt dort liegen.

Der Hengst ist als Erster bei ihr, stupst sie mit seiner weichen Nase an, knabbert an ihrem Ohr, wiehert leise. Bashir mit seinem Maultier braucht länger, bis er sich den schmalen Weg hinunterschlängelt.

Bashir schreit und weint, als wenn er es ist, der verletzt ist und Schmerzen hat. Er klettert von seinem Maultier herunter, fällt beinah, weil seine Knie so sehr zittern, dass sie seinen dünnen Körper kaum halten wollen. Bashir kniet neben Samira, fasst sie an, rüttelt und schüttelt sie. Samir. Samir. Das wollte ich nicht. Ich wollte dich nicht den Berg hinunterstoßen. Wach auf. Aber so viel Bashir auch schreit und weint, Samira rührt sich nicht, liegt da. Mit dem Stein auf ihrem Bauch, mit offenem Mund, mit geschlossenen Augen. Mit Blut. Mit einer Wunde, dick und fett, direkt über ihrem Auge. Feucht und rot klafft der Schlitz breit auseinander, wie ein lachender Mund.

Ich wollte dich nicht töten, sagt Bashir, legt seine Hand auf den Stein, der auf dem Bauch von Samira liegt, spürt, wie seine Hand sich bewegt. Leicht. Ganz leicht geht seine Hand auf und ab. Lass ihn leben, sagt der dünne Bashir. Lieber Gott, Herrscher über die Welt und alles andere, lass ihn leben, und ich verspreche, Gutes zu tun, verspreche, nett zu ihm zu sein, ihm zu dienen und zu tun, was immer er von mir will.

Bashir hebt den Stein, vorsichtig, als wenn er ein Teil von Samiras Körper ist, legt ihn auf die Seite. Er beugt sich über Samira, legt sein Ohr an ihren Mund, hört ihren Atem, riecht den Duft ihrer Haut, berührt mit seinem Ohr ihre Lippe. Bashir streicht Samira über den Kopf, auf dem die Haare länger geworden sind, sieht, wie eine Träne aus seinem Auge hinausspringt, auf die Lippe von Samira fällt, dort liegen bleibt. Bashir weiß nicht, aus welchem Grund er tut, was er tut, er ist wach, so wach wie niemals zuvor, er bleibt über Samira gebeugt, betrachtet ihr Gesicht, sieht ihren Mund, küsst ihn.

Die ganze Zeit hält Bashir sein Buch fest in der Hand und lässt es nicht los. Nach dem Kuss weiß Bashir nicht, was er als Nächstes tun soll, weiß nur, er hat nicht genügend Kraft, Samir auf eines der Tiere zu heben. Er legt ihr die Hand auf die Brust, schlägt sein Buch auf, sagt, du hast gesagt, ich soll lesen. Dann lese ich.

Bashir liest, bis Samira hustet, die Augen aufschlägt, ihre Hand auf die von Bashir legt, sagt, du hast mich geküsst.

Bashir erschreckt sich, hört auf zu lesen, sagt, ich habe gelesen.

Aber zuerst hast du mich geküsst, sagt Samira, macht die Augen zu, atmet heftig, sagt, ich habe Angst.

Es ist meine Schuld, sagt Bashir.

Halt mich, sagt Samira, krallt ihre Hand in seine Schulter und schafft es mit seiner Hilfe auf den Rücken des Maultiers.

Samira ist vornübergebeugt, kann kaum atmen, schließt die Augen, macht sie erst wieder auf, als sie Stimmen hört, als sie liegt, als sie Hände spürt, die ihre Wunden, ihren schmerzenden Körper finden, als sie Wasser in den Mund geträufelt bekommt.

Samira erkennt die Stimme. Es ist die Stimme des freundlichen Herrn Lehrer, sie will lächeln, kann nicht, macht die Augen auf, sieht die Menschen um sich herum nur als bunte Flecken, die keinen Anfang und kein Ende haben, durcheinander rennen, wild mit den Armen rudern, die Köpfe auf ihre Brust legen, ihren Atem hören wollen. Samira sieht den Baum, unter dem sie liegt, sieht den unsichtbaren Zuhörer, der auf dem Ast über ihr hockt, zu ihr heruntersieht, lächelt.

Er hat dich geküsst, sagt der unsichtbare Zuhörer.

Das weiß ich, sagt Samira.

War es schön?, fragt der unsichtbare Zuhörer.

Das war es, sagt Samira.

Er spricht, sagt der freundliche Herr Lehrer, das ist ein gutes Zeichen.

Werde ich sterben?, fragt Samira.

Willst du sterben?, fragt der unsichtbare Zuhörer.

Samira zuckt die Schultern.

Der Metzger, der sich über sie gebeugt hat, ihren Bauch drückt und presst und prüft, ob etwas tief in ihrem Inneren gerissen ist, erschreckt sich, sagt, der Junge hat Schmerzen. Er hat innere Verletzungen, wir dürfen ihn nicht bewegen. Der Metzger kennt sich aus. In den vielen Jahren der Kriege, die gekommen und gegangen sind, hat er viele Verletzte und Tote gesehen, hat sie gerettet, hat sie verloren.

Ich will leben, sagt Samira, lässt den Kopf zur Seite fallen, verliert den letzten Rest Farbe aus ihrem Gesicht.

Du wirst nicht sterben, sagt der freundliche Herr Lehrer. Der Mullah ist hier, er hat seine Medizin mitgebracht. Der Metzger ist hier, er wird deine Wunden nähen, er wird dich heilen. Du wirst nicht sterben, Junge. Geh nicht. Bleib hier.

Der Metzger legt die Hände übereinander, presst sie auf die Brust von Samira, drückt, lässt los. Das habe ich von den Amerikanern gelernt, sagt er. Damals, als sie uns im Kampf gegen die Russen geholfen haben. Mit dieser Methode kann man jedem das Leben retten, sei er noch so tot. Der Metzger schnauft und schwitzt, drückt, lässt los, bis Farbe in das Gesicht von Samira zurückkommt. Der Metzger wischt seine Stirn, mit seinem Lappen, der voll von Blut der Kuh ist, die er gerade geschlachtet hat, sagt, da habt ihr euren Schüler wieder. Halb fühlt der Metzger sich wie der amerikanische Arzt, von dem er das Leben retten gelernt hat, halb fühlt er sich wie der Krieger, von dem er will, dass Samir einer werden wird. Ich habe ihm ein neues Leben geschenkt, sagt er. Wir werden sehen, ob es sich gelohnt hat und er ein Krieger wird.

Dieser Junge ist bereits ein Krieger, sagt der freundliche Herr Lehrer. Er kämpft. Er hat sein ganzes kleines Leben lang gekämpft.

Wo ist Bashir?, fragt Samira.

Ich dachte, du magst ihn nicht, sagt der unsichtbare Zuhörer.

Wo ist er?, fragt Samira.

Ich bin hier, sagt Bashir, zieht das Wasser aus seiner Nase hoch.

Samira sieht Bashir nicht, hört seine Stimme nicht, macht

die Augen nicht auf, hört und sieht nichts und niemanden. Auch nicht den unsichtbaren Zuhörer, der auf dem Ast hockt.

Die Sonne geht, die anderen Jungen und der Metzger gehen, die Sterne kommen, leuchten hell und kalt, rufen Samira.

Du wirst sehen, sagt der freundliche Herr Lehrer, streicht über den Kopf von Bashir, er wird wieder gesund werden. Samir ist ein tapferer, kräftiger Junge. Der stirbt nicht so schnell.

Aber sein ganzes Blut läuft aus seinem Kopf heraus, sagt Bashir. Leise. Weil er nicht will, dass wahr ist, was er sagt.

Die Sonne kommt, wirft ihre Wärme und ihr Licht in das Dorf, weckt jeden und alles, auch Samira. Sie macht ein Auge auf. Nur ein Auge. Das andere ist verquollen, verkrustet, voll von Blut. Samira sieht zur Seite, sieht Bashir, spricht leise, damit niemand anderer sie hören kann. Bashir, mach die Augen auf. Lies mir aus deinem Buch vor.

Der dünne Bashir greift neben sich, findet sein Buch, schlägt es auf, liest. Leise. Damit nur Samira es hört.

Mitten im Lesen hört Bashir auf zu lesen. Ich will dir ein Geschenk machen, damit deine Schmerzen schnell weggehen, sagt er, greift unter seine Decke und zieht eine kleine Flöte aus Holz hervor.

Samira nimmt die Flöte an den Mund, bläst, macht einen Ton, macht die Augen zu, sagt, lies weiter, schläft, bis der einarmige Großvater kommt.

Warum ist meine Mutter nicht gekommen?, fragt Samira.

Junge. Wo denkst du hin? Hier ist es voll von fremden Männern.

Ich will sie sehen, sagt Samira.

Ich werde ihr sagen, dass es dir gut geht.

Mir geht es nicht gut, sagt Samira. Ich will meine Mutter. Ich muss ihr etwas Wichtiges sagen.

Sag es mir, sagt der einarmige Großvater.

Samira weiß, ihre Mutter stirbt tausendundein Tode, weil sie nicht weiß, nicht wissen kann, ob die Männer das Mädchen in ihr gefunden haben. Samira schluckt Tränen herunter, streckt die Hand aus, legt sie dem einarmigen Großvater auf seinen einen Arm, sagt, sag meiner Mutter, ihr Sohn lebt, sag ihr, ihr Sohn wird sie beschützen. Sag meiner Mutter, ihr Sohn hat einen Freund gefunden.

Ich werde es ihr sagen, sagt der einarmige Großvater, nimmt Bashir an die Hand, sagt, Junge, komm, wir wollen auf den Berg zurück. Dein Vater erwartet dich.

Ich bleibe, sagt der dünne Bashir, sag meinem Vater, ich werde so lange hier unten im Dorf bleiben, wie Samir hier bleiben muss. Der dünne Bashir spricht mit einer Stimme, die nicht leise ist. Mit einer Stimme, die neu ist, die Mut gefunden hat.

Samira mag die neue Stimme von Bashir, mag es, wenn der Großvater sie besuchen kommt, mag es, wenn die anderen Jungen kommen und sich alle nur ihretwegen unter dem Baum versammeln, mag es, wenn sie lachen, wenn sie selber lachen kann, mag ihre kleinen Geschenke. Samira mag es, dass sie Bashir und die anderen Jungen mag.

Aus welchem Grund seid ihr gut zu mir?, fragt Samira.

Warum sollen wir nicht gut zu dir sein?, fragt Madjid. Du bist einer von uns.

Woher weißt du das?, fragt Samira.

Mein Vater hat es mir gesagt, sagt Madjid. Er hat gesagt, heute hilfst du einem Menschen, morgen kann es sein, dass du selber Hilfe brauchst, dann helfen dir die anderen.

Samira lächelt, sagt nicht, mein Vater hat gesagt, ich brauche keine anderen Jungen.

Tausend Sterne leuchten am dunklen Himmel und kein Mond, der ihren Glanz stören könnte. Sterne sind die Lichter Gottes und der Toten, sagt Samira.

Ich habe keine Toten, sagt Bashir. Wenn ich das Sagen hätte, würde ich dir noch ein Geschenk machen. Bashir spricht leise, damit es niemand hört, nicht einmal Gott, nur Samira. Ich würde Gott bitten, meinen Vater gegen deinen zu tauschen. Dann wäre mein Vater tot und deiner würde noch leben.

Das will ich nicht, sagt Samira.

Aber ich will nicht, dass du traurig bist, sagt Bashir.

Das bin ich nicht, sagt Samira und wundert sich, weil sie bis zu diesem Moment nicht gewusst hat, dass ihr Leben ohne Trauer ist, dass ihr das neue Leben, das Leben ohne Vater, gefällt. Samira zeigt in den Himmel, sagt, da. Das da ist der Stern, den Gott für meinen toten Vater leuchten lässt.

Welcher?, fragt der dünne Bashir, folgt dem Finger von Samira.

Der da, der helle gleich hier vorne, sagt Samira, lacht, nein, es ist der andere, der kleine. Oder vielleicht doch der da hinten, der große, der mit dem Ring. Welchen Unterschied macht es?, fragt Samira und gibt gleich selber die Antwort auf ihre Frage. Keinen. Es macht keinen Unterschied. Weil es nicht wahr ist. Weil es eine Lüge ist. Für meinen Vater leuchtet kein Stern.

Vielleicht leuchtet wirklich kein Stern für deinen Vater, aber es wäre schön, wenn du glauben könntest, dass einer für ihn leuchtet und er so bei dir ist, sagt der dünne Bashir.

Samira sagt nicht, ich bin froh, dass er nicht bei mir ist, sagt, du bist ein Träumer.

Was ist schlimm am Träumen?, fragt der dünne Bashir.

Träumen, sagt Samira, ist Sache von Mädchen, nicht von Männern und Jungen. Jedenfalls nicht von richtigen Jungen.

Der dünne Bashir dreht sich auf die Seite, sieht seinen Freund an, streicht mit dem Finger über den Riss über seinem Auge, sagt, dein Herz ist hart. So hart wie die Kruste, die sich auf deine Wunde gelegt hat.

Samira schweigt, liegt ohne sich zu rühren, genießt die Berührung.

Du bist mein bester Freund, sagt Bashir, überlegt, sagt, du bist mein einziger Freund.

Ich will dein Freund sein, solange du mich brauchst, sagt Samira. Und ich werde immer bei dir sein.

Erzähl mir deine Geheimnisse, sagt Bashir.

Mit Geheimnissen soll man nicht leichtfertig umgehen, sagt Samira.

Ich werde sie niemandem erzählen, sagt Bashir.

Zurzeit habe ich kein Geheimnis, lügt Samira. Aber wenn ich eins haben sollte, werde ich es dir erzählen.

Die Baumtage und Nächte kommen und gehen und werden schon bald zu Damals. Es sind Nächte, in denen Samira und Bashir reden und reden, sich an der Hand halten, sich in die Augen sehen, nebeneinander einschlafen. Es sind Nächte, in denen der freundliche Herr Lehrer neben den Jungen hockt, sein Buch aufschlägt, Geschichten liest, von Liebenden, von Helden, von Prinzessinnen und Königen, von Schwänen und Hexen. Es sind Nächte, in denen die Seiten der Bücher leise im Wind flattern und ihre Märchen in die Welt tragen.

Zuerst wart ihr euch Feind, sagt der freundliche Herr Lehrer, jetzt seid ihr wie Leili und Majnun.

Wer sind Leili und Majnun?

Es sind Liebende. Ein Mädchen und ein Junge.

Der dünne Bashir nimmt die Hand vor den Mund, versteckt sein Lachen. Samira schweigt. Der freundliche Herr Lehrer dreht sich herum, schließt die Augen, sieht seine Leili. Seine verlorene Leili.

Leben ist gewinnen, ist verlieren, sagt der unsichtbare Zuhörer. Leise. Damit es keiner hört.

Eine Mädchenhure

Meine Brüste werden größer und größer, sagt Samira. Leise. Weil es wichtig ist, was sie zu sagen hat. Weil es nicht leicht für sie ist. Samira ist voll von *sharm*, senkt den Blick, sieht die Mutter ohne Verstand, betet zu Gott, dass sie ein wenig Verstand in ihrem Kopf findet und eine Antwort für sie hat.

Daria sieht ihren Tochtersohn an. Mit einem Blick, der klar ist. Mit Augen, die wach sind. Was willst du tun?, fragt Daria. Mit einer Stimme, die voll ist von Verstand.

Wenn ich wüsste, was ich tun will, würde ich dich nicht fragen, sagt Samira.

Die Entscheidung ist leicht, sieh dich an, sagt die Mutter. Geh hinaus und betrachte das Leben, das du und die Männer führen. Und dann sieh mich an und betrachte das Leben, das ich und die anderen Frauen führen.

Warum hat Gott mich nicht gleich als richtigen Jungen in die Welt geschickt?, fragt Samira.

Mein armes Kind. Warum quälst du dich mit Fragen, auf die du keine Antwort findest? Aus welchem Grund hat Gott die Kriege geschickt und deinen Vater zu sich geholt? Warum hat er mir die Ehre genommen und lässt zu, dass Männer ihren Frauen die Zähne ausschlagen? Warum hat er mir den Verstand genommen und deinem Großvater den Arm? Gibt es einen vernünftigen Grund dafür, dass er den Kindern die Arme, Beine, Münder und die Zukunft genommen hat? Gott gibt keine Antworten auf Fragen.

Daria hockt vor ihrem Feuer, lässt die Blasen springen, fängt sie nicht auf, sagt, Gott hat dich geschaffen, wie du bist. Der Rest ist dir überlassen. Du bist kein Kind mehr. Es ist an dir, den Menschen aus dir selber zu machen, der du sein willst. Jeder muss das tun, was für ihn selber das Beste ist. Wenn du dein Leben als Samira leben willst, finde einen Weg, es zu tun. Wenn du dein Leben als Samir leben willst, finde einen Weg, es zu tun. Alles das sagt Daria, wendet sich dem brodelnden und schimpfenden Wasser zu, fängt eine Blase auf, tut das, was für sie das Beste ist, verschwindet in sich selber. Dahin, wo es keine Fragen gibt, keine Antworten, keinen Verstand.

Samira tut etwas, was sie längst nicht mehr getan hat, geht zu ihrer Mutter ohne Verstand, küsst sie auf die Stirn, streicht ihr Haar. Daria sieht Samira an, lächelt, bleibt vor ihrem Feuer hocken, summt eine Melodie, fängt Blasen, die aus dem Topf springen, rettet sie, fängt sie nicht, lässt sie sterben mit einem Zisch.

Samira schwingt sich auf ihren Hengst, hält die mit bunten Steinen und Geklimper geschmückten Zügel locker in der Hand, reitet. Einfach nur so. Ohne Ziel, ohne Hast.

In der Ferne hört Samira den fröhlichen Gesang, das Trällern und die Trommeln der Mädchen und Frauen. Sie feiern die Hochzeit des Hadji. Der Hadji nimmt eine Frau. Eine neue Frau. Firouza. Firouza ist seit eben so vielen Sommern und Wintern auf Gottes Erde wie Samira. Firouza hat Glück. Sie ist ein Mädchen. Ein richtiges Mädchen. Mit Brüsten, die wachsen. Firouza hat Glück. Sie hat einen Mann gefunden. Der Hadji wird sie in seinem eigenen Zelt unterbringen. Er wird seine zweite Frau zusammen mit ihren Kindern in das Zelt seiner ersten Frau und deren Kinder schicken. Der Hadji wird die Nächte mit Firouza verbringen. Sie hat Glück. Sie wird die neue Lieblingsfrau des Hadji werden.

So viel versteht Samira von dem Leben der Frauen, dass sie

weiß, der Tag wird kommen, an dem auch Firouza nicht mehr die Lieblingsfrau des Hadji sein wird. So wie der Tag gekommen ist, an dem die erste Frau und dann die zweite Frau des Hadji nicht mehr seine Lieblingsfrauen gewesen sind. Aber heute hat Firouza Glück.

Hadji, sagen die anderen Männer, lachen, streichen ihre Bärte glatt. Hadji, du bist ein Fuchs.

Gott hat den Hadji geschaffen, wie er ist. Der Rest ist ihm überlassen. Es ist an ihm, den Mann aus sich selber zu machen, der er sein will. Der Hadji will ein Fuchs sein, will Frauen haben, die jung und schön sind, mit ihrer Jugend ihn selber jung machen und seine Lust befriedigen.

Jeder muss das tun, was für ihn selber das Beste ist.

Die erste Frau des Hadji hat sein Vater für ihn ausgesucht. Als sie so viele lebende und tote Kinder aus ihrem Körper gezogen hat, dass sie dick und hässlich geworden ist, hat der Hadji eine neue, eine junge, sehr junge Frau genommen.

Die Leute haben gesagt, der Hadji hat ein gutes Herz, er hat eine kleine Waise zur Frau genommen, hat ihr ein Zuhause, Schutz und Geborgenheit gegeben. Der Hadji verschweigt den Männern, dass es nicht Gutmütigkeit gewesen ist. Dass seine zweite Frau, das kleine Waisenmädchen, eine Hure gewesen ist, bevor er sie mit auf den Berg gebracht und zu seiner Frau gemacht hat. Er sagt den Männern nicht, dass er die Mädchenhure nur genommen hat, weil sie ihm die Sinne verwirrt, ihm den Verstand geraubt hat. Alles das verschweigt der Hadji den anderen Männern.

Alles das erzählt die Mädchenhure Samira.

Während der Hadji auf dem Teppich vor dem Zelt seiner Braut hockt, die anderen Männer sich voll von Neid ausmalen, welche Freude dem Hadji zuteil wird, wenn er mit seiner dritten jungen Braut allein ist. Während sie nicht versteht, was die Mutter meint, wenn sie sagt, dein Mann wird dich vom Mädchen zur Frau machen, und die anderen Frauen für das Glück von Firouza trällern und singen. Während alles dieses und vieles mehr geschieht, macht die zweite Frau des Hadji, die frühere Mädchenhure, Samira zu ihrer Vertrauten.

Ich habe keine Wahl, sagt die frühere Mädchenhure, irgendjemandem muss ich vertrauen. Wer weiß, vielleicht werde ich dem Hadji eines Tages zu teuer und zu lästig, und er will mich loswerden, dann soll es wenigstens einen Menschen auf dieser gottverdammten Erde geben, der meine Geschichte kennt und das Recht meiner Kinder beim Hadji einfordert.

Der Hadji will dich umbringen?, fragt Samira.

Wer weiß, sagt die frühere Mädchenhure.

Warum erzählst du ausgerechnet mir alles das?, fragt Samira.

Weil ich sehe, du selber hast ein großes Geheimnis. Wer selber ein Geheimnis hat, kann das Geheimnis von anderen Menschen hüten, sagt die frühere Mädchenhure.

Ich werde dir mein Geheimnis nicht verraten, sagt Samira.

Die frühere Mädchenhure lacht, legt die Hand auf den Arm von Samira, sagt, ich will es nicht wissen. Ich habe mit meinen eigenen Geheimnissen genug zu tun.

Samira erkennt in den Augen der früheren Mädchenhure, dass sie nicht lügt. Samira weiß, sie tut Verbotenes, denn es ist nicht Sache einer Frau, schon gar nicht einer, die einem anderen Mann gehört, zu einem Fremden zu sprechen, erst recht nicht, wenn dieser Mann unverheiratet ist und sie ihm ein Geheimnis verrät.

Die Entscheidung ist leicht, hat die Mutter gesagt. Sieh dir das Leben an, was du und die Männer führen, und sieh das Leben an, was ich und die anderen Frauen führen.

Sprich, sagt Samira. Ich höre. Dein Geheimnis wird gut aufgehoben sein bei mir. Ich werde es an die Stelle legen, wo ich mein eigenes Geheimnis aufbewahre.

Also hör zu, sagt die frühere Mädchenhure. Es ist an einem Tag geschehen, an dem alles ist, wie es immer gewesen ist. Der Hadji ist im Krieg, mal schießt der Feind, mal der Hadji und seine Männer. Mal rücken die einen vor, mal die anderen. Am Ende vom ganzen Schießen und Vor und Zurück kehren die Männer zurück in ihre jeweiligen Lager, die nicht weit entfernt voneinander sind, zünden ein Feuer an, essen, trinken, beten, wer sich erleichtern oder sonst was machen will, steigt auf den Berg und verkriecht sich zwischen die Felsen.

Der Hadji sucht sich ein schönes Plätzchen, tut, was er tun will, bis er beschwingt wieder hinunter zu seinen Männern will, da hört er ganz in der Nähe einen anderen hocken, der scheinbar das Gleiche tut wie er. Der Hadji schleicht sich an, und tatsächlich sieht er den anderen, setzt ihm die Waffe an den Kopf und wartet, denn der andere muss noch rasch seine *shalvar* hoch und seine *kamiz* runterlassen.

Willst du hören, wie die Geschichte weitergeht?, fragt die frühere Mädchenhure.

Samira nickt, sagt, *bogu*.

Dann musst du näher kommen, sagt die Mädchenhure, damit ich leise sprechen kann.

Samira gehorcht.

Die frühere Mädchenhure spricht weiter. Es stellt sich heraus, der andere Mann ist ein Feind und ebenfalls ein Hadji. Beide Hadji gehen eigentlich nicht gerne in den Krieg, und eigentlich töten sie auch nicht gerne, schon gar nicht, wenn es sich um einen anderen Hadji handelt. Am Ende von allen Dingen, die sich eins nach dem anderen herausstellen, macht der Feindhadji meinem Hadji ein Angebot. Er sagt, ich werde dir ein Geschenk machen, wenn du mir mein Leben schenkst.

Samira fragt, woher weißt du alles das?

Ich weiß es von meinem Hadji. Er selber hat es mir erzählt, sagt die frühere Mädchenhure, nimmt ihr Kind, das an ihrer

Brust hängt, dreht es herum und steckt ihm die andere Brust zwischen die winzigen Lippen.

Samira weiß, sie darf nicht hinsehen, sie ist ein halber Mann. Weiß, sie darf hinsehen. Sie ist eine Frau, hat selber Brüste.

Soll ich weitererzählen?, fragt die frühere Mädchenhure.

Das ist deine Entscheidung, sagt Samira.

Die frühere Mädchenhure spricht weiter. Der Feindhadji erzählt in den schönsten Farben, den schönsten Bildern und Düften von einem Mädchen, das zart und frisch ist wie die Knospe einer Blume, auf dem der Tau des Morgens liegt. Am Ende von seinem Erzählen, was voll ist von Seufzen und Lippenlecken, sagt der Feindhadji, schenke mir mein Leben, und ich werde dir dieses Mädchen zum Geschenk machen. Der Hadji willigt ein, lässt sich zu der Hütte des Mädchens bringen und sieht, der Feindhadji hat nicht gelogen. Vor ihm steht das Lieblichste, das die Augen des Hadji jemals gesehen haben.

Samira schluckt, sagt, du bist das Mädchen, dass der Feindhadji deinem Hadji geschenkt hat.

Das bin ich, sagt die frühere Mädchenhure.

Auch wenn sie nicht weiß, ob die Geschichte der früheren Mädchenhure wahr ist, sagt sie, erzähl weiter.

Der Feindhadji hätte mich gerne für sich selber haben wollen. Aber er hat in dem gleichen Dorf gelebt wie ich, und alle haben gewusst, dass ich eine Hure bin.

Samira fragt nicht, was eine Hure ist. Die frühere Mädchenhure sieht in ihrem Blick, dass sie es nicht weiß. Eine Hure ist eine Frau, die ihren Körper an Männer verkauft. Jedes Mädchen, jede Frau, die ohne Besitz und allein ist, keinen Mann und Beschützer hat, muss ihren Körper verkaufen, damit sie nicht verhungert.

Samira fragt nicht, was Körper verkaufen bedeutet.

Den armen Feindhadji trifft keine Schuld, dass er mich nicht zur Frau genommen hat, denn hätte er es getan, er hätte seinen Ruf und seinen Respekt bei den Leuten verloren, sagt die frühere Mädchenhure und atmet so schwer, dass ihre Brust aus dem Mund ihres Kindes rutscht und sie sie von neuem hineinstecken muss.

Mein Hadji hat gesagt, dass er sich um mich kümmern wird, aber ich habe in seinen Augen gesehen, dass er lügt. Er wollte mich nicht zu sich nehmen und beschützen, er wollte nur, dass ich seine Lust befriedige. Also habe ich ihn mit List dazu gebracht, mir seinen Schutz zu geben.

Samira kann sich nicht vorstellen, dass ein Mann der List einer Frau verfallen könnte.

Die frühere Mädchenhure lacht, sagt, ich kenne mich aus mit Männern, ich weiß, was euch gefällt. Ich habe mit einer Stimme zum Hadji gesprochen, die voll gewesen ist von Süße, von Wärme, die in die Ohren des Hadji gekrochen ist, ihn gekitzelt und gestreichelt hat. Ich habe den süßen Klang meiner Worte auf das Herz des Hadji gelegt und habe jeden klaren Gedanken, den er gerade noch in seinem Kopf gehabt hat, betäubt. Ich habe vor dem Hadji gestanden, habe meine Arme zurückgenommen, habe ihm meine Brüste entgegengestreckt, habe ihm gesagt, er soll mir folgen, bin in meine Hütte gegangen und habe ihm alles gegeben, was der arme Hadji sich gewünscht hat, alles, von dem er geträumt hat.

Samira schluckt und schweigt.

Die frühere Mädchenhure senkt den Blick, schlägt die Augen auf, verwirrt mit ihrem Blick, der voll ist von Lust, Samira immer mehr.

Ich sehe es genau, sagt die frühere Mädchenhure. Es ist die gleiche Lust, das gleiche Feuer, was in dir brennt.

Samira erträgt es nicht mehr, die Mädchenhure weiter anzusehen, senkt den Blick.

Ich habe den Hadji auf meine Decken geschoben, habe mich

zu ihm heruntergebeugt, habe den Blick freigegeben auf meine Brüste, die jung und fest gewesen sind, habe mich auf seinen Schoß gehockt, bis er gestöhnt hat, bis er geseufzt hat, sagt die frühere Mädchenhure, schließt die Augen, lehnt ihren Kopf zurück, öffnet die Augen wieder, sagt, erst dann habe ich den Hadji gefragt, ob er mich mit sich nehmen, für mich sorgen und mich beschützen wird.

Samira schluckt, weiß nicht, aus welchem Grund ihr Atem schnell geht.

Ich habe vom Hadji verlangt, sagt die frühere Mädchenhure, dass er schwört, mich zu beschützen. Ohne Verstand hat der Hadji gesagt, ich werde dich mitnehmen. Ich werde für dich sorgen und dich beschützen. Du gehörst mir. Erst als er es bei dem Leben seiner Söhne geschworen hat, habe ich seine Lust zu Ende befriedigt. Die frühere Mädchenhure lehnt sich zurück, legt ihr Kind auf die Seite, öffnet die Schenkel, zieht ihr Kleid nicht herunter, bedeckt ihre Brüste nicht, nimmt die Spitzen ihrer nackten Brüste zwischen die Finger, reibt sie, leckt ihre Finger, reibt die Spitzen ihrer nackten Brüste mit ihren feuchten Fingern, sagt, das mache ich, damit sie nicht schmerzen, nachdem mein Kind daran genuckelt hat.

Samira weiß nur, was immer der Grund dieses ganzen Brustspitzenreibens und Fingerleckens auch sein sollte, die frühere Mädchenhure sollte damit warten, bis Samira nicht mehr in ihrem Zelt ist.

Die Mädchenhure sieht die Verwirrung in den Augen von Samira, reibt weiter ihre Brustspritzen, sagt, und wenn der Hadji mich jetzt, da er eine neue Frau nimmt, verstoßen sollte oder wenn seine erste Frau mich aus seinem Zelt werfen sollte und ich niemanden mehr habe, der mich beschützt, wirst du dich dann um mich kümmern?

Samira weiß nicht, was sie sagen soll, weiß nicht, wohin sie sehen soll, weiß nicht, was sie tun soll. Samira weiß nicht, aus welchem Grund das Blut in ihrem Körper rennt, atmen schwer ist, alle Bilder, Gedanken, Worte in ihrem Kopf durcheinander purzeln. Samira weiß nicht, weiß nicht, weiß nicht, öffnet den Mund, sagt, ich bin kein. Weiter spricht sie nicht. Stattdessen springt sie auf, rennt aus dem Zelt, will losreiten, will einfach nur weg. Egal, wohin. Da packt eine Hand die Zügel ihres Hengstes. Samira weiß sofort, es ist der Hadji.

He, Samir. Junge, sagt er. Das geht aber nicht. Du kannst doch nicht einfach verschwinden. Komm mit. Weißt du denn nicht, dass heute meine Hochzeit ist? Komm, Junge, du bist mein Gast. Ich habe meine dickste Ziege geschlachtet.

Samira lächelt, stößt vorsichtig die Absätze in den Bauch des Hengstes, dass er unruhig auf seinen Beinen tanzt, den Kopf hebt und sich aus dem Griff des fremden Mannes befreien und losreiten will, da kommt Kommandant Rashid, gefolgt von Bashir, und alle zusammen versperren sie ihr den Weg.

Du willst dich doch wohl nicht drücken?, sagt Kommandant Rashid.

Nein, sagt Samira, lächelt.

Der Hadji legt seinen Arm um die Schulter von Samira, schiebt sie zu dem Teppich auf der Wiese, wo bereits Männer hocken, Wasserpfeife rauchen, Obst essen, Pistazien knacken, laut palavern, lachen, singen.

Samira sieht und hört alles das, als wenn sie weit weg, oben auf dem Gipfel des Berges ist. Das Einzige, was Samira klar und deutlich sieht, sind die nackten Brüste der früheren Mädchenhure. Der einzige Gedanke, der in ihrem Kopf Platz hat, ist die Frage, wie es sein kann, dass sie gemocht hat, was sie gesehen hat. Sie ist selber eine halbe Frau, hat selber Brüste, die gerade größer werden wollen, drücken und ziehen.

Die Entscheidung ist leicht, hat die Mutter gesagt. Sieh dir das Leben an, was du und die Männer führen, und sieh das Leben an, was ich und die anderen Frauen führen. Samira wollte Klarheit, jetzt ist sie so verwirrt, wie sie es noch nie in ihrem Leben gewesen ist.

Bring Weihrauch, ruft der Hadji.

Weihrauch ist gesund, sagt ihre Mutter immer, er schützt vor Unheil und Krankheit, vertreibt Fliegen, Läuse und Flöhe, vertreibt böse Blicke, Neid und Missgunst. Samira atmet den Rauch ein, so tief sie kann, behält ihn in ihrem Körper, solange sie kann, damit er die Bilder, die sie besser nicht gesehen haben sollte, vertreibt.

Die dünnen Rauchwölkchen schweben um Samira herum, legen sich auf ihr Gesicht, auf ihr Haar, kriechen durch ihre Kleider, legen sich auf ihre Haut. Noch Tage wird sie den Duft in der Nase haben, in ihren Kleidern tragen. Noch Tage wird sie immer, wenn der Duft aus ihren Kleidern heraus in ihre Nase kriecht, nichts sehen, nur das eine. Die nackten Brüste der früheren Mädchenhure, ihre gespreizten Schenkel, ihre Zunge, die ihre Lippen leckt.

Möge der Hadji ein langes Leben haben, ruft einer der Männer. Es ist der Vater von Firouza, dem Mädchen, das heute Nacht die dritte Frau des Hadji werden wird. Vier Lebehoch auf den Hadji, sagt der Mann, lächelt nicht.

Er hat nichts zu lächeln, sagt Bashir. Leise. Weil niemand es hören soll, nur Samira. Der Vater von Firouza hat Schulden beim Hadji gehabt. Schulden, die er nicht bezahlen konnte. Und dann hat der Hadji gesagt, er wird ihm die Schulden erlassen, wenn er ihm seine Tochter zur Frau gibt.

Samira sieht Bashir an, sagt nichts, hofft, dass sie nicht noch eine Geschichte hören muss, die ihr den Verstand raubt.

Was kannst du mir stattdessen geben?, hat der Hadji ihn großmütig gefragt, wohl wissend, dass der Ärmste alles, was er je besessen hat, längst verkauft hat.

Woher weißt du das?, fragt Samira.

Ich war dabei, sagt Bashir, senkt den Blick. Spricht noch leiser, sagt, ich war im Zelt bei der zweiten Frau vom Hadji und habe es gehört.

Dem Waisenmädchen, was er mit auf den Berg gebracht hat?, fragt Samira. Was hast du dort gemacht? Bist du allein dort gewesen?

Nein. Wo denkst du hin? Sie hätten mich erschossen, wenn sie davon erfahren hätten. Ich war mit meiner Schwester Gol-Sar dort. Bashir spricht noch leiser, sagt, der Vater von Firouza hat um Aufschub gebeten und gebettelt, aber der Hadji ist hart geblieben und hat gesagt, wenn du nicht bezahlen kannst, nehme ich deine Tochter. Meine beiden anderen Frauen sind nicht mehr frisch, hat er gesagt, es ist gut für mich, wenn ich eine ofenfrische Frau bekomme.

Er hat gesagt, ofenfrisch?, fragt Samira. Frisch aus dem Ofen, wie ein Brot?

Ja, sagt Bashir. Ich habe es mit meinen eigenen Ohren gehört.

Der Vater von Firouza hat die Füße vom Hadji geküsst, hat ihn angefleht und gesagt, meine Tochter ist noch ein Kind. Aber der Hadji hat nicht auf ihn gehört, hat gesagt, entweder du bezahlst das Geld, oder du gibst mir deine Tochter.

Samira sieht Bashir an. Du lügst doch nicht?

Nein, sagt Bashir. Bei dem Leben meiner Schwester, ich sage die Wahrheit.

Die arme Firouza, sagt Samira, spricht noch leiser, fragt, was hat die zweite Frau vom Hadji zu alledem gesagt?

Es gefällt Bashir, dass er und sein Samir über so bedeutende Dinge sprechen, dass niemand anderer sie hören darf. Es gefällt ihm, dass die anderen Jungen und Männer sehen, dass Samir und er richtig gute Freunde sind. Bashir sieht in die Runde der Männer, spricht leise und hinter vorgehaltener Hand, sagt, die zweite Frau hat gesagt, der Hadji ist längst kein richtiger Mann mehr. Sie hat gesagt, er kann keine Frau zufrieden machen und dass er sie noch niemals zufrieden gemacht hat. Und sie hat gesagt, sie wird Rache an ihm üben oder vielleicht sogar jemanden finden, der den Hadji für sie umbringt, wenn er es wagt, sie und ihre Kinder nicht zu ernähren.

Samira wird es schwindelig. Sie will jemanden finden, der den Hadji für sie umbringt?

Je dunkler es wird, je mehr Sterne sich am Himmel zeigen, desto lauter werden die Männer, desto wilder schlagen sie ihre Trommeln, desto leidenschaftlicher klatschen sie in die Hände, desto unbeherrschter singen sie. Die Männer essen, trinken, tanzen, bis der Hadji sich erhebt, lachend und sabbernd zum Zelt seiner jungen Braut geht und alle anderen Frauen herauskommen.

Samira nutzt das Kommen und Gehen, macht sich klein und verschwindet. Sie reitet los, spürt den Wind in ihrem Haar, pfeift durch die Zähne, treibt den Hengst an, noch schneller zu reiten, der Hengst atmet schwer, schnauft, sein Fell wird warm und feucht, bis er mit Samira fliegt.

Die Dunkelheit der Nacht ist wohltuend und beruhigend. Ist sanft und gnädig. Keine grellen Farben und scharfen Kanten, keine lauten Rufe und Fragen. Keine Geschichten von alten Männern, die eine zweite und dritte Frau nehmen, keine nackten Brüste einer früheren Mädchenhure, keine Firouza, die nicht weiß, was es bedeutet, vom Mädchen zur Frau gemacht zu werden. Samira fliegt, schwebt durch die Nacht, bittet ihr Amulett, ihr zu helfen, übergibt alle Bilder und Worte, Gedanken und Ängste dem Wind, dass er sie fortträgt und irgendwo auf den entfernten Gipfel eines hohen Berges ablegt. Trag meine Bilder und Gedanken nur nicht zu meinem toten Vater, denkt Samira und reitet noch schneller, damit der Wind auch diesen Gedanken von ihr nimmt.

Am Eingang und Ausgang der Ebene, da, wo der Weg hinunter und hinauf ins Tal beginnt und endet, klettert Samira auf den Berg oberhalb des Weges, hockt sich auf einen Felsen, schwarz und glatt, wie der Vaterfelsen gewesen ist, streckt und reckt sich, merkt, wie Kraft in ihren Körper zurückkommt, ihr Atem ruhig und gleichmäßig geht, ihr Herz im gleichen Takt schlägt mit dem Stern, der über ihr blinkt und scheint, als wenn er nur gekommen ist, ihr zu gefallen. Samira schließt die Augen, eine leichte Brise, und die Engel kommen, heben Samira empor, heben sie in den Himmel, bis sie von allein schwebt, fliegt. Vorbei an den Sternen, vorbei am Mond, an der Sonne, dahin, wo selbst Gott nicht mehr ist, dahin, wo nichts mehr ist, wo alles ist.

He. Samir. Schläfst du?

Im ersten Moment weiß Samira nicht, in welcher Welt sie ist, woher die Stimme kommt, wem sie gehört, dann erkennt sie, es ist die Schwester von Bashir. Gol-Sar steht am Fuße des Felsen, sieht zu Samira hinauf. Ihr dünnes Tuch und ihre weiten Röcke fangen die Brise auf, die gerade noch bei Samira gewesen ist, flattern.

Was tust du hier?, fragt Samira, springt vom Felsen, hüpft, als habe sie kein Gewicht, fragt, ist etwas geschehen?

Nein, nichts ist geschehen, sagt Gol-Sar. Leise. Haucht es mehr. Mit gesenktem Blick.

Samira sieht Gol-Sar geradewegs an, tut, als wenn sie das Gehauchte nicht gehört hat.

Ich habe dich heute gesehen, sagt Gol-Sar.

Gerade überlegt Samira, aus welchem Grund Gol-Sar sagt, dass sie sie gesehen hat, denn schließlich sehen sie sich jeden Tag viele Male, da legt Gol-Sar ihre Hand auf den Arm von Samira und sieht sie an. Sieht ihr direkt in die Augen. Beides, sowohl das Hand auf den Arm legen, als auch das direkt in die Augen sehen wäre nicht schlimm, wenn es nicht mitten in der Nacht wäre, wenn sie beide nicht alleine wären, fernab von jedem und allem. Nicht wenn Samira nicht Samir, sondern

Samira wäre und die Hand auf ihrem Arm Samira nicht gefallen würde. Aber es gefällt ihr, es ist warm und angenehm. Samira erschreckt, zieht den Arm zurück und fragt, aus welchem Grund bist du hier?

Ich bin oft hier, sagt Gol-Sar.

Mitten in der Nacht? Ganz allein?

Gol-Sar lächelt, nimmt ihr Tuch vom Kopf, legt es auf den Boden, hockt sich hin, sieht auf zu Samira, sagt, es ist schön allein zu sein, es ist schön, wenn niemand sagt, tu dieses, tu jenes. Dies ist die einzige Zeit und der einzige Ort, an dem ich frei sein kann. Gol-Sar lehnt sich zurück, legt sich auf ihr Tuch, breitet die Arme aus, sieht in den Himmel.

Samira weiß nicht, aus welchem Grund sie tut, was sie tut, aber sie tut es. Sie reicht Gol-Sar die Hand, sagt, komm mit. Als wenn Gol-Sar genau darauf und auf nichts anderes gewartet hat, nimmt sie die Hand von Samira, hält sie fest, folgt ihr.

Samira hilft Gol-Sar auf den Felsen, breitet ihr *patu* aus, legt sich auf den Rücken, zieht Gol-Sar zu sich herunter. So liegen der Mädchenjunge und das Mädchen Seite an Seite, blicken in den Himmel mit seinen tausendundeinen Sternen und schweigen.

Eine weiche, warme Schlange kommt in den Bauch von Samira, kitzelt sie, stößt ihre Nase gegen ihr Herz. Sanft. Ohne Schmerz. Das Herz von Samira wacht auf, sieht Gol-Sar. Die Arme weiß nicht, was mit ihr geschieht, will es nicht wissen, schließt die Augen, bittet die Glücksschlange zu bleiben. Gol-Sar rührt sich nicht, sieht Samira nicht an, fragt, Samir, magst du mich?

Samira bittet die Glücksschlange, nicht zu gehen.

Gol-Sar rührt sich nicht, atmet tief und ruhig. Sie berührt Samira nicht, trotzdem ist es, als wenn sie ihren Arm um Samira geschlungen hat, als wenn sie ihren Kopf auf ihre Brust gelegt hat.

Ich mag dich, sagt Samira und bittet die Glücksschlange, nicht zu gehen. Und ich mag deinen Bruder, ich mag die anderen Jungen im Dorf, die Einbeinigen, die Einarmigen, die mit einem großen, schwarzen Nichts anstatt ihres Mundes. Ja, sagt Samira, ich mag dich.

Magst du auch die zweite Frau des Hadji?, fragt Gol-Sar.

Die Glücksschlange verschwindet, hinterlässt einen leeren, kalten Platz in dem Bauch von Samira.

Ich habe dich vorhin gesehen, sagt Gol-Sar.

Was hast du gesehen?, fragt Samira.

Ich habe gesehen, dass du in ihrem Zelt gewesen bist, sagt Gol-Sar.

Samira überlegt, lügt, sagt, der Hadji hat mich beauftragt, seiner Frau Holz zu bringen. Das habe ich getan.

Sonst nichts?

Sonst nichts, sagt Samira, dreht sich zu Gol-Sar herum, fährt mit ihrem Finger über ihre Stirn, nimmt eine Locke, wickelt sie um ihren Finger, lächelt, spielt mit der Locke. Sonst nichts.

Das ist gut, sagt Gol-Sar, lächelt.

Samira lässt die Locke von Gol-Sar, legt sich auf den Rücken, sagt, wenn dein Vater oder dein Bruder uns hier sehen, werden sie uns beide erschießen.

Das werden sie, sagt Gol-Sar.

Vielleicht auch nicht, sagt Samira. Vielleicht würden sie uns nicht erschießen. Wenn sie wüssten, dass die Dinge nicht so sind, wie sie aussehen, wenn sie die Wahrheit, die ganze Wahrheit kennen würden, würden sie nur mich erschießen.

Wenn sie dich erschießen, will ich, dass sie auch mich erschießen, sagt Gol-Sar.

Samira stützt ihren Kopf auf die Hand, sieht Gol-Sar an, überlegt. Überlegt lang, sagt, das verstehst du nicht.

Weil ich ein Mädchen bin?, fragt Gol-Sar. Das ist nicht gerecht. Du musst nämlich wissen, Mädchen verstehen viel mehr, als ihr Männer denkt.

Das weiß ich, sagt Samira, beugt sich vor, berührt mit ihren Lippen beinah die Lippen von Gol-Sar. Beinah. Samira sieht Gol-Sar lange an, sagt, dein Haar duftet nach Rosenwasser.

Ich höre das Schlagen deines Herzens, sagt Gol-Sar.

Deine Augen sind so schön wie die von einem jungen Reh, sagt Samira.

Sollen sie uns doch erschießen, sagt Gol-Sar. Sollen sie. Ich bin bereit zu sterben. Gol-Sar macht es, wie Samira es getan hat, nimmt eine Locke von Samira, wickelt sie um ihren Finger, liebkost sie, spielt mit ihr.

Wo hast du deine Vernunft gelassen?, fragt der unsichtbare Zuhörer, hockt sich auf die Hüfte von Samira, sieht sie mit großen Augen an.

Samira hört auf, den Duft von Rosenwasser aus dem Haar von Gol-Sar zu riechen, hört auf, sie zu sehen, hört auf, ihr Herz zu hören.

Was machst du den ganzen Tag?, fragt Samira, vertreibt den unsichtbaren Zuhörer, vertreibt die Glücksschlange, vertreibt die Weichheit und das Hauchen von Gol-Sar, vertreibt das Streicheln der Brise.

Was?, fragt Gol-Sar. Wacht auf aus ihrer verbotenen Sehnsucht, aus ihren versagten Wünschen.

Wenn du morgens aufstehst, was machst du dann?, fragt Samira.

Das ist eine Frage, die mir noch kein Mensch gestellt hat, sagt Gol-Sar, überlegt, sagt, nichts. Ich mache nichts.

Du machst nichts?, fragt Samira. Das gibt es nicht. Jeder Mensch tut irgendetwas, wenn er morgens aufwacht.

Ich zünde das Feuer an, sagt Gol-Sar.

Und dann?

Nichts, sagt Gol-Sar, lacht.

Komm schon. Also du stehst auf, machst Feuer, und dann?

Dann gehe ich zum Bach, hole Wasser.

Und dann?

Dann setze ich den Topf auf das Feuer, wecke meine kleineren Brüder und Schwestern. Dann wasche ich sie, gebe ihnen Tee, falls wir welchen haben. Dann knete ich Teig, backe Brot, gehe zum Bach, wasche die Wäsche, fege das Zelt aus, bringe die Ziegen auf die Wiese.

Das ist ein schönes Leben, sagt Samira.

Das ist nicht schön, sagt Gol-Sar. Das ist ein Leben voll von Nichts.

Das ist nicht Nichts, sagt Samira.

Doch, das ist es. Ich wünschte, ich wäre ein Junge. Ihr habt es gut. Den ganzen Tag seid ihr draußen. Ihr könnt tun und lassen, was ihr wollt. Ich beneide dich und meinen Bruder. Ihr geht auf die Jagd, geht ins Dorf, in die Schule, spielt das *boskashi*-Spiel, schießt mit dem Gewehr. Ihr werdet in den Krieg ziehen und unsere Heimat gegen den Feind verteidigen. Ihr verhandelt mit anderen Männern, tauscht und kauft Waren. Das Leben von Jungen ist wichtig, schön und aufregend. Das Leben von Mädchen ist eine Strafe.

Vielleicht ist es so, sagt Samira.

Es ist, wie ich sage, sagt Gol-Sar. Wir tragen keine Verantwortung im Leben, wir machen nichts. Ein ganzes Leben lang. Und dann kommt irgendein Mann und heiratet uns, wir bekommen Kinder und tun wieder nichts und tragen wieder keine Verantwortung.

Es ist nicht leicht, Verantwortung zu tragen, sagt Samira. Es ist nicht leicht, das Brot für die Familie zu verdienen.

Denkst du, es ist leicht zu sehen, wie mein Bruder alles tun kann? Alles. Und ich darf nichts? Sieh mich an, sagt Gol-Sar.

Samira sieht sie an, will sie anfassen, will sie streicheln, weiß nicht, warum, sie will es, tut es nicht.

Bin ich kein Mensch?, fragt Gol-Sar. Fließt in meinen Adern nicht das gleiche Blut wie in den Adern meines Bruders? Was ist anders an mir?

Du bist schön, sagt Samira, sieht in die dunklen Augen von Gol-Sar, die voll von Wut sind. Voll von Feuer.

Das ist alles, was wir sind. Wir sind schön. Sonst nichts. So lange, bis ein Mann kommt und uns zur Frau nimmt. Dann sind wir nicht einmal mehr schön.

Was sind das für Worte?, fragt Samira. Wie kommen all diese dunklen und schweren Gedanken in deinen schönen Kopf?

Gol-Sar zögert, sagt, von meinem Bruder.

Bashir sagt dir dieser Dinge? Woher weiß er alles das?

Aus seinen Büchern, sagt Gol-Sar.

Ich wusste nicht, dass Gedanken wie diese in Büchern zu finden sind, sagt Samira. Ich habe gedacht, in Büchern sind nur Geschichten von Helden, Königen und Prinzen.

Ich werde dir ein Geheimnis verraten, sagt Gol-Sar und lacht.

Samira weiß nicht, ob sie noch ein Geheimnis hören will.

Ich kann lesen, sagt Gol-Sar. Bashir bringt es mir bei. Heimlich. Alles, was er lernt, bringt er mir bei.

Du kannst lesen?, fragt Samira. Ich habe gedacht, Mädchen..., Samira spricht nicht weiter. Sagt, das ist gut. Mädchen sollten lesen und schreiben lernen.

Magst du mich trotzdem?, fragt Gol-Sar.

Samira legt sich auf den Rücken, lächelt, sagt, ich mag dich. Ich mag dich sogar noch lieber, als du dir denken kannst.

Du kannst nicht wissen, wie viel ich denken kann, sagt Gol-Sar. Es ist möglich, dass ich mehr denken kann, als du dir denken kannst.

Samira, der Mädchenjunge lacht.

Gol-Sar, das Mädchen lacht, sagt, sie werden uns erschießen.

Sollen sie doch, sagt Samira. Solange wir leben, leben wir,

und wenn wir nicht mehr leben, leben wir eben nicht mehr.
Was wirst du morgen tun?

Das Gleiche wie an jedem Tag, sagt Gol-Sar. Ich werde nichts
tun. Die einzige Abwechslung wird sein, ich werde zu der armen Firouza gehen.

Warum ist Firouza arm?, fragt Samira.

Weil sie noch ein Kind ist, sagt Gol-Sar. Sie braucht noch
zwei Sommer, bevor sie *balegh* ist.

Samira will fragen, was *balegh* bedeutet. Fragt nicht.

Meine Mutter sagt, die Arme wird Schmerzen haben. Deshalb ist sie arm, sagt Gol-Sar. Vielleicht wird sie gerade jetzt,
genau in diesem Moment, in dem du und ich hier liegen, reden, in den Himmel sehen und frei sind, zu einer Frau gemacht. Von einem Mann, der stinkt, keine Zähne hat, vier-
oder fünfmal so alt ist wie sie, sogar älter ist als ihr eigener
Vater. Deshalb ist die arme Firouza arm. Sie ist arm, weil sie ein
Mädchen ist.

Arme Firouza, sagt Samira.

Und morgen werde ich zu ihr gehen und all die schönen
Dinge, die in ihrem Zelt gehangen haben, wieder abnehmen
und sie der ersten Frau des Hadji zurückgeben.

Was für schöne Dinge?

Das Hochzeitsgehänge, sagt Gol-Sar. Die rot-gelb-grünen
Wollfäden, die am Eingang zum Zelt hängen, sie gegen den
bösen Blick und böse Geister schützen sollen. Die bunten Stickereien, den Schmuck und die langen Teppichstreifen, die
glitzernden Tücher und Schalen aus Ton, in denen wir Weihrauch verbrannt haben. Alles das werde ich holen, weil der
Hadji es ihr nur geliehen hat.

Aber die Männer sagen, sie hat es gut, weil sie ein eigenes
Zelt für sich ganz alleine bekommt, sagt Samira.

Das sagen die Männer, sagt Gol-Sar. Willst du die Wahrheit
hören?

Samira weiß nicht, ob sie die Wahrheit hören will.

Der Hadji bringt sie nur aus einem Grund in seinem eigenen Zelt unter. Er tut es, weil er ungehindert und ohne dabei gestört zu werden seine Lust an dem armen Kind ausleben will.

Samira schweigt, weiß nicht, aus welchem Grund ihr Atem schwer geht.

Als ihre Mutter die Hände und Füße der Armen mit Henna rot gefärbt hat und gesagt hat, damit das Blut der Braut nicht erhitzt ist, hat ihre Mutter geweint. Die arme Firouza hat nichts verstanden, hat einfach nur zusammen mit ihrer Mutter geweint, sagt Gol-Sar und wischt Tränen aus ihren Augen.

Samira fragt nicht, warum das Blut der Braut nicht erhitzt sein soll, sieht die Tränen von Gol-Sar, schluckt ihre eigenen Tränen herunter, weiß nicht, warum sie kommen.

Arme Firouza, sagt Samira.

Jetzt habe ich dich traurig gemacht, sagt Gol-Sar. Das war nicht meine Absicht.

Das macht nichts, sagt Samira.

Siehst du, sagt Gol-Sar. Das Leben von Jungen ist schön und aufregend, bedeutend und wichtig. Das Leben von Mädchen ist eine Strafe.

Vielleicht ist es so, sagt Samira.

Eine Treppe

Bashir liegt neben seinem Freund auf dem Felsen, sieht in den Himmel, der voll ist von Sternen, und lauscht der Melodie, die Samira auf ihrer Flöte spielt. Eine schwere, traurige Melodie.

Selbst deine Lieder sind traurig, sagt Bashir. Was ist es, was dich bedrückt?

Samira seufzt. Es ist nichts, und es ist alles.

Du bist mir noch ein Geheimnis schuldig, sagt Bashir.

Der Tag, es dir zu sagen, ist noch nicht gekommen. Bis dahin bleibt mein Geheimnis irgendwo in den Bergen des Hindukusch unter dem Stein, unter den ich es gelegt habe.

Bashir berührt die Narbe über dem Auge von Samira, sagt, ich werde deinen Stein finden. Ich werde den Hindukusch auf und ab gehen und auf allen meinen Wegen jeden Stein betrachten. Ich werde so lange wandern und suchen, bis ich ihm begegne. Ich werde ihn sehen und wissen, es ist der Stein, unter den mein Freund sein Geheimnis gelegt hat. Ich werde den Stein grüßen, ihn küssen, werde nicht daruntersehen, werde zu dir kommen, mich vor dich setzen und warten. Warten, bis du selber mir erzählst, welches dein Geheimnis ist.

Ich habe Glück, sagt Samira. Großes Glück. Weil ich einen Freund wie dich habe.

Du hast immer Glück gehabt, sagt Bashir. Dein gesamtes Leben ist immer voll von Glück gewesen. Und dein größtes Glück ist, dass du einen Vater gehabt hast wie deinen.

Samira achtet nicht auf die Worte ihres Freundes, spielt weiter ihre Flöte.

Du hast einen Vater gehabt, der dich respektiert hat, sagt Bashir. Deine Stärke, deine Kraft, alles hast du ihm zu verdanken. Ihm und dem Respekt, den er dir geschenkt hat.

Du irrst dich. Mein Vater hat mich nicht respektiert. Er hat niemanden respektiert, nicht einmal sich selber, sagt Samira, ohne Bashir anzusehen, spielt weiter ihre Flöte, hört auf zu spielen, sagt, er hat sich nicht als richtiger Mann gefühlt, weil er nur ein einziges Kind, nur mich in die Welt gesetzt hat.

Warum hat er keine zweite Frau genommen?, fragt Bashir. Dann hätte er noch viele Kinder haben können.

Samira lacht. Ein bitteres Lachen. Armer Bashir, sagt sie. Die Welt ist nicht so einfach, wie du denkst. Nicht meine Mutter, mein Vater ist das Problem gewesen.

Bashir versteht nicht.

Ein Mann hat den Hoden meines Vaters zerschossen, sagt Samira. Seinen Hoden und seine Männlichkeit.

Dein Vater war ein Mann ohne Hoden und Männlichkeit?, fragt Bashir. Dann ist es die Schuld deines Vaters gewesen, dass nicht mehr Söhne in sein Leben gekommen sind? Ich habe gedacht, wenn ein Mann nicht genügend Söhne und Kinder hat, ist es immer die Schuld der Frau.

Einerseits will Samira lachen, andererseits will sie weinen, als sie sagt, es gibt mehr Männer wie meinen Vater, Männer, die keinen Hoden und keine Männlichkeit haben.

Bashir glaubt Samira nicht. Willst du damit sagen, es gibt Männer, die keinen…, weiter spricht Bashir nicht.

Die keinen Schwanz haben, die keine richtigen Männer sind, spricht Samira aus, was der Freund sich nicht getraut zu sagen.

Bashir lächelt, dafür ist der eine Sohn, den dein Vater in die Welt gesetzt hat, stärker und kräftiger als die meisten Jungen und Männer, die ich kenne. Ich wünschte, Gott hätte mich so gemacht wie dich. Ich wäre der glücklichste Mann auf Erden, wenn ich du wäre.

Samira lacht. Ein bitteres Lachen. Du weißt nicht, was du sagst.

Kein Mann will sein wie ich.

Jemand, der ist wie du, kann kein Wissen davon haben, wie sich jemand fühlt, der ist wie ich, sagt Bashir. Sieh mich an. Ich kann niemanden beschützen. Ich kann gegen niemanden kämpfen. Mein Vater sagt, ich bin ein Schwächling. Er sagt, ich bin dürr wie ein abgemagertes Huhn. Er sagt, es wäre besser gewesen, wenn meine Mutter mich gleich als Mädchen aus ihrem Körper gezogen hätte.

Dein Vater, mein Vater. Wir sollten unsere Väter vergessen, sagt Samira. Mit einer Stimme, die hart ist wie die Narbe, die sich über die Wunde über ihrem Auge gelegt hat.

Das Einzige, das mein Vater an mir mag, sagt Bashir, ist, dass ich dich zum Freund habe.

Samira spielt ihre Flöte, spielt sie nicht, sagt, du denkst, Gott oder mein Vater oder sonst wer haben mich geschaffen, haben mich zu dem gemacht, der ich bin. Du denkst, es ist Gottes Wille und Werk, einen richtigen Jungen aus mir zu machen? Das stimmt nicht. Was immer ich bin oder nicht, ich habe mich selber zu dem gemacht.

Bashir will etwas sagen, traut sich nicht, gegen die große Wut seines Freundes zu sprechen.

Ob ein Mensch Kraft hat, reitet, das Spiel des *boskashi* spielt, mit dem Gewehr schießt und trifft, ist nicht das Werk Gottes.

Ich habe mich damit abgefunden, sagt Bashir. Manche Männer sind wie du und andere sind eben wie ich. Männer sind nicht alle gleich.

Das stimmt, sagt Samira. Manche Männer sind anders. So

anders, dass du keine Vorstellung davon hast, wie anders sie sind.

Wir müssen damit leben, sagt Bashir. Manche Dinge sind, wie sie sind, und sind nicht zu ändern.

Wer hat das gesagt?, fragt Samira. Wo steht das geschrieben?

Bashir lacht. Noch vor wenigen Sommern konntest du weder lesen noch schreiben, jetzt fragst du mich, wo steht das geschrieben.

Ja, sagt Samira. Wer sagt, wir müssen mit den Dingen leben, wie sie sind? Dinge kann man ändern. Selbst meine Mutter, die ihren Verstand verloren hat, weiß das. Man kann lernen, man kann kämpfen.

Ich will nicht kämpfen. Ich will keinen Krieg, sagt Bashir. Ich will ein Leben in Frieden.

Mein armer Freund, sagt Samira. Leben ist Kampf. Und Kämpfen ist Leben. Alles, was ich kann und bin, bin und kann ich nur, weil ich dafür gekämpft habe, es zu sein und zu können. Weißt du noch? Am Anfang habe ich den Stift gehalten, wie ich meinen Dolch halte. Aber ich habe nicht aufgegeben, habe gekämpft, habe es immer wieder geübt, bis ich gelernt habe zu schreiben. Als ich den freundlichen Herrn Lehrer das erste Mal gesehen habe, habe ich nicht einmal gewusst, dass es das gibt.

Dass es was gibt?, fragt Bashir.

Dass es Lesen und Schreiben gibt, sagt Samira.

Das glaube ich nicht, sagt Bashir. Du lügst, um mir einen Gefallen zu tun.

Ich weiß, sagt Samira. Jemand, der ist wie du, kann kein Wissen davon haben, wie sich jemand fühlt, der ist wie ich. Für mich ist noch immer jedes Wort, das ich schreibe oder lese, ein Kampf. Wenn du liest, hören die Vögel auf zu singen, weil sie sich schämen, wenn sie deine Stimme hören. Wenn du schreibst, sieht es aus wie ein Tanz. Deine Hand hüpft und schwebt über das Papier wie ein Vogel, der von Ast zu Ast springt, scheinbar ohne jede Mühe.

Du sprichst schön, sagt Bashir. Deine Worte sind wie ein zartes Blütenblatt, das sich auf mein Herz legt.

Lass das. Du beschämst mich, sagt Samira, schließt die Augen, versteht nicht, aus welchem Grund ihr Körper bebt. Das gleiche Beben, groß wie damals, als sie leicht wie eine Katze vom Vaterfelsen gesprungen ist. Sie rennt in der Dunkelheit den Berg bis zum Gipfel hinauf, stellt sich vor die Sonne, breitet die Arme aus, bricht das Licht der Sonne, wirft einen Schatten ins Tal, auf den Felsen, auf ihren Vater, bis die Sonne steigt und Samira sie auf ihren Händen trägt.

Wo bist du?, fragt Bashir, weiß, sein Freund ist in der Welt der Träume.

Samira sagt, zuerst habe ich das Blütenblatt auf dein Herz gelegt, dann bin ich auf den Gipfel des Berges und habe die Sonne besiegt.

Bashir lacht. Legt sich auf den Rücken, sagt, du sprichst wie ein Dichter. Erzähl mir die Geschichte von dem Mädchen und dem Kalb.

Du kennst sie doch, sagt Samira und lacht in den Himmel.

Ich kenne sie, sagt Bashir, aber du sollst sie mir erzählen.

Also hör zu, sagt Samira und beginnt.

Der König mit dem schönen Namen Bahrame Gour ist ein guter Jäger. An einem friedlichen Tag, den Gott ihm schenkt, begibt er sich auf die Jagd. Er wird begleitet von seinen Männern, Knechten und Sklaven, seinem Vezier und einem Mädchen mit einem schönen Antlitz und gazellengleichem Körper. Ihr seidig glänzendes Haar ist lang, ihre dunklen Mandelaugen sind zwei Juwelen, ihre Haut ist zart wie ein Pfirsich. Das Mädchen bewegt sich anmutig wie eine wilde Katze, mit ihrem Gesang bringt sie die Vögel zum Schweigen. Die Melodie, die sie aus ihrem Instrument holt, versetzt Herzen in Freude und bringt Glück in das Leben der Menschen.

Der König sieht sie an und sagt, ich bewundere deine Stimme und deine Kunst, das Instrument zu spielen. Sprich, schönes Mädchen, bewunderst auch du meine Kraft und meinen Mut?

Das Mädchen schweigt und trifft mit seinem Schweigen das Herz des Königs wie ein Pfeil.

Den König betrübt das sehr, und er fragt, was muss dein Herrscher und Gebieter tun, um für seinen Mut und seine Kraft deine Bewunderung zu bekommen.

In diesem Moment taucht ein Wild auf.

Das Mädchen sagt, wenn du so viel Kraft besitzt, mit deinem Pfeil den Fuß dieses Tieres an seinen Kopf zu heften, dann hast du meine Bewunderung.

Der König wirft eine Murmel in das Ohr des Tieres. Als es mit seinem Fuß versucht, die Murmel aus seinem Ohr zu holen, schießt der König seinen Pfeil ab und trifft. Habe ich nun deine Bewunderung für meine Kraft und Stärke?

Deine Tat verdient keine Bewunderung, sagt sie. Wenn ein Mensch wieder und wieder das Gleiche übt, dem ist das Gelingen gewiss. Dein Erfolg ist nicht der Verdienst deiner Kraft und deines Mutes, sondern der Verdienst von Übung und Erfahrung.

Die Dreistigkeit des Mädchens erzürnt den König so sehr, dass er seinem Vezier befiehlt, sie wegzubringen und zu töten. Das Mädchen überredet den Vezier, ihr Leben zu verschonen und sie fern vom König in seinen eigenen Palast zu bringen. Dort sieht sie ein frisch geborenes Kalb, schultert es und trägt es die sechzig Stufen hoch zum Eingang des Palastes. Das tut sie an jedem Tag, den Gott ihr schenkt. Und selbst als das Kalb eine ausgewachsene Kuh ist, trägt das schöne Mädchen sie noch immer die sechzig Stufen zum Palast hinauf.

So wird das Mädchen immer kräftiger und immer schöner. Schließlich gibt sie dem Vezier ihre Ohrringe und ihren Schmuck, bittet ihn Fleisch, Obst, Nüsse und sonst noch was zu kaufen und den König einzuladen. Der Vezier übernimmt die Kosten für das Mahl selber, breitet seine kostbarsten Teppiche am Ende der sechzig Stufen aus, bereitet ein köstliches Mahl und bittet den König, sein Gast zu sein.

Der König klettert die sechzig Stufen empor und sagt, Vezier, du hast dir einen schönen Palast gebaut, doch wenn du alt bist, wie willst du dann noch diese beschwerlichen Stufen nehmen?

Der Vezier sagt, mein König, ob ich die Stufen dann noch werde nehmen können, liegt in Gottes Hand, aber gestatte mir, dir etwas zu zeigen.

Das Mädchen hat ihre schönsten Kleider angelegt, ihr Gesicht unter einem Tuch versteckt. Sie schultert die Kuh, erklimmt die Stufen, setzt die Kuh ab und sagt, du hast es gesehen, mein König, ich habe aus eigener Kraft diese Kuh sechzig Stufen hinaufgeschleppt. Sage mir nun, mein König und Gebieter, gibt es einen Mann, der so viel Kraft besitzt, die Kuh wieder hinunterzutragen?

Das ist nicht eine Frage von Kraft, sagt der König. Du hast die Kuh seit sie ein kleines, leichtes Kalb gewesen ist die Stufen heraufgeschleppt. Also kannst du es auch heute noch tun, weil es eine Frage von Erfahrung und Übung ist.

Als du aber mit deinem Pfeil den Fuß eines Tieres an seinen Kopf geheftet hast, sagtest du, dies sei das Ergebnis deiner Kraft und deines Mutes. Die junge Frau nimmt ihr Tuch ab und zeigt dem König ihr Gesicht.

Der König erkennt sie, ist erfreut, dass sie lebt, und sagt, wenn dieses Haus zu deinem Gefängnis geworden ist, dann bitte ich dich um Vergebung. Er belohnt seinen Vezier reich, nimmt die junge Frau mit und vermählt sich mit ihr.

Haben sie Glück gefunden?, fragt Bashir.

Das haben sie, sagt Samira.

Bashir richtet sich auf, sagt, *khob*. Dann werde ich also üben, jeden Tag einen kleinen Schritt machen, bis ich der Sohn werde, von dem mein Vater will, dass ich es bin.

Nein, sagt Samira und haut mit flacher Hand auf den Felsen, dass Bashir, das Maultier und der Hengst sich erschrecken.

Warum nein?, fragt Bashir. Ich habe gedacht, das ist es, was du von mir erwartest.

Nein, sagt Samira. Ein großes, schweres Nein. Ein Nein, das die Stille der Nacht und der Berge stört. Ein Nein, das das zarte Blütenblatt von Bashirs Herz verscheucht.

Es zählt nicht, was ich von dir will, sagt Samira. Es zählt nicht, was dein Vater von dir will. Es zählt nur, was du willst, sagt Samira.

Ich will dein Freund sein. Sonst nichts, sagt Bashir, beugt sich über Samira, sieht ihr in die Augen, zögert, küsst sie auf die Wange.

Samira liegt einfach nur da, sieht das Gesicht ihres Freundes über ihrem, weiß nicht, was sie tun oder sagen soll, spürt seinen Atem, hört sein Herz, das genau so schnell schlägt wie ihr eigenes.

Gerade will Samira ihren Freund wegschieben, will sich aufrichten, will vom Felsen herunterspringen, da umfasst Bashir ihr Gesicht und küsst sie ein zweites Mal. Dieses Mal küsst er sie mitten auf den Mund, richtet sich auf, kehrt Samira den Rücken zu, sagt, so jetzt weißt du es. Jetzt weißt du, was ich will.

Samira überlegt und denkt, denkt und überlegt. Am Ende vom ganzen Überlegen und Denken beschließt sie zu tun, als habe Bashir sie nicht geküsst. Weder das erste Mal noch das zweite Mal.

Welche Frage hast du gestellt, als ich dir die Geschichte erzählt habe?, fragt sie.

Der dünne Bashir zuckt seine dünnen Schultern.

Du hast mich gefragt, ob der König und das Mädchen Glück gefunden haben.

Und du hast geantwortet, das haben sie, sagt der dünne Bashir.

Aus welchem Grund hast du genau diese und keine andere Frage gestellt?

Der dünne Bashir zuckt seine dünnen Schultern.

Weil das eine große Frage ist, sagt Samira. Eine wichtige Frage. Die Frage aller Fragen. Weil es nur darauf ankommt im Leben eines Menschen. Auf Glück.

Woher weißt du das?, fragt Bashir.

Ich weiß es, weil ich gesehen habe, wie meine Mutter ihren Verstand verloren hat, ich habe gesehen, wie mein Vater seine Würde verloren hat, weil sie nicht auf ihr Herz gehört haben, immer nur das getan haben, was andere, die Religion, die Tradition, der Mullah und wer sonst noch von ihnen erwartet haben.

Bashir schluckt seine Tränen nicht herunter, zeigt sie seinem Freund.

Ich weiß es aus eigener Erfahrung, sagt Samira, denn solange wir leben, haben wir Kraft, aus unserem Leben zu machen, was immer wir wollen.

Bashir zuckt die Schultern.

Samira legt ihre Hand auf Bashirs Schulter, reißt ihren ganzen Mut zusammen, sagt, glaubst du, ein Mädchen kann so viel Kraft haben wie ein Junge? Gehen wie ein Junge? In die Schule, in den Basar gehen, Handel betreiben, feilschen, spucken, sich prügeln, mit Männern im Teehaus hocken, jagen, *boskashi* spielen, alles das und alles andere machen wie ein Junge, wie ein richtiger Junge, und das obwohl sie ein Mädchen ist?

Was? Was willst du damit sagen? Die Stimme von Bashir ist laut und schrill. Willst du sagen, ich bin ein Mädchen? Er springt vom Felsen und verschwindet in der Dunkelheit.

Ein Auftrag

Gott hab ihn selig, sagt Daria. Dein Vater ist ein kluger Mann gewesen.

Das war er nicht, sagt Samira.

Daria sagt, der Kommandant war ein Mensch, dessen Leben voll von Freude gewesen ist.

Das war es nicht, sagt Samira.

Sprich nicht so über einen Toten, sagt Daria. Er war dein Vater.

Dafür kann ich nichts.

Du bist frech.

Jungen dürfen das, sagt Samira. Das habt ihr selber zu verantworten. Samira lehnt sich zurück, schlürft farblosen Tee ohne Zucker, der mehr nach Wasser schmeckt als nach Tee, sieht ihre Mutter ohne Verstand an, sagt, ausgerechnet du sagst mir, was sich gehört und was nicht.

Du bist undankbar, sagt Daria.

Wofür soll ich dankbar sein? Samira stellt ihr Teeglas ab, steht auf, nimmt ihr *patu*, lässt die Mutter im Zelt hocken, geht. Am Eingang dreht sie sich noch einmal zu ihrer Mutter herum, sieht sie an, will noch etwas sagen. Sagt es nicht. Schweigt.

Mein armes Kind, sagt Daria zu sich selber, weil kein anderer da ist, dem sie es sagen kann.

Was ist mit dir?, fragt Bashir.

Was soll schon sein? Nichts. Samira springt vom Hengst, hebt einen Stein auf, wirft. Einfach nur so. Ohne irgendetwas

181

oder irgendjemanden damit zu treffen. Nichts ist. Meine Mutter hat den Verstand verloren. Mein Vater ist tot. Mein Großvater hat seinen Arm verloren. Wir haben keine Tiere, kein Geld, keinen Weizen, keine Felle. Mein Tee ist Wasser, und der Winter ist nicht mehr weit. Was soll schon sein? Samira sieht ihren Freund an, sagt, es ist nichts.

Bashir weiß nicht, was er sagen soll.

Komm, sagt Samira, zieht ihren Freund am Ärmel hinter sich her, sagt, davon verstehst du nichts. Lass uns reiten.

Lass mich. Ich will nicht, sagt Bashir.

Samira weiß, Bashir wird ihr folgen. Samira sagt, Bashir tue dies, er tut es, sie sagt, tue jenes, er tut es. Bashir, du bist noch nicht kräftig genug, du kannst noch nicht schnell genug reiten, du kannst das tote Kalb noch nicht fest genug unter deinen Schenkel klemmen, du lässt dir das Tier zu leicht abringen, du musst noch mehr üben, noch mehr trainieren. Du musst noch mehr Kraft in deine Arme und Beine bekommen. Bashir, wir rennen den Berg hoch, wir rennen um die Wette, wir machen dieses, machen jenes. Gleichgültig, was Samira sagt, Bashir tut es. Weil er werden will wie sein Samir.

Komm jetzt, sagt Samira. Hör auf, dich anzustellen wie ein Mädchen.

Bashir tut etwas, was er noch nie getan hat. Er beißt die Zähne zusammen, ballt die Fäuste, macht einen Sprung, wirft sich auf Samira, reißt sie zu Boden, haut um sich. Damit hat Samira nicht gerechnet. Sie steckt ein paar Schläge ein, bevor sie begreift, was geschieht. Sie packt Bashir an der Schulter, will ihn runterstoßen. Bashir aber bleibt auf ihrer Brust hocken, fängt Schläge ein, prügelt weiter wild auf Samira ein. Am Ende vom ganzen Oben und Unten, Prügeln und Geprügeltwerden atmen beide schwer, liegen erschöpft auf dem Boden, sehen in den Himmel, lachen, bis ein Schatten über sie fällt.

Kommandant Rashid steht über ihnen, lacht, freut sich,

sagt, na also. Dann ist mein Sohn also doch kein kleines zerbrechliches Pflänzchen. Er reicht Samira die eine und Bashir die andere Hand, hilft beiden auf die Beine, sieht Samira an, sagt, mein Junge, ich danke dir. Du hast einen richtigen Jungen aus meinem Sohn gemacht. Ich stehe in deiner Schuld. Nenne mir einen Wunsch, und ich werde ihn dir erfüllen.

Samira ist noch immer außer Atem, ist noch immer verblüfft über Bashirs Wildheit, trotzdem überlegt sie nicht lang, sagt, ich brauche Arbeit. Eine richtige Arbeit, mit der ich Geld verdienen kann.

Der Kommandant lacht, sagt, Arbeit? Was für eine Arbeit könnte ich dir schon anbieten?

Ich kann mit Pferden umgehen, sagt Samira. Beinah so gut wie mein toter Vater.

Und welchen Nutzen habe ich davon, dass du mit Pferden umgehen kannst?

Ich kann sie trainieren und für das Spiel einreiten. Ich habe dich im Spiel gesehen, ich weiß, wo deine Schwächen sind. Ich kann dir helfen.

Du? Kommandant Rashid lacht nicht mehr. Junge. Sei vorsichtig, was du sagst. Du nimmst dich zu wichtig. Hast du vergessen, wer ich bin?

Nein, sagt Samira.

Was gibt dir das Recht zu denken, dass ich, der Kommandant dieses Hochlandes, von dir, einem Jungen, etwas lernen könnte?

Bashir steht da, sieht von seinem Freund zu seinem Vater, wischt mit seinem *kamiz* den Schweiß und das Blut von seinem Gesicht, kann noch immer nicht glauben, was gerade geschehen ist. Er, der dünne Bashir, hat sich geprügelt. Nicht mit irgendjemandem. Er hat sich mit dem stärksten, kräftigsten aller Jungen, mit dem mutigen Samir geprügelt. Samir, vor dem sich alle anderen Jungen fürchten und Respekt haben.

Er kann es, sagt Bashir und weiß nicht, woher er den Mut nimmt, vor seinem Vater zu stehen und gegen sein Wort zu halten.

Kommandant Rashid schleudert seinem Sohn und Samira einen Blick zu, der voll von Wut ist, spuckt aus, dreht sich herum, lässt die beiden stehen und geht.

Samira schwingt sich auf ihr Pferd, sagt, ich reite ins Dorf.

Was tust du dort?, fragt Bashir.

Ich werde Arbeit suchen, sagt Samira.

Ich komme mit, sagt Bashir, verschwindet hinter dem Zelt, kommt wieder, hockt nicht wie sonst auf seinem Maultier, sondern auf einem richtigen Pferd. Den ganzen Weg hinunter ins Tal bleibt Samira dicht neben ihm, achtet darauf, dass Bashir und sein Pferd nicht den Berg hinunterrutschen. Den ganzen Weg hinunter sagt Samira Bashir, wie er es anstellen muss, um sich auf dem Pferd sicher zu fühlen. Sitz aufrecht, press die Beine an seinen Körper, halte die Zügel nicht so hoch, lass sie locker, hab keine Angst, bleib auf dem Sattel, dein Pferd weiß von alleine, wo es gehen muss, tu dieses, tu jenes. Am Anfang des Weges sieht Bashir aus wie ein Sack Zwiebel, der nicht ganz voll ist, wankt und wackelt, schwankt und rutscht, und droht jeden Moment von dem Rücken des Pferdes zu fallen. Am Ende des Weges hält Bashir sich aufrecht, hat die Füße fest in den Bügeln, die Schenkel dicht am Körper seines Pferdes. Als sie ins Dorf hineinreiten, lächelt Bashir, sein Pferd geht mit erhobenem Haupt.

Samira und Bashir reiten die belebte Basarstraße einmal hinunter und einmal hinauf, sehen sich jeden Laden und jeden Stand an, grüßen die Männer, den netten Dalverkäufer, den Metzger, den ekelhaften Gemüseverkäufer, steigen von ihren Pferden, klopfen den Staub des Weges von ihren Kleidern, stehen da und wissen nicht, was sie als Nächstes tun sollen.

Ich habe Hunger, sagt Samira.

Ich dachte, du willst Arbeit suchen, sagt Bashir.

Ich weiß nicht, wie man das macht.

Aus welchem Grund sind wir dann hierhergekommen?, fragt Bashir.

Samira scharrt den Sand unter ihren Füßen, sieht Bashir an, zuckt die Schultern, sagt, irgendetwas muss ich doch tun. Soll ich warten, bis alles Geld und alle Vorräte aufgebraucht sind, bis wir alle tot sind? Komm jetzt, wir gehen zum netten Dalverkäufer und essen so viel Dal mit Reis, wie in unsere Bäuche passt.

Was ist, Junge?, fragt der nette Dalverkäufer. Du siehst bedrückt aus.

Das bin ich, sagt Samira, stopft ein Stück Brot mit Dal in den Mund. Ich muss in den Krieg ziehen.

Bashir, der neben Samira auf der schmalen Bank aus Holz hockt, kann nicht glauben, was er hört. Das hast du mir verschwiegen, sagt er. Du hast mich belogen.

Das habe ich nicht, sagt Samira. Es ist mir gerade eingefallen. Das ist der einzige Weg.

Der einzige Weg zu was?, fragt der nette Dalverkäufer.

Der einzige Weg, Geld zu verdienen und meine Familie durch den Winter zu bringen.

Junge, der Krieg ist gefährlich, sagt der ekelhafte Gemüseverkäufer, rafft seine *kamiz,* sein *patu,* quetscht sich auf die andere Seite neben Samira auf die Bank, verlangt eine Schale Dal, ohne den netten Dalverkäufer anzusehen.

Der nette Dalverkäufer legt die Stirn in Falten, sieht den ekelhaften Gemüseverkäufer an, sagt, heute ist dein Hunger groß, mein Freund, du hast doch gerade erst drei Schalen Dal mit Reis gegessen.

Mal ist der Hunger groß, mal klein, sagt der ekelhafte Gemüseverkäufer, leckt seine Lippe, heftet seinen Blick weiter an Samira und Bashir, sagt ein zweites Mal, Krieg ist gefährlich.

Ich brauche Geld, sagt Samira, rückt ab vom ekelhaften Gemüseverkäufer.

Es gibt andere Wege, wie du Geld verdienen kannst, sagt der ekelhafte Gemüseverkäufer.

Ich kenne keinen anderen Weg.

Der ekelhafte Gemüseverkäufer betrachtet die Jungen, leckt seine mit Dal verschmierten Finger, sagt, komm zu mir, ich kenne einen Weg. Er wirft ein Bündel Scheine auf den Karren des netten Dalverkäufers, sagt, nimm, was mein Dal kostet, der Rest gehört dem Jungen.

Junge, sagt der nette Dalverkäufer. Leise. Weil niemand anderer es hören soll, nur Samira. Tu es nicht. Hör auf mich. Halte dich fern von ihm.

Eine kleine Schlange kommt in den Bauch von Samira, sie weiß nicht, was für eine es ist. Samira sieht dem ekelhaften Gemüseverkäufer nach, stopft die Geldscheine in ihre Westentasche, sagt, ich muss es tun.

Als Samira und Bashir zum Laden des ekelhaften Gemüseverkäufers kommen, sehen sie bereits von weitem, der Mann liegt auf einem Sack Zwiebel, hat sich trotz der Wärme mit seiner *patu* zugedeckt, hat die Augen geschlossen und atmet heftig.

Bashir packt Samira am Ärmel, zieht sie auf die andere Seite der Straße, wo sie sich zwischen den Karren und die Käfige des Hühnerverkäufers verkriechen. Die beiden hocken da und sehen zu, wie der ekelhafte Gemüseverkäufer seine Hand unter der *patu* hat, sie heftig bewegt. Rauf und runter, runter und rauf.

Was tut er?, fragt Samira. Leise. Weil sie glaubt, es ist besser, wenn kein anderer es hört.

Bashir wundert sich, flüstert, hör auf dich zu zieren. Alle Jungen und Männer machen es.

Machen was?, fragt Samira.

Du Idiot, sagt Bashir. Er reibt seinen Schwanz.

Was?

Bashir hält seine Hand vor den Mund. Er reibt seinen Schwanz.

Samira kann nicht glauben, was ihr Freund sagt. Sie macht die Augen zu Schlitze, sieht zum ekelhaften Gemüseverkäufer hinüber, der immer heftiger die Hand unter dem *patu* bewegt, sieht Bashir an, fragt, aus welchem Grund reibt er seinen...? Samira sagt das Wort nicht.

Weil es schön ist, sagt Bashir, wundert sich noch mehr. Tust du es nicht?

Samira weiß nicht, was sie sagen soll. Woher soll sie wissen, was Schwanzreiben ist und dass es schön ist. Doch. Schon. Nur, ich, ach, lass mich doch, sagt sie, wendet sich ab, um den ekelhaften Gemüseverkäufer nicht sehen zu müssen, sieht ihn doch, sagt nichts mehr.

Am Ende vom ganzen Reiben und Wackeln und Zappeln richtet der ekelhafte Gemüseverkäufer sich auf, lächelt, auch wenn es niemanden gibt, den er anlächeln könnte, streicht seinen Bart glatt, schlürft Tee.

Weißt du, wo der Metzger Hadji Soltan seinen Laden hat?, fragt der ekelhafte Gemüseverkäufer, als Samira und Bashir endlich zu ihm herüberkommen.

Samira spricht nicht, hat die Augen weit aufgerissen, nickt.

Sag Hadji Soltan, ich schicke dich. Sag ihm, der verehrte Gemüseverkäufer lässt fragen, ob seine Ware angekommen ist, und dann sagst du ihm, sein Paket ist bei mir, er kann sein Zeug bringen und mein Zeug abholen. Verstanden?

Samira nickt. *Bale.*

Also? Was ist? Warum stehst du noch hier herum? Der ekelhafte Gemüseverkäufer legt seine Hand auf den Rücken von Samira, schiebt sie, damit sie geht.

Samira und Bashir wollen gehen, da packt er Bashir am Arm, sagt, du nicht mein Junge. Du bleibst bei mir. Komm. Er klopft auf den Sack Kartoffeln neben sich, sagt, setz dich.

Nein, sagt Bashir. Ich gehe mit.

Was bekomme ich dafür?, fragt Samira.

Du denkst wohl, du bist schlau?, fragt der ekelhafte Gemüseverkäufer. Du hast doch schon Geld bekommen. Schon vergessen? Das ist eine Menge Geld, und du musst noch eine Menge Dinge für mich tun, bevor du neues Geld bekommst.

Und warum hast du meine Ware nicht gleich mitgebracht?, fragt der Metzger.

Samira überlegt, sagt, wahrscheinlich denkt der Gemüseverkäufer, ich würde die Ware klauen und damit weglaufen.

Und hat er Recht?

Nein.

Ich glaube dir, sagt der Metzger. Schließlich habe ich dein Leben gerettet, und du schuldest mir etwas. Hier ist die Ware für den Gemüseverkäufer, sag ihm, er soll dir meine Ware geben, und dann bringst du sie mir. Verstanden?

Ich hatte nicht erwartet, dass er dir sein Vertrauen schenkt, sagt der ekelhafte Gemüseverkäufer, nimmt das Päckchen, verstaut es in die hintere Ecke seines Ladens zwischen Grünzeug und dicken Auberginen, holt dafür ein anderes Päckchen heraus, gibt es Samira und sagt, geh. Bring es ihm.

Was muss ich noch tun, um das Geld, das du mir gegeben hast abzuarbeiten?, fragt Samira, als sie vom Metzger zurückkommt.

Nicht so hastig, sagt der ekelhafte Gemüseverkäufer. Komm her, hock dich erst einmal zu mir, ich werde dir schon sagen, was du noch für mich tun kannst. Aber erst einmal muss ich dich ein wenig näher kennen lernen. Dich und deinen kleinen Freund hier. Ich muss wissen, ob ich euch mein Vertrauen schenken kann.

Was ist das für ein schönes *ta-vis* um deinen Hals? Er will es anfassen.

Samira zieht sich zurück.

So geht das eine ganze Weile, der ekelhafte Gemüseverkäufer stellt diese und jene Frage und will dabei mal Samira, mal Bashir anfassen. Die Jungen ziehen sich immer wieder zurück. Am Ende vom ganzen Anfassenwollen und Sichzurückziehen sagt der ekelhafte Gemüseverkäufer, *khob*. Komm heute Nacht zu mir, ich werde dir sagen, was du für mich machen musst.

Heute Nacht? Das geht nicht, sagt Samira.

Warum muss es in der Nacht sein?, fragt Bashir. Was ist das für eine Arbeit, die man nur in der Nacht machen kann?

Eine wichtige Arbeit. Eine geheime Arbeit. Eine Arbeit, von der niemand wissen darf, dass dein Freund sie für mich macht. Eine Arbeit, die ihm sehr viel Geld bringen wird. Geld, mit dem er Fett, Weizen, Tee und alles andere kaufen kann, was seine Familie zum Leben braucht.

Ich werde hier sein, sagt Samira.

Wie willst du das machen?, fragt Bashir seinen Freund, als sie wieder oben auf dem Berg sind.

Man tshe midanam.

Ich komme mit.

Du bist ein wahrer Freund. Samira sieht die Angst in den Augen von Bashir, sagt, ich habe auch Angst.

Mut ist, wenn man etwas tut, obwohl man Angst hat, sagt Bashir.

Am Abend, als die Sterne am Himmel kleben und hell leuchten, schleichen Samira und Bashir aus ihren Zelten, reiten hinunter, zurück ins Dorf.

So, sagt der ekelhafte Gemüseverkäufer, dann bist du also nicht allein gekommen.

Wir machen immer alles zusammen, sagt Bashir. Samir ist mein Freund. Ich lasse in nicht allein.

Seid leise, kommt herein, trinkt einen Tee mit mir. Setzt euch, ihr seid müde.

Wir sind nicht müde, sagt Samira, nimmt ihr russisches Gewehr von der Schulter, hockt sich hin, legt es auf ihren Schoß.

Kannst du damit umgehen?, fragt der Gemüseverkäufer.

Albatah, sagt Bashir. Er ist der beste Schütze, den ich kenne. Er kann aus weiter Entfernung einen Bock zwischen die Augen treffen.

Was ist das für eine Arbeit, die ich erledigen soll?, fragt Samira.

Ich möchte, dass du die Ware, die du heute vom Metzger abgeholt hast, rüber ins nächste Dorf bringst. Dort lebt mein Bruder, ihm sollst du das Paket bringen.

Aus welchem Grund muss ich das in der Dunkelheit der Nacht machen?

Das ist nur zu deinem eigenen Schutz. Nachts wird nicht gekämpft, und du kannst dich ungehindert bewegen. Zum anderen soll niemand sehen, woher die Ware kommt und wohin sie geht.

Wie erkenne ich deinen Bruder?

Er ist der Besitzer des Stoffladens.

Als Samira und Bashir aufbrechen wollen, legt der ekelhafte Gemüseverkäufer seinen Arm auf die Schulter von Bashir. Lass ihn allein gehen. Warum willst du dein Leben in Gefahr bringen? Bleib hier, trink Tee mit mir, und morgen, wenn dein Freund zurückkommt, könnt ihr wieder gemeinsam auf euren Berg reiten.

Nein, sagt Bashir. Ich gehe mit. Es ist ein Nein, das keinen Platz lässt für auch nur die kleinste Widerrede.

Samira spannt ihre Kalaschnikow, ist bereit, jederzeit zu schießen.

Mit jedem Schritt, den ihre Pferde nehmen, wird die Angst

von Samira und Bashir größer. Bashir zittert. Samira spricht nicht mehr.

Ich will zu dir aufs Pferd kommen, sagt Bashir.

Samira sieht Bashir nicht an, schüttelt den Kopf, starrt weiter geradeaus in die Dunkelheit. Sogar der Wind steht still. Nur das Klapp-Klapp der Hufe und der Atem der Pferde ist zu hören, sonst nichts.

Das unbekannte Dorf ist größer als ihr eigenes. Die sandige Straße ist breiter, die Lehmhäuser sind größer, es gibt viel mehr Buden und Stände. Weiter hinten entdecken Samira und Bashir sogar ein Auto. Als Samira und Bashir an dem Haus des Stoffverkäufers ankommen, schläft er noch. Es dauert eine Weile, bis er das Klopfen an der Tür hört, sie öffnet, vor den Jungen steht, sich den Hintern kratzt, gähnt und sagt, schickt mein Bruder euch?

Sahihst, sagt Samira.

Der müde Stoffverkäufer führt die Jungen in seinen Laden, nimmt ihnen die Ware ab, verstaut sie unter einem Ballen Stoff, lässt Tee bringen, sagt, sie sollen trinken und dann schlafen.

Als Samira die Augen wieder aufmacht, ist die Sonne längst aufgegangen. Der vordere Teil des Stoffladens ist offen. Männer, Jungen, sogar die eine oder andere von Kopf bis Fuß verschleierte Frau gehen vorbei, bleiben stehen, blicken in den Laden. Von der Straße dringen alle möglichen Laute und Rufe hinein. Im hinteren Teil des Ladens, da, wo das Licht der Sonne nicht hinreicht, hockt der müde Stoffverkäufer zusammen mit vier anderen Männern im Halbdunkel auf dem Boden, trinkt Tee, palavert, macht große und kleine Gesten, hört zu, schüttelt den Kopf.

An dem vielen Stoff, den sie an ihren Körpern, über der Schulter und auf dem Kopf tragen, erkennt Samira, dass es wichtige Männer sind. Sie kann nicht hören, worüber sie reden, an der Größe ihrer Gesten und Blicke aber erkennt sie, es ist wichtig. Samira steht auf, streckt sich vorsichtig, damit sie und ihr Strecken nicht zu groß, nicht zu wichtig erscheinen, geht zu den Männern, sieht ihnen über die Schulter.

Einer der Männer fragt, wer ist der Junge?

Das geht in Ordnung, sagt der Stoffverkäufer, das ist der Bote.

Maghboul asst, er ist schön, sagt der Mann.

Sie sind zu zweit gekommen, sagt der müde Stoffverkäufer. Wo ist dein kleiner Freund?

Samira spricht nicht, deutet mit dem Kopf in die Ecke, wo Bashir schläft.

Komm, Junge, hock dich zu uns, sagt einer der Männer, packt Samira an der Hand und zieht sie neben sich auf den Boden. Es ist ihr unangenehm, zwischen zwei fremden Männern zu hocken, sie zieht die Knie an, umfasst ihre Beine, macht sich klein.

Einer der Männer lacht, nimmt die glitzernde Kappe von Samiras Kopf, streicht über ihr langes, dickes, schwarzes Haar, sagt, *maghboul asst*.

Samira weicht aus, will aufstehen, kann nicht, bleibt hocken.

Der Stoffverkäufer greift hinter sich, holt das Paket, das sein Bruder geschickt hat, hervor, legt es in die Mitte auf den Boden, sagt, die Ware ist auch *maghboul*, öffnet den Knoten des *patu* und sagt, *bebin*, seht. Es sind vier dicke, klebrige, schwarze Klumpen, die in große Baumblätter eingewickelt sind. Eigentlich will Samira nicht sprechen, eigentlich will sie gehen, eigentlich will sie nicht Teil dieser Männerrunde sein. Deshalb weiß sie nicht, warum sie den Mund aufmacht und Worte aus ihm herauskommen. Was ist das?

Junge, sagt der Mann, der neben Samira hockt, haut ihr auf den Oberschenkel und lässt seine Hand dort liegen. Das ist Opium. Bestes, reines Opium.

Samira fragt nicht, was Opium ist.

Du hast Glück, dass du nicht erwischt worden bist. Du hättest tot sein können, sagt einer der Männer. Die Männer lachen, palavern, schlagen Samira auf den Schenkel, nehmen sie in den Arm. Du hast Glück, dass du nicht erwischt worden bist, sagt einer der Männer und drückt ihr einen stinkenden Kuss auf die Wange.

Einer der anderen Männer sagt, gehen wir in den Basar und zeigen den Jungen, wo das wahre Leben stattfindet. Sie nehmen Samira und Bashir zwischen sich, gehen in die belebte Hauptstrasse, wo so viele Menschen sind, dass der Sand der Straße unter ihren Füßen aufgewirbelt wird. Männer und Esel schleppen schwere Lasten. Männer kochen auf ihren Karren Essen für andere Männer. Anders als in ihrem eigenen Dorf laufen hier sogar Frauen herum. Autos, Tiere, Karren und Droschken bimmeln und klimpern laut. Jungen hocken am Rand der Straße. In den Teehäusern und Eingängen ihrer Läden hocken Männer, rauchen Wasserpfeife.

An einer Tür aus schwerem Holz bleiben der Stoffverkäufer und seine vier Freunde stehen, zahlen, schieben Samira und Bashir in einen engen Raum. Der ganze Lärm und Gestank machen sogar das Schlucken schwer. Samira hält die Hand vor den Mund, damit das Essen, was sie in ihrem Bauch hat, nicht herauskommt und sie es wieder im Mund hat. Zwei Männer, mit so vielen Muskeln, wie Samira sie noch nie bei einem Mann gesehen hat, sind halb nackt und ringen gegeneinander. Samira weiß nicht, aus welchem Grund sie ringen, aus welchem Grund sie es in einem Haus und nicht unter Gottes Himmel tun. Samira weiß nicht, aus welchem Grund der Stoffverkäufer und seine vier Freunde hierhergekommen sind, warum sie Samira und Bashir mitgenommen haben. Samira weiß nur, in ihrem Kopf dreht sich alles.

Den ganzen Vormittag werden Samira und Bashir hin und

her geschoben, sie trinken Tee, trinken ein Getränk, was aussieht wie Wasser, in der Kehle brennt wie Gift. Sie sehen einen Mann, der mit einem alten, müden Bären kämpft und ihn besiegt. In einem Teehaus sehen sie den ersten Fernseher ihres Lebens. Samira und Bashir essen Dal mit Reis, rauchen Wasserpfeife, sehen Musiker, Sänger, die ein lautes und buntes Spektakel veranstalten. Es sind Männer, die Frauenkleider tragen, bunte Farben im Gesicht haben, wie eine Braut. Die *halkon* tanzen wie Frauen, drehen ihre Körper wie Frauen, legen den Kopf schräg wie Frauen, nehmen den Finger in den Mund, werfen den Männern Blicke zu, die voll von Lust sind, Blicke, mit denen sie den Männern Lust machen.

Gefällt es dir?, fragt einer der Männer, nimmt Samira in den Arm und drückt sie fest.

Samira schüttelt ihn ab, sagt, ich mag keine Männer, die so tun, als wenn sie Frauen sind. Und ich mag keine Männer, die andere Männer in den Arm nehmen.

Am Ende vom ganzen Männer in Frauenkleidern angucken und Angefasstwerden sagen die Männer, wir gehen in die Moschee.

Weder Samira noch Bashir sind jemals in einer richtigen Moschee gewesen. Schulter an Schulter stehen die Männer im Hof vor dem großen Haus mit der blauen Kuppel. Die Augen auf den roten Feuerball am Himmel gerichtet, die Handflächen gen Himmel geöffnet, bereit, Gottes Segen zu empfangen. Die Männer sprechen mit großer Inbrunst ihr *be-esme-allah*, stehen in einer Reihe, hinter anderen, knien, beugen, erheben sich zur gleichen Zeit. Die Stimmen der Männer werden zu einer. Während die Jungen und Männer in der vorderen Reihe sich weit nach vorn bücken und den Boden vor sich mit der Stirn berühren, starren der Stoffverkäufer und seine vier Freunde auf die Hintern der Jungen und Männer vor sich, machen sich Zeichen, lecken sich die Lippe.

Nach dem Gebet küssen und umarmen sich der Stoffverkäufer und seine vier Freunde und gehen zum Haus des Stoffverkäufers zurück.

Zwei der Männer packen Samira und Bashir an den Händen, ziehen sie hinter sich her, sagen, Zeit zum Ausruhen, und lassen die Jungen auch nicht los, als sie sich wehren und nicht mit ihnen gehen wollen.

Samira hat Glück, kann sich losreißen, rennt zu Bashir, zerrt und zieht so lange an ihm, bis auch er frei ist. Die Männer lachen, kratzen sich am Hintern, rülpsen, geben es endlich auf, hinter den Jungen herzulaufen.

Samira und Bashir rennen so schnell sie können, springen auf ihre Pferde, schnalzen mit den Zungen, reiten so schnell sie können. Am Eingang und Ausgang des Dorfes werden sie aufgehalten. Männer mit Waffen versperren ihnen den Weg. Sie sagen, der Feind ist überall und wartet nur auf dumme Jungen wie euch. Wenn ihr jetzt reitet, bedeutet das den sicheren Tod für euch. Die Männer schicken die Jungen wieder zurück ins Dorf.

Samira und Bashir fragen sich durch, finden eine billige Unterkunft, wo außer ihnen auch noch andere Durchreisende, einer neben dem anderen, liegen und schlafen.

Am Anfang macht Samira kein Auge zu, hält ihr russisches Gewehr fest in der Hand, hört jedes Schnarchen und jeden Furz, jedes Schwanzreiben und jedes Stöhnen, bis auch sie zu müde ist. Ihr Schlaf ist leicht. Sie macht die Augen auf, erkennt in der Dunkelheit, dass der Mann neben Bashir ganz nah an ihn herangerückt ist, seinen Arm um ihn gelegt hat, seinen Nacken küsst und langsam, ganz langsam anfängt, den Schwanz von Bashir zu reiben. Der Mann hält Bashir den Mund zu, hat sein Bein um ihn geschlungen, so dass er sich nicht bewegen kann. Der Mann schiebt seinen Körper vor und zurück, reibt den Schwanz von Bashir rauf und runter, stöhnt immer lauter.

Bashir liegt neben Samira, sieht ihr in die Augen, weiß, sie sieht ihn, weiß, sein Freund wird einen Weg finden, ihm zu helfen.

Samira zieht den Dolch aus ihrem Stiefel, hält ihn vor die geschlossenen Augen des Mannes, drückt vorsichtig zu. Der Mann erschreckt sich, zieht den Kopf zurück, öffnet die Augen. Samira wartet, bis Bashir seine *shalvar-kamiz* hochzieht, leise an die Tür geht, sie springt auf, schleicht über die anderen schlafenden Männer, springt die Stufen hinunter, verschwindet mit ihrem Freund in die Dunkelheit.

Den Rest der Nacht verbringen die beiden zitternd vor Angst und Kälte auf der Straße, unter einem Karren. Als mit dem ersten Licht die Menschen und das Leben in die Straßen und Gassen des unheimlichen Dorfes zurückkommen, springt Samira auf, schwingt sich auf ihr Pferd, will sofort wieder zurück in ihr eigenes Dorf.

Warum die Eile?, fragt Bashir. Mit einer Stimme, die voll von Ruhe ist, als sei all das, was geschehen ist, nicht geschehen. Was kann jetzt schon noch passieren. Gestern habe ich einen Laden gesehen, in dem es Bücher zu kaufen gibt. Dort gehen wir jetzt hin.

Samira weiß nicht, warum sie ihrem Freund folgt, aber sie tut es.

Der Besitzer des Buchladens ist skeptisch, als die beiden Nomadenjungen seinen Laden betreten, doch er bringt es nicht übers Herz, sie gleich wieder zu verscheuchen.

Seit der Krieg ausgebrochen ist, werden weder Bücher geschrieben noch welche gedruckt. Immer weniger Menschen können lesen, und kaum jemand kann sich diesen teuren Überfluss leisten. Brot, Fett, Tee, Mehl sind wichtiger.

Bashir berührt die Bücher, als wenn sie aus Glas sind und zerbrechen können. Er fasst die Blätter mit zwei Fingern an, achtet darauf, dass er die Bücher nicht zu weit aufschlägt, hält lieber den Kopf schräg und verbiegt sich, um einen Blick zwischen die Seiten werfen zu können, als den Rücken der Bücher zu brechen.

Samira sieht lieber in die großen Bücher, solche, die nicht so viele Worte haben, stattdessen voll sind mit Bildern. Besonders zwei Bilder fesseln sie. Das Erste zeigt einen jungen Mann, der voll von Kraft ist. Der Mann hält seinen Bogen gespannt. Im zweiten Bild fliegt der Pfeil durch die Luft, der junge Mann liegt am Boden. Er ist tot.

Samira liest die Überschrift. Arash der Bogenschütze.

Arash ist in Wahrheit ein alter Mann gewesen, aber der Dichter bevorzugte junge Männer, also hat er ihn jung gezeichnet.

Samira und Bashir sehen sich an. Wir kennen auch Männer, die junge Männer mögen.

Arash ist ein *pahlewan*, ein Held, ein Krieger. Er lebt in einem Land, in dem seit vielen Jahren Krieg herrscht. Eines Tages ruft der König Arash zu sich und sagt, ich habe mich mit dem König unserer Feinde geeinigt. Wir sind müde, unser Volk ist müde. Müde von all den Kriegen, müde von all dem Töten und Getötetwerden. Der König unseres Feindes und ich haben uns geeinigt, Frieden zu schließen. Wer wird der Sieger sein?, fragt Arash. Wo wird die Grenze verlaufen zwischen ihrem und unserem Land?

Der König sieht Arash an und sagt, das, mein Freund, liegt in deiner Hand. Du bist der beste und stärkste Bogenschütze. Ich habe beschlossen, dass du auf den hohen Berg steigen sollst. Du sollst deinen Bogen spannen und deinen Pfeil abschießen. Dort, wo dein Pfeil landet, wird die Grenze zwischen unserem Land und dem unseres Feindes sein.

So soll es sein, sagt Arash und steigt auf den höchsten Berg. Alle Männer, alle Tapferen und Nichttapferen folgen ihm. Arash entblößt seinen Oberkörper, wendet sich den Männern zu, spricht ein letztes Mal zu ihnen, sagt, mein Körper ist frei von Schmerz und Krankheit, meine Seele ist rein und frei von Schuld. Ich werde all meine Kräfte sammeln, um diesen Pfeil so weit abzuschießen, wie ich es noch nie zuvor getan habe. Dort wo er landen wird, soll die Grenze unserer geliebten Heimat verlaufen. Ich bin alt. Wenn ich meinen Pfeil abgeschossen habe, werde ich zusammen mit ihm mein Leben verlieren. Ich werde mein Leben meiner Heimat schenken. Das sagt Arash, spannt seinen Bogen, schießt ihn ab, und während der Pfeil noch fliegt, fällt er zu Boden. Ohne Leben.

Wo landet sein Pfeil?, fragt Bashir.

In der Wurzel eines jungen Baumes, der weit, weit entfernt an dem Ufer eines Flusses wächst, sagt der liebenswürdige Buchverkäufer.

Samira überlegt, weiß nicht, ob die Geschichte ihr gefällt, fragt, lebt der Baum wenigstens noch?

Der liebenswürdige Buchverkäufer lacht, bis Tränen in seine Augen kommen. Lacht. Lacht, bis auch Samira und Bashir lachen.

Eine Trennung

Dieses Zelt können wir nicht mehr gebrauchen, sagt der einarmige Großvater.

Es fällt auseinander, wenn man es nur ansieht, sagt Samira und lacht.

Dann hör auf, es anzusehen, sagt Bashir.

Samira schließt die Augen, um das arme, alte Filzzelt nicht sehen zu müssen, damit es nicht auseinander fällt, tappt mit geschlossenen Augen und ausgestreckten Armen herum, rennt Bashir in die Arme, umarmt ihn, drückt ihn ein wenig zu lang und weiß nicht, warum.

Gol-Sar sieht es, stampft auf, sagt, dumme Jungen. Das ist nicht zum Lachen.

Samira liebt die Zelte aus Filz. Wenn der Winter kommt, die *kutshi* ihre Zelte abbauen und aus den Bergen in den Süden ziehen, um dem Schnee und der tödlichen Kälte zu entkommen, ist es wie der Abschied von einem guten alten Freund, den sie zurücklassen muss.

Vier Zelte sind in das kurze, lange Leben von Samira gekommen und gegangen. Samira ist dabei gewesen, wenn sie gewalkt, getreten, gestampft worden sind. Zusammen mit den anderen Kindern hat die kleine Samira das Haar der Tiere auf den sandigen Boden verteilt, sich in der Wolle gewälzt, zugesehen, wie die Frauen und Männer das dicke Weich mit Stöcken flach geklopft haben. Der Duft der Tierhaare kommt zu Samira zurück, sie kitzeln ihre Haut, unter ihren Füßen ist es weich und pelzig. Die Tierhaare schmiegen sich aneinander, verweben sich zu einer dicken Matte. Samira schließt die Augen und hört das Lachen von damals. Es ist ein Lachen ohne das Wissen von Samir und Samira. Das schönste Kinderlachen der Welt. Samira sieht die Mutter von damals. Mutter, die ihren Verstand noch nicht verloren hat, mit den anderen Frauen auf der niedrigen Umrandung aus Lehm hockt, über das später der Filz gespannt wird. Mutter singt, hebt ihr Kind in den Himmel, näht bunte Streifen Stoff um den Rand des Filzes. Samira will bleiben. In dem Lachen von damals. Will nie wieder die Augen öffnen. Will bleiben, um Damals nicht zu verlieren.

Warum vergeht Damals?

Man tshe midanam.

Samira hört das Klopfen der Steine, mit denen die Frauen die kurzen Pflöcke aus Holz in die Erde schlagen, Seile daran befestigen, den Filz spannen.

Wo sind all die Frauen von damals?

Man tshe midanam.

Samira. Arme Samira, mit wem sprichst du?

Komm zurück.

Samira macht die Augen nicht auf, liegt unter dem Zelt von Damals. Durch die hochgeschlagenen Seitenwände kommt das Licht und die Wärme der Sonne, der Wind, die Lämmer, die anderen Nomaden, die Vergewaltiger. Zuerst ins Zelt und dann in den Körper der Mutter. Glaube an dein Amulett, sagt die Mutter. Es wird dich beschützen und alles und jeden vernichten, was dir Schaden zufügen will. *Schsch*, sei ohne Sorge, sagt der Vater in jeder Nacht. Sei ohne Sorge. Überlasse all deine Sorgen und Schmerzen dem Wind. Leg alles, was dich bedrückt, auf seine Flügel. Er wird es mit sich nehmen, es aus dem Zelt hinaustragen, dich davon befreien.

Samira öffnet die Augen, kommt zurück. Zurück zu Samir und ihrem Zelt aus Fetzen.

Mein Vater hat gelogen, sagt Samira.

Los, mach schon, sagt Daria, klopf den Staub aus dem Filz.

Zuerst war mein Sohn stumm, jetzt redet er in einem fort und hört nicht mehr auf zu reden. Daria verscheucht die Fliege vor ihrem Gesicht, die gar nicht da ist. Mein Sohn redet und redet und merkt nicht, wie dumm das Zeug ist, das er redet. Daria zischt ihre Worte. Wie eine Schlange. Ihre Worte werden Steine, die sie gegen das Herz ihres Tochtersohnes schleudert. Kleine und große Steine. Leichte und schwere. Manche landen mitten in Samiras Herz, bringen es zum Bluten, andere stoßen gegen die Steinworte, die die Mutter damals in das Herz ihres Tochtersohnes gelegt hat. Manche Steine prallen ab und fallen auf den Boden. Achtlos stößt Samira sie mit dem Fuß beiseite, hebt sie auf, wirft sie gegen nichts und niemanden.

Samira gehorcht, sammelt die zerfetzten Filzstücke ein, legt sie auf die Wiese, klopft den Staub aus ihnen heraus, schwingt den Stock, holt aus, verprügelt den Filz. Schreit dabei. Schreit. Schreit. Wild. Voll von Wut. Als wäre es nicht der Filz, den sie schlägt, sondern die Männer, die ihrer Mutter die Ehre genommen, den Verstand gestohlen haben. Als wäre der Filz die Schuld, die ihre Mutter erobert hat. Als wäre der Filz ihr eigener Vater, der dumm gewesen, in den Krieg gezogen ist und sich hat erschießen lassen.

Hoho, Junge. Hör auf. Lass das, ruft der einarmige Großvater.

Samira hört nicht, haut, schlägt, schreit.

Es ist meine Schuld, schreit die Mutter, rauft sich die Haare, kratzt ihr Gesicht, sieht ihren Tochtersohn mit Augen, die keinen Verstand besitzen. Bashir schmeißt sich auf seinen Freund, reißt ihn zu Boden, hockt sich auf seine Brust, hält seine Handgelenke, sieht ihm in die Augen, die voll von Tränen sind.

Samir. Mein Freund. Mehr sagt Bashir nicht.

Samira hört auf zu kämpfen, lässt die Kraft in ihren Beinen, in ihren Armen gehen. Ist schon gut, sagt sie. Leise. Damit es niemand hört. Nur ihr Freund Bashir.

Komm, sagt Bashir, wir gehen zum Bach.

Wir gehen zum Bach, sagt Samira. Voll von Sehnsucht. Nach Ruhe, nach Frieden, nach Damals.

Du bist stark geworden, sagt Samira.

Das bin ich, sagt Bashir. Schritt für Schritt. Wie du es gesagt hast.

Du bist schön geworden, sagt Samira.

Bashir lächelt.

Ich weiß keinen Ausweg mehr, sagt Samira. Wir haben kein Geld, kein Mehl, keinen Tee, wir haben keine Esel, kein Zelt, wir haben nichts mehr. Alles, was wir haben, sind die vier Pferde, mein Gewehr, ein paar Hühner und ein paar Habseligkeiten.

Bashir sagt nicht, Gott ist groß, er wird es richten. Er sagt, wir werden in den Süden ziehen, Arbeit finden, Geld verdienen und Filz für ein neues Zelt für euch walken.

Bashir, mein kleiner Freund, mein Träumer, sagt Samira. Der Winter ist bereits oben in den Bergen. Alle bauen ihre Zelte ab. Alle werden in den Süden ziehen. Alle. Nur wir nicht.

Was? Bashir versteht nicht. Ihr werdet nicht ziehen?

Samira schüttelt den Kopf. Wer ziehen will, braucht Felle, braucht Geld, braucht Esel, Maultiere, ein Zelt. Wir haben nichts von alledem.

Wir gehören zusammen, sagt Bashir. In all den Wintern, die gekommen und gegangen sind, sind wir gemeinsam in den Süden gezogen. Wir werden auch in diesem Winter zusammen ziehen. Wir werden niemanden zurücklassen.

Samira senkt den Blick. Mein armer Freund, komm in die Welt der Wirklichkeit zurück. Diesen Winter werdet ihr uns zurücklassen. Es ist nicht eure Schuld. Ihr werdet es tun müssen. Jeder von uns hat in den Jahren der Dürre Tiere verloren, unsere Herden sind verreckt, keiner hat das Geld, einen anderen durch das Land und den langen Winter zu schleppen.

Ich werde mit meinem Vater sprechen, sagt Bashir. Er wird euch helfen.

Hör auf zu träumen. Selbst dein Vater kann uns nicht helfen. Samira sieht in den Himmel, sieht einen großen, silbernen Vogel, der kein Vogel ist, ein Flugzeug ist, sagt, wenn meine Mutter und der einarmige Großvater nicht wären, wenn ich allein wäre, würde ich mit euch ziehen, würde die Ausländer finden, würde bei ihnen bleiben, würde *pilot* werden und wegfliegen.

Wohin?

Irgendwohin.

Ohne mich?

Du bist ein Träumer, sagt Samira, umarmt ihren Freund, lässt ihn am Bach hocken, geht zurück zu ihrem einarmigen Großvater, ihrer Mutter ohne Verstand und den Fetzen Filz, die kein Zelt mehr sind.

Als wenn der Filz noch immer gespannt ist, hockt der einarmige Großvater auf der kurzen Lehmumrandung. Er starrt auf die Bündel und Habseligkeiten, summt vor sich hin, spricht mit sich selber, streicht mit seinem einen Arm sein Knie, was ebenfalls von der Mine verletzt wurde, bemerkt nicht, dass sein Enkel kommt.

Als wenn der Filz noch gespannt ist, geht Samira um den kurzen Lehmwall herum, geht dort hinein, wo der Eingang des Zeltes gewesen ist, hockt sich vor den einarmigen Großvater auf den Boden, wo sie immer gehockt hat, sagt, jetzt hast du auch noch dein Zuhause verloren.

Der einarmige Großvater zuckt, kommt in die wirkliche Welt zurück, sagt, ich habe alles verloren, zuerst meine Mutter, dann meinen Vater, dann meine Söhne, dann meinen Arm.

Aber dafür habe ich dich gefunden. So ist das Leben, sagt der einarmige Großvater, will weitersprechen, kann nicht, weil eine Träne in seinen Hals springt.

Samira lächelt, spricht für den Großvater zu Ende. So ist das Leben, sagt sie. Leben ist verlieren. Leben ist gewinnen.

Der Großvater nickt, sagt, so ist es.

Samira legt sich auf den Rücken, macht die Augen zu Schlitze, breitet die Arme aus, steigt empor in den blauen Himmel, schwebt zum riesigen, silbernen Vogel.

Was tust du?, fragt der unsichtbare Zuhörer.

Samira beachtet ihn nicht.

He. Du. Mädchenjunge. Ich spreche mit dir. Beantworte meine Frage. Was tust du?

Samira beachtet ihn nicht.

Hör auf, dich dumm zu stellen, sagt der unsichtbare Zuhörer. Du bist kein Kind mehr.

Ich weiß, sagt Samira.

Du hast deine Kindheit verloren, sagt der unsichtbare Zuhörer.

Samira beachtet ihn nicht, schließt die Augen, bewegt den Mund, spricht Worte, von denen sie nicht weiß, dass sie sie spricht, sagt, Sommer und Winter kommen und gehen, werden zu Vögel, versammeln sich, fliegen auf und davon.

Verloren. Verloren, sagt der unsichtbare Zuhörer.

Samira beachtet ihn nicht, sagt, manche Menschen verlieren nicht ein einziges Mal in ihrem Leben. Nichts. Andere verlieren immer. Alles.

Was hast du verloren?, fragt der einarmige Großvater.

Samira öffnet die Augen, lächelt, sagt, ich habe dich gewonnen.

Der einarmige Großvater schlägt seinen einen Arm auf sein Bein, wischt eine Träne aus seinem Auge, sagt, ich weiß. In deinem kurzen Leben hast du bereits mehr verloren als mancher von uns Alten. Mein Herz bricht, weil in einem so schönen Land wie unserem junges und wertvolles Leben wie deines verschwendet wird. Jeden Tag, jede Stunde wird wertvolles junges Leben weggeworfen.

Mein Leben ist nicht weggeworfen, sagt Samira.

Sieh dich um, sagt der einarmige Großvater. Das ist alles, was die Kriege und der Hunger uns gelassen haben. Was ist das für ein Leben? Welche Zukunft kann man aus einem Leben wie diesem bauen?

Jede Zukunft, sagt Samira, sieht in den Himmel, nickt, sagt, jede Zukunft, die ich will.

Du hast Recht, sagt der einarmige Großvater. Wir sollten nicht klagen. Wir sollten Gott danken, für alles, was er uns nicht genommen hat. Du gehst in die Schule, und du bist fleißig, du hast einen scharfen Verstand, und du bist ein Kämpfer.

Samira nickt, sieht in den Himmel, sagt nicht, mein Herz ist voll von Steinen, voll von Angst, Angst, die Leute könnten entdecken, dass Samir Samira ist. Dass Samira eine Lügnerin ist.

Ich habe Angst, sagt sie.

Ich weiß, sagt der einarmige Großvater, sieht in den Himmel. Heute wird der erste Schnee kommen.

Samira sagt, dann lass uns aufbrechen.

Jetzt sofort?

Jetzt sofort.

Ohne Abschied von deinem Freund Bashir?, fragt der einarmige Großvater.

Ohne Abschied von Bashir und jedem anderen.

Es ist bereits dunkel, als Samira, ihre Mutter und der einarmige Großvater unten im Tal ankommen, sie gehen nicht ins Dorf hinein.

Damit wir die Leute nicht erschrecken, sagt der einarmige Großvater.

Aber die Leute kennen dich und mich, sagt Samira.

Wir werden ins Dorf gehen, wenn es hell ist, wie richtige Menschen, nicht wie Diebe, die sich im Schutz der Dunkelheit anschleichen.

Draußen vor dem Dorf lehnt Samira die langen Stöcke ihres Zeltes an den Rest einer Lehmmauer, legt die Stücke Filz darauf, baut ein Dach, schließt eine der seitlichen Öffnungen mit den Bündeln und sonst noch was. Auf die andere Seite der dreieckigen Öffnung stapelt sie die Körbe mit den Hühnern und ihre anderen Habseligkeiten und bindet ihre vier Pferde fest. Den Rest des Filzes legt Samira unter das schräge Dach auf den Boden. Es ist eng, aber sie haben genügend Platz zum Hocken, zum Feuer machen, zum Essen, zum Schlafen.

Samira hockt auf dem Boden, streichelt die weiche, warme Nase des Vaterhengstes, die er unter das schräge Dach aus Filz geschoben hat. Samira sieht ins Feuer, sagt, wir haben ein Dach über dem Kopf, wir haben vier kräftige Pferde, wir haben gegessen. Sie lächelt, sieht ihren einarmigen Großvater an, dann ihre Mutter ohne Verstand, sagt, und ich habe einen Großvater, der hat zwar einen Arm verloren, und ich habe eine Mutter, die manchmal den Verstand verliert, aber ich bin nicht allein, und ich danke Gott dafür. Das sagt Samira und lacht. Lacht, bis Tränen in ihre Augen kommen.

Du bist ein guter Junge, sagt die Mutter ohne Verstand und streicht ihrem Tochtersohn über das schwarze Haar, das voll und lang ist, wie das Haar von einem richtigen jungen *kutshi*-Mann.

Am Morgen wacht Samira als Erste auf, geht hinaus in die Luft, die milchig ist. Draußen ist es nicht viel kälter als unter dem schrägen Dach. Der Atem von Samira und den Pferden wird zu kleinen Wölkchen, die in der Luft hängen bleiben. Alles ist still. Nur die Pferde schnauben. Samira zieht ihre Stiefel über, wickelt sich in ihr *patu*, hockt sich auf einen dicken Stein, sieht hinauf zum Berg.

Du bist ohne Abschied gegangen, sagt der unsichtbare Zuhörer.

Das bin ich, sagt Samira. Leise.

Aus welchem Grund hast du das getan?

Aus welchem Grund hast du so viele Fragen?

Niemand zwingt dich, meine Fragen zu beantworten.

Samira beachtet den unsichtbaren Zuhörer nicht.

Ich weiß, aus welchem Grund du ohne Abschied gegangen bist.

Hör auf, mich zu quälen.

Ich bin es nicht, der dich quält. Sieh mich an. Mich gibt es gar nicht. Wie kann ich dich quälen?

Samira spielt ihre Flöte.

Du bist ohne Abschied gegangen, weil du deine Pferde nicht an den Kommandanten verkaufen wolltest, sagt der unsichtbare Zuhörer.

Geh weg. Verschwinde, sagt Samira, spielt weiter ihre Flöte. Leise. Damit sie die Mutter und den einarmigen Großvater nicht weckt.

Jetzt ist dein Freund weg, sagt der unsichtbare Zuhörer. Und seine Schwester ist auch weg.

Alle sind weg.

Ich sehe, dass du sie vermisst.

Das tue ich. Ich vermisse sie beide. Ich vermisse Gol-Sar, und ich vermisse Bashir.

Ich sehe, dass es wehtut.

Das tut es.

Du hast sie geküsst, sagt der unsichtbare Zuhörer.

Das habe ich nicht.

Ich war dort. Ich habe es gesehen. Du hättest sie beinah geküsst.

Was geht dich das an?, fragt Samira, kehrt dem unsichtbaren Zuhörer den Rücken zu.

He. Mädchenjunge. Sieh mich an. War es Samira, die sie beinah geküsst hat? Oder war es Samir?

Schweig. Geh weg, sagt Samira.

Welchen Unterschied macht es, ob ich schweige oder nicht, ob ich gehe oder nicht?

Keinen. Gar keinen Unterschied, sagt Samira.

Magst du die Schwester lieber oder den Bruder?

Samira tut, als wenn niemand eine Frage gestellt hat, spielt ihre Flöte.

Dein Lied ist voll von Schmerz, sagt der unsichtbare Zuhörer.

Samira wendet sich wieder dem Berg zu, hebt Steine auf, wirft sie dem unsichtbaren Zuhörer vor die Füße, wirft sie ihm an den Kopf.

Er beachtet die Steine nicht, sagt, ich warte. Du schuldest mir eine Antwort. Du hast mir noch nicht gesagt, welchen der beiden du lieber hast. Den Bruder oder die Schwester? Der unsichtbare Zuhörer lehnt sich zurück, macht die Augen zu Schlitze. Es ist ja so, sagt er, fängt die Steine auf, die Samira ihm an den Kopf wirft, und schmeißt sie hinter sich. Genau genommen geht es mich ja nichts an, aber in Wahrheit darfst du weder an dem Bruder noch an der Schwester Gefallen finden. Denn du bist Samir, ein junger Mann, also darfst du Gol-Sar nicht zu nahe kommen. Aber wir beide wissen, du bist Samira, eine junge Frau, also darfst du dem Bruder nicht zu nahe kommen.

Verdammt noch mal. Ich will nichts mehr davon hören. Verschwinde endlich, sagt Samira.

Es wird sehr viel Schnee geben, sagt der unsichtbare Zuhörer. Es wird kalt werden. Du hast kein Zelt und nur wenig zu essen. Willst du den gesamten Winter hier unter diesem merkwürdigen Filzdach verbringen? Du weißt, das wird nicht gehen. Ihr werdet verrecken, wenn du keine Lösung findest.

Das werden wir nicht, sagt Samira. Keiner von uns wird verrecken.

Wie willst du das verhindern?

Samira spielt ihre Flöte.

He. Mädchenjunge. Beantworte meine Frage. Was wirst du tun?

Das Richtige, sagt Samira. Ich werde das Richtige tun. Sie wickelt sich noch fester in ihr *patu*, lässt den unsichtbaren Zuhörer hocken, steigt den steilen Weg hinunter ins Dorf.

Ich suche einen Platz, wo ich den Winter über bleiben kann, sagt Samira zum freundlichen Herrn Lehrer, und ich brauche eine Arbeit.

Großer Gott, sagt der freundliche Herr Lehrer. Junge, was denkst du, wo wir sind? Hier ist das Ende der Welt. Die Berge sind schon voll von Schnee, nicht mehr lange, und der Winter wird auch zu uns ins Dorf kommen.

Samira steht da, sieht dem Lehrer zu bei seinem Gehen und Denken und Bindfadenbrille vor die Augen zurückschieben. Am Ende von alledem sagt der freundliche Herr Lehrer, also gut. Ich werde mit ein paar Leuten reden. Wir werden eine Lösung finden. Der freundliche Herr Lehrer legt seine Hand auf die Schulter von Samira. Sei ohne Sorge.

Vierzehn Tage kommen und gehen, der freundliche Lehrer spricht mit allen möglichen Leuten im Dorf, vierzehn Tage, in denen Samira versucht, ohne Sorge zu sein, in denen es immer kälter wird, der Schnee immer näher kommt, immer mehr Wasser vom Himmel kommt. Es regnet. Regnet so viel, dass Samira den Filz nicht mehr trocken bekommt. Das Wasser kommt von oben, von den Seiten, von unten, von überall. Samira schleppt große und kleine Steine zu ihrem schrägen Dach, stapelt sie um ihre Behausung. Das Wasser findet seinen Weg, bohrt sich zwischen die Steine hindurch, wird zu dünnen, langen Schlangen aus Wasser. Sie kriechen über den Boden, da, wo Samira, ihre Mutter und der einarmige Großvater hocken, essen, schlafen. Die Decken sind nass, die Bündel sind nass, das Holz ist nass, das Feuer ist nass, stinkt, qualmt, zischt, will ausgehen. Am Ende von vierzehn Tagen sind die Schlangen aus Wasser still, schlängeln sich nicht mehr unter die Decken, Bündel und das Feuer. Die Schlangen aus Wasser sind erstarrt, sind zu Schlangen aus Eis geworden. Die Luft hat einen anderen Duft. Draußen plätschert und prasselt kein Regen. Alles ist ruhig, wie der Tod. Das Dach aus Filz tropft nicht mehr, sie sind zu Zapfen aus Eis geworden, hängen wie Dolche am Filz. Selbst der Wind zieht nicht mehr unter das schräge Dach. Die eisige Kälte ist nicht mehr eisig, tut nicht mehr weh. Der Atem der Pferde, das Schnarchen des einarmigen Großvaters sind dumpf.

Samira schält sich aus ihren feuchten Decken, die hart und steif sind, zieht ihre feuchten Stiefel über, wickelt sich in ihr feuchtes *patu*, geht hinaus. Die Welt ist verloren gegangen. Ist verschwunden unter einer weißen Decke. Überall ist Schnee. Samira kann den Berg nicht mehr sehen, den Weg hinauf in ihre Ebene, den steilen Weg hinunter ins Dorf, die Mauern und Dächer des Dorfes. Nichts. Alles ist bedeckt von Schnee. Schnee, so weit Samira sehen kann. Alles ist sauber. Die Pferde schütteln den Schnee von ihren Köpfen und Rücken, schnauben, wiehern leise. Samira sieht in den Himmel, schließt die Augen, fängt die dicken Flocken mit der Zunge auf, blickt um sich, findet es schön, wie es ist. Weiß und ruhig. Ruhig und weiß.

Samira bindet die Pferde los, schwingt sich auf den Rücken des Hengstes, schnalzt mit der Zunge, zieht die anderen Pferde hinter sich her, reitet langsam, vorsichtig, damit sie das Weiß nicht stört, die Ruhe nicht erschreckt.

Schneezeit ist Friedenszeit, hat der Kommandant gesagt. Wenn der Schnee kommt, geht der Krieg.

Samira schließt die Augen, damit es ist, als wenn ihr Vater neben ihr reitet. Aus welchem Grund geht der Krieg?, fragt sie. Der Krieg fürchtet sich vor dem Schnee, flüstert der Vater. Ich fürchte mich auch, sagt Samira, sieht sich nach dem Vater um, sieht ihn nicht. Sie reitet den steilen Weg hinunter ins Dorf, wo die Menschen noch schlafen, reitet durch die leeren Gassen, vorbei an den Lehmhütten, der Schule, der Stelle, wo der nette Dalverkäufer im Sommer seinen Stand und seine Holzbänke aufstellt. Samira reitet hinaus auf die Felder, durch den hohen Schnee, bis zu den Bäumen, schiebt den Schnee beiseite, sammelt Äste und Holz, reitet zurück zu ihrem schrägen Dach aus Filz, lädt das Holz ab. Leise. Damit die Mutter und der einarmige Großvater nicht aufwachen.

Daria wacht auf, sieht ihren Tochtersohn, schließt die Augen, rührt sich nicht, damit Samira nicht weiß, dass sie wach ist. Samira stapelt die Äste und das Holz unter das schräge Dach, damit es den nassen, schweren Filz stützt, schultert ihr Gewehr, geht wieder hinaus, lässt den Hengst zurück, nimmt die anderen drei Pferde mit, reitet den steilen Weg zurück ins Dorf.

Was willst du tun?, fragt der unsichtbare Zuhörer.

Das Richtige. Ich werde das Richtige tun, sagt Samira.

Du bist nass bis auf die Knochen, sagt der nette Dalverkäufer. Zieh die Stiefel aus, komm ans Feuer, trink einen Tee.

Wenn ich jetzt keine Hilfe bekomme, sagt Samira, werden wir alle drei bald tot sein.

Mein armer Junge, sagt der nette Dalverkäufer. Ich habe selber nichts. Und die Wahrheit ist, den anderen Bewohnern geht es auch nicht anders. Sie wären nicht im Dorf geblieben, hätten sie das Geld, um in den Süden zu ziehen.

Aber irgendjemand muss mir helfen, sagt Samira.

Es gibt nur einen, sagt der nette Dalverkäufer. Leise. Obwohl gar kein anderer da ist, der ihn hören könnte. Es ist der eklige

Gemüseverkäufer. Er ist der Einzige, der Geld hat und trotzdem geblieben ist. Überall anders hat er zu viele Feinde. Er ist geblieben, weil er so viel Geld hat, dass er sich alles kaufen kann, weil er alles besitzt, was ein Mensch braucht, um selbst im härtesten Winter hier im Dorf zu überleben.

Ich weiß, was er macht, sagt Samira. Ich weiß, aus welchem Grund er reich ist.

Ich weiß, dass du es weißt, sagt der nette Dalverkäufer. Aber ich rate dir, mein Junge, sprich nicht darüber. Hörst du? Sag nichts. Sprich mit niemandem darüber. Halte dich fern von ihm. Er ist gefährlich.

Samira hat keine Wahl, geht trotzdem.

Ein Stall

Was willst du?, fragt der eklige Gemüseverkäufer.
Dir ein Geschäft vorschlagen, sagt Samira.
Der eklige Gemüseverkäufer kratzt seinen dicken Bauch,
lacht, sagt, du willst mir ein Geschäft vorschlagen? Verschwinde,
Lümmel. Es ist kalt, ich will zurück an meinen warmen Ofen.
Mir ist auch kalt, sagt Samira und lächelt.

Der eklige Gemüseverkäufer sieht Samira an, sieht die Gasse
rauf und runter, sieht, es ist kein anderer in der Nähe, sagt, also
gut, komm, wärme dich auf, und erzähl mir von deinem Geschäft.

Samira bindet die Pferde an, folgt dem ekligen Gemüseverkäufer, zieht am Eingang des Zimmers ihre nassen Stiefel aus,
hockt sich neben den bollernden Ofen auf den Boden, nimmt
ihr Gewehr von der Schulter, legt es in ihren Schoß, hält es fest.
Mit beiden Händen. Der eklige Gemüseverkäufer hockt sich
auf die Kissen neben Samira. Junge, deine Kleider dampfen.
Hier, trink einen Tee, sagt er und kippt selber den Rest aus
seinem Glas hinunter, sieht Samira an, schüttelt den Kopf. Du
siehst nicht gut aus.

Mir geht es aber gut, sagt Samira, starrt den bollernden Ofen
an, um den ekligen Gemüseverkäufer nicht ansehen zu müssen.

Im Sommer, als du die Ware zu meinem Bruder gebracht
hast, bist du hübscher gewesen. Hast du Hunger?
Nein, lügt Samira. Am Ende von allen Lügen, die Samira an

diesem Morgen sagt, lehnt der eklige Gemüseverkäufer sich nach vorn, kommt ganz nah an Samira heran, macht die Augen zu Schlitze und spricht mit einer Stimme, die voll von Gestank ist. Wie die Dinge auch immer sein mögen, mein Junge, damals im Sommer hätte ich viel Geld für dich bezahlt, heute gefällst du mir nicht mehr. Sieh dich an, du bist dünn wie eine Stange Zuckerrohr. Heute bist du so gut wie nichts mehr wert.

Samira zeigt ihre Angst, ihren Schrecken nicht. Es geht nicht um mich, sagt Samira, und wundert sich über ihre Stimme, die voll ist von Ruhe und Gelassenheit. Was willst du mit einem Jungen, der dünn ist wie eine Stange Zuckerrohr?

Um wen geht es dann?, fragt der eklige Gemüseverkäufer, kratzt sich den Bauch, zieht die Augenbrauen hoch. Dann kommt ein neuer Gedanke in seinen Kopf. Geht es um deinen kleinen Freund? Noch besser. Er leckt sich die Lippen, lehnt sich zurück, legt seine Hand auf seinen Schwanz, hält ihn, sagt, der hat mir sogar besser gefallen als du, mein Junge, wir sind im Geschäft, nenne mir deinen Preis.

Samira überlegt nicht lang, sagt, ich will einen Platz, der groß genug ist für mich, meine Mutter und meinen Großvater, genügend Lebensmittel und Holz, um durch den Winter zu kommen.

Der eklige Gemüseverkäufer schmunzelt, knetet seinen Schwanz, fragt, ist er das wert?

Samira sieht dem ekligen Gemüseverkäufer geradewegs in die Augen, sagt, es geht weder um mich noch um meinen Freund. Es geht um meine Pferde.

Der eklige Gemüseverkäufer lässt augenblicklich die Hände von seinem Schwanz. Bei Gott, wo hast du deinen Anstand gelassen? Diese Frechheit wirst du mir büßen.

Samira weiß nicht, wo sie all den Mut hernimmt, sagt, ich möchte dir meine Pferde verkaufen. Immerhin kann es nicht schaden, wenn ein Mann wie du, der seine Ware ins ganze Land schickt, ein paar gute und schnelle Pferde besitzt.

Der eklige Gemüseverkäufer macht seine Augen zu Schlitze, sagt, du glaubst wohl, du bist besonders schlau? Du denkst wohl, einer wie ich lässt sich von einem Lümmel wie du übers Ohr hauen. Sprich, Junge. Sag die Wahrheit. Du willst die Wahrheit? Ich werde dir die Wahrheit sagen. Die Wahrheit ist, ich mag dich nicht. Die Wahrheit ist, ich will meine Pferde nicht verkaufen. Die Wahrheit ist, ich werde sterben, wenn du mir nicht hilfst und meine Pferde nicht nimmst. Es ist aber auch wahr, dass meine Pferde viel mehr wert sind als ein Platz für mich, meine Mutter und meinen Großvater. Die Pferde haben meinem toten Vater, dem berühmten Kommandanten aus dem Hochland im Hindukusch gehört. Meine Pferde gehören im gesamten Hindukusch zu den besten *boskashi*-Pferden. Das ist die Wahrheit. Im Sommer kannst du die Pferde für sehr viel Geld verkaufen. Samira berührt ihr Amulett. Du hast die Macht zu entscheiden.

Der eklige Gemüseverkäufer schweigt, streicht seinen Bart glatt, sieht Samira an, denkt und überlegt, überlegt und denkt.

Samira sieht den ekligen Gemüseverkäufer an, sieht, dass er voll ist von Mitleid. Ein Mitleid, das schnell wieder verloren geht.

Der Stall, den er Samira für den Winter überlässt, ist zwar trocken, die Lehmmauern aber lassen eine Menge Kälte durch. Samira sieht gleich, das Holz, der Weizen, der Tee und die anderen Lebensmittel, die der eklige Gemüseverkäufer ihr gibt und dafür drei ihrer Pferde bekommt, wird nicht für den ganzen Winter reichen. Sie bittet, bettelt, schimpft, der Eklige hat kein Erbarmen, bleibt eklig. Entweder du bist einverstanden, oder das Geschäft findet nicht statt.

Samira ist einverstanden.

Du hast das Richtige getan, sagen die Mutter ohne Verstand und der einarmige Großvater.

Es dauert länger als den halben Tag, bis Samira und der einarmige Großvater ihre Bündel, die Körbe mit den Hühnern, die kaum noch Leben haben, die Fetzen nassen Filz, die vier langen Holzstangen, die Öllampe und sich selber durch den hohen Schnee in den Stall geschleppt haben. Am Ende vom ganzen Schleppen und durch den hohen Schnee stapfen ist es dunkel. Samira und der einarmige Großvater sind nass. Wasser tropft von ihnen herunter.

Daria sagt, Gott ist groß, er hat es bisher gerichtet, er wird es auch jetzt richten.

Ja, Gott hat es gerichtet, sagt Samira, sieht an sich herunter, ich bin dürr wie eine Stange Zuckerrohr. Samira lacht. Lacht, damit sie nicht weinen muss. Wie eine nasse Stange Zuckerrohr.

Daria zeigt ihre Angst nicht, will nicht sehen, wie dünn ihr Kind ist, sieht nur, Samira hat ihr Amulett verloren. Daria schweigt.

Der einarmige Großvater zündet die Öllampe an, dreht die Flamme herunter, damit sie nicht zu viel Öl verbraucht, sagt, wer weiß, ob es ihn überhaupt gibt.

Wer weiß, ob es wen gibt?, fragt Samira.

Ob es Gott gibt, sagt er.

Daria kramt und wühlt, sucht nach etwas, sagt nicht, was sie sucht.

Samira hockt sich an das kleine Feuer, was die Mutter gemacht hat, streckt ihre nackten Füße aus, zittert. Die Mutter legt eine Decke um die Schultern ihres Tochtersohnes. Die Decke ist feucht, wärmt nicht. Der einarmige Großvater legt noch ein Stück Holz ins Feuer. Es ist zu klein, das Feuer wird nicht größer, wird nicht wärmer. Der Hengst schnaubt, wiehert leise, sein Atem wird zu einer kleinen Wolke, bleibt in der kalten Luft hängen. Die Mutter legt ihre Hand auf die heiße Stirn ihres Kindes, der einarmige Großvater legt Steine ins Feuer, legt die heißen Steine zu seinem Enkel unter die feuchte Decke. Die Mutter legt sich zu ihrem Tochtersohn. Ganz nah, damit ihre eigene Wärme ihr kaltes Kind wärmt. Daria hat selber einen kalten Körper, kann den Körper ihres Kindes nicht wärmen.

Mein Kind stirbt, sagt die Mutter. Es ist meine Schuld. Es hat sein *ta-vis* verloren. Mein armes Kind hat sich geopfert. Und ich habe es zugelassen.

Dein Kind ist zäh, sagt der einarmige Großvater. Wenn er diese Nacht durchsteht, wird er es schaffen. Der einarmige Großvater legt seine Hand auf die Stirn seines Enkels, sagt, er verbrennt. Er verbrennt und erfriert zugleich.

Daria füllt ihren Topf mit Schnee, schmilzt ihn, bringt das Wasser zum Kochen und Brodeln. Gibt Tee in den Topf, hebt den Kopf ihres halb toten Tochtersohnes, träufelt heißen Tee in seinen Mund, findet ihren Verstand wieder, findet die Bilder von damals wieder. Die Bilder von ihrem Tochtersohn, wie er auf der Wiese hockt, sein Pferd sich ihm zu Füßen legt und seinen Kopf in seinen Schoß legt. Daria bindet den Hengst los, sagt, leg dich hin, gib deine Wärme meinem Kind.

Lass ihn, sagt der einarmige Großvater. Du hast deinen Verstand verloren. Pferde legen sich niemals auf den Boden.

Daria weiß es besser.

Der Hengst gehorcht, legt sich auf den Boden. Nah. Ganz nah an den kalten Körper von Samira. Daria reibt die kalten Füße ihres Kindes, betet zu Gott, dass sie das Amulett findet, legt noch ein Stück Holz ins Feuer, spricht zu ihrem Kind. Bleib am Leben, sagt sie, wer soll mich beschützen, wenn du stirbst?

Der einarmige Großvater sieht ins Feuer, schweigt, weint. Weint, bis die Nacht geht. Als der Tag kommt, wischt er die Tränen aus seinen Augen, wickelt sich in sein *patu*, geht. Bringt

den freundlichen Herrn Lehrer mit. Er hat eine trockene Decke, eine warme Jacke, ein trockenes Brot, eine Kanne Milch,
ein Buch, eine Flasche mit grünem Öl dabei. Der freundliche
Herr Lehrer öffnet die Flasche Öl. Zieh ihm das Hemd aus, wir
reiben seinen Rücken und seine Brust damit ein.

Daria zieht ihrem Tochtersohn das Hemd nicht aus, gibt Öl
in ihre Hand, schiebt ihre Hand unter das Hemd von Samira,
reibt ihre Brust, ihren Rücken damit ein, deckt sie mit der trockenen Decke zu, gibt die Milch in den Topf auf dem Feuer,
träufelt warme Milch in den Mund ihres Kindes. Daria sieht
die Bilder von damals, als sie ihre Brust, die voll von Milch gewesen ist, in den Mund ihres Kindes geschoben hat, die winzige Samira daran genuckelt hat, die Augen geschlossen.

Samira liegt da, die Augen geschlossen. Nur noch die Bilder
in ihrem Kopf sind voll von Leben. Es sind Bilder von damals.
Bilder vom Wind, der mit ihrem Haar spielt. Sie hockt vor
ihrem Vater auf seinem Hengst, er hält sie ganz fest, ganz
sicher, rast mit ihr, bis sie fliegt. Es ist das Bild, wie die Mutter
ihr das Amulett um den Hals bindet. Und es sind Bilder von
Bashir. Viele Bilder von Bashir und seiner Schwester Gol-Sar.
Die Bilder haben Leben.

Es ist wie damals, sagt der freundliche Herr Lehrer, der
Junge hat unter dem Baum in der Schule gelegen, ich habe
mein eigenes Lager neben seinem aufgeschlagen und habe ihm
jede Nacht vorgelesen. Der Junge hat geschlafen, trotzdem hat
er begriffen, dass ich ihm vorgelesen habe. Die Geschichten
haben ihn gerettet. Lest ihm vor, sagt der freundliche Herr Lehrer.

Er hat kein Leben in seinem Körper, sagt der einarmige
Großvater, welchen Nutzen hat es, wenn wir ihm vorlesen?

Daria, die ihren Verstand wieder gefunden hat, weiß, der
Lehrer spricht die Wahrheit, ihr Kind hört, auch wenn es kein
Leben in seinem Körper hat, die lebendigen Worte aus dem

Buch werden Leben in den halb toten Körper von Samira zurückbringen. Daria sieht den freundlichen Herrn Lehrer an, sagt, weder ich noch mein armer Vater können lesen.

Dann werden die anderen Jungen eben auf ihren Unterricht warten müssen, sagt der freundliche Herr Lehrer, schlägt sein Buch auf, liest. Liest, bis er in dem Gesicht seines Schülers sieht, er hört. Samira, die Halbtote, legt ihre Stirn in Falten, lächelt, bewegt die Lippen.

Daria küsst die Stirn ihres Kindes, reibt wieder seine Brust mit dem Öl ein, reibt seine Füße, seine Arme, sieht, die Hand ihres Kindes ist noch immer eine Faust.

Der freundliche Herr Lehrer liest die Geschichte von dem Mädchen und dem Kalb.

Das ist eine schöne Geschichte, sagt Daria.

Das ist sie, sagt der freundliche Herr Lehrer. Gott schafft den Menschen, Gott schenkt uns das Leben. Was wir daraus machen, ist jedem Menschen selber überlassen.

Viele Tage kommen und gehen, bevor der Atem in der Brust von Samira nicht mehr klingt, als wenn kleine und große Steine und Geröll den Berg herunterkullern, als endlich die Decken, Bündel und Kleider nicht mehr nass sind, als endlich der Stall die Wärme des Feuers und des Hengstes in sich aufnimmt, als es endlich im Stall nicht mehr so kalt ist, dass der Atem, der aus dem Mund von Samira kommt, eine Wolke wird und in der Luft steht. Samira richtet sich auf, sieht sich um, lächelt, lehnt ihren Rücken, der voll ist von Schmerz, an die Wand, bittet ihre Mutter um einen Faden aus ihrem Kleid, öffnet ihre Faust, zieht den Faden durch ihr *ta-vis* und bindet es sich um den Hals.

Ich dachte, du hast es verloren, sagt Daria.

Ich werde es nicht verlieren. Es wird bei mir bleiben, solange ich es brauche.

Noch viele Tage und Nächte müssen kommen und gehen,

bevor Samira nicht mehr dürr ist wie eine Stange Zuckerrohr. Noch viele Tage und Nächte müssen kommen und gehen, bevor Samira wieder in den Unterricht gehen kann. Die meisten anderen Jungen sind mit ihren Familien in den warmen Süden gezogen. Nur wenige sind geblieben. Im Sommer mag Samira es nicht, in dem kleinen, stickigen Zimmer dicht an dicht mit den vielen anderen Jungen auf dem Boden zu hocken. Aber jetzt, wo nur ein paar Jungen in den Unterricht kommen und es draußen eisig ist und jeden Tag neuer Schnee vom Himmel fällt, jetzt, wo der kleine Ofen in der Mitte des Zimmers bollert und es warm macht, findet Samira es schön, im Zimmer zu hocken und zu lernen, was es zu lernen gibt. Bis heute war Unterricht ein Sommerwort, sagt Samira und lächelt. Seit diesem Winter ist Unterricht ein Winterwort geworden.

Samira liest, schreibt, spricht Worte und Sätze nach, stellt tausendundeine Frage. Sie hört Geschichten von Menschen, die frei sind und sagen können, was sie wollen. Der freundliche Herr Lehrer sagt, es gibt Orte, wo Frauen, genauso viel wert sind wie Männer, wo es keine Schande ist für einen Mann, wenn seine Kinder keine Söhne werden. Der freundliche Herr Lehrer sagt, es gibt Orte, wo Männer bestraft werden, wenn sie Kinder hauen, wenn sie Frauen verprügeln.

Was ist Glück?, fragt Samira. Was ist Hass? Was ist Zufriedenheit? Was ist Liebe? Wo ist Gott? Wo ist der Teufel? Samira fragt, was ist ein Pilot?

Samira mag den Winter.

Wann immer sie kann, reitet sie durch den hohen Schnee. Wenn ich das Pferd nicht bewege, sagt Samira, wird er schwach werden. Er wird krank werden, wird sterben. Komm mit, sagt Samira zu ihrer Mutter. Es ist auch für dich nicht gut, wenn du den ganzen Tag und die ganze Nacht hier im Stall hockst. Ich habe Angst, dass du deinen Verstand wieder verlierst.

Die Leute werden über mich reden, sagt Daria. Sie werden sagen, was ist das für eine Frau, die in den Straßen herumschlendert, als wenn sie kein Zuhause hat? Die Leute werden sagen, Daria ist eine schlechte Frau.

Samira zuckt die Schultern. Du hast kein Zuhause. Was kümmern uns die Leute und ihr Gerede? Der Stall ist mein Zuhause. Es ist der Stall der Leute. Die Leute sind wichtig für uns, sagt Daria. Du gehst in die Schule der Leute. Wir essen das Brot der Leute. Die Leute mögen es nicht, wenn deine Mutter keine Ehre hat.

Es sind keine Leute unterwegs, sagt Samira. Niemand wird dich sehen.

Irgendjemand ist immer unterwegs. Lass mich. Es ist besser so. Daria spricht leise, reißt die Augen auf. Männer sind gekommen, haben sich auf mich gestürzt. Daria starrt ihren Tochtersohn an, mit einem Blick, der seinen Verstand verloren hat, sie nickt und nickt. Ich bin eine Frau, meine Ehre muss beschützt werden.

Samira lässt die Mutter.

Dann komm du mit, sagt sie zum einarmigen Großvater.

Der alte Mann hockt und liegt den ganzen Tag am Feuer, döst vor sich hin, zieht die Beine an, streckt sie aus, dreht sich auf die eine und auf die andere Seite. Sieh mich an. Willst du mich umbringen? Der einarmige Großvater lacht. Es ist ein Lachen, mit dem er seinem Enkel die Sorge nehmen will. Ein Lachen, das schnell verloren geht. Ich bin alt und krank, ich habe keine Kraft, es ist kalt, meine Kleider sind von Anfang an dünn gewesen, jetzt sind sie verschlissen, ich werde sterben, wenn ich hinausgehe.

Du wirst nicht sterben, sagt Samira. Ich werde dich beschützen.

Jeder muss sterben, sagt der einarmige Großvater.

Ein paar Tage später kommt Samira mit einem Bündel in

den Stall. Sie hat bei den Leuten um Anziehsachen für den einarmigen Großvater gebettelt.

Die Leute sind gut, sagt Daria. Sie sind gut, solange wir ihnen keinen Grund geben, nicht mehr gut zu sein. Es ist gut, dass ich den Stall nicht verlasse und den Leuten keinen Grund gebe, schlecht über uns zu denken. Zu denken, die Mutter von Samir ist eine schlechte Frau.

Vielleicht ist es so, sagt Samira, sieht den leeren Stoffärmel des einarmigen Großvaters, der nutzlos herumhängt, sagt, ich schneide ihn dir ab.

Lass nur, sagt der einarmige Großvater. Wenn wir den Stoff abschneiden, wird dein Arm frieren, wenn eines Tages du meine warmen Kleider tragen wirst.

Ich habe die Sachen für dich besorgt, sagt Samir. Ich werde sie nicht tragen.

Komm her, mein Junge, sagt der einarmige Großvater, nimmt seinen Enkelsohn in den Arm, sieh dich an. Es wäre gut gewesen, wenn du für dich selber auch neue Kleider mitgebracht hättest. Deine *shalvar* ist so kurz, ich kann deine Knöchel sehen, die Ärmel von deiner *kamiz* sind so verschlissen, ich kann deine Ellbogen sehen.

Samira und der einarmige Großvater stehen lange so da, sagen nichts. Am Ende vom langen Halten und Schweigen sagt der einarmige Großvater, du bist größer, stärker als ich. Und du hast einen Arm und eine Hand mehr als ich. Du bist ein richtiger Mann.

Samira genießt die einarmige Umarmung des Großvaters, die sich anfühlt wie eine Umarmung mit vier Armen.

Lass dich niemals, von nichts und niemandem aufhalten. Gehe aufrecht. Glaube niemals, eine Aufgabe, ein Weg, eine Entscheidung ist zu groß für dich. Gleichgültig, wie weit dein Weg sein wird, wenn du glaubst, es ist der richtige, gehe ihn.

Samira überlegt, aus welchem Grund der einarmige Großvater so viele wichtige Worte spricht.

Und jetzt mein Junge, jetzt, wo ich neue Kleider habe, wollen wir den netten Dalverkäufer besuchen und so viel Dal und
Reis essen, wie in unsere hungrigen Bäuche passt.

Wir haben kein Geld, sagt Samira.

Er wird es uns schenken.

Der nette Dalverkäufer freut sich, als er Samira und den
einarmigen Großvater sieht. Die drei hocken auf dem Boden,
neben dem Ofen, der gemütlich bollert und ihnen seine
Wärme schenkt, trinken Tee, der nach richtigem Tee schmeckt,
reden über alles und nichts, lachen, erzählen von besseren Zei-
ten.

Bis jetzt war Dal ein Sommerwort, sagt Samira, jetzt ist es
auch ein Winterwort.

Der einarmige Großvater lacht und sagt, sieh nur, wie schlau
mein Enkelsohn ist. Er wird nicht, wie du und ich, in diesem
kleinen Dorf bleiben, bis er alt ist, er wird in die große, weite
Welt hinausgehen und seinen Weg machen. Nichts und niemand wird ihn aufhalten.

Der nette Dalverkäufer sieht seinen alten, einarmigen
Freund an, will lächeln, kann nicht.

Wer weiß, sagt der einarmige Großvater, eines Tages wirst
du an deinem Karren stehen, Dal kochen, in den Himmel
sehen, und einer dieser silbernen großen Vögel fliegt über
unser Dorf. Wer weiß, vielleicht ist es mein Enkel, der in einem
dieser Vögel sitzt und ihn über unser Dorf und deinen Dal-
karren fliegt.

Ich werde zum Himmel zeigen und sagen, seht her. Das ist
Samir, der Enkelsohn von meinem ehrenwerten Freund, Mahfous dem Haarschneider, dem Mann, dem ich viel verdanke
und schulde. Dem Mann, mit dem ich im Krieg gewesen bin.

Der einarmige Großvater sieht den netten Dalverkäufer an.

Du bist mir ein wahrer und aufrechter Freund. Und ich habe einen Wunsch. Ich bitte dich, dass du auch meinem Enkelsohn ein ebenso guter Freund sein wirst. Und so wie du mir niemals deine Hilfe verwehrt hast, hoffe ich, dass du sie auch ihm niemals verwehren wirst.

Der einarmige Großvater lacht, und vergiss nicht, mein Freund, sieh in den Himmel, wenn der silberne Vogel kommt.

Samira, der einarmige Großvater und der nette Dalverkäufer lachen noch, als der einarmige Großvater seinen einen Arm um Samira legt, sie an sein Herz drückt und hält. Ganz nah. Ganz fest. Nicht mehr lacht, schwer wird. Sein Arm rutscht, sein Kopf fällt in den Schoß von Samira, bleibt liegen. Wie ein Kind. Wie Samira, die ihren Kopf in den Schoß der Mutter gelegt hat. Damals, als ihr Vater unter den Erdhügel gegangen ist. Samira lacht, streicht über das weiße Haar ihres einarmigen Großvaters, sieht den netten Dalverkäufer, sieht, dass er nicht mehr lacht.

Der einarmige Großvater rührt sich nicht mehr. Nie mehr. Damals war es der Vater von Samira, der gestorben ist. Jetzt ist es der Vater von Daria, der gestorben ist.

Er hat gewusst, dass er sterben wird, sagt Daria. Dass es sein letzter Tag ist. Er ist gegangen, um nicht im Stall bei uns zu sterben. Er hat dich zum netten Dalverkäufer mitgenommen, um seinen Freund an seine Verantwortung zu erinnern. Er ist zum Sterben zum netten Dalverkäufer gegangen, weil er wollte, dass der sich um die Totenwäsche, um den Mullah, um die Beerdigung kümmert.

Er ist zum netten Dalverkäufer gegangen, um so viel Dal und Reis zu essen, wie in seinen Bauch passt, sagt Samira. Er ist zum netten Dalverkäufer gegangen, um zu lachen.

Daria sieht ihren Tochtersohn an, streicht die Narbe über ihrem Auge. Eine Kruste hat sich um dein Herz gelegt.

Samira lächelt. Ein Lächeln, das zum Weinen wird.

Die Tage und Nächte kommen und gehen. An jedem Morgen wacht Samira auf, sieht den leeren Großvaterplatz neben sich, hört seinen Atem nicht mehr, spürt seinen einen Arm noch auf ihrer Schulter, hört sein Herz nicht mehr. Alle Bilder, alle Erinnerungen drehen sich, vermischen sich, werden zum klebrigen, stinkenden Klumpen.

Zuerst kommt nur eine Schmerzschlange in den Bauch von Samira, dann kommt die Angstschlange, dann die Trauerschlange, und zum Schluss kommt auch noch eine vierte Schlange. Die letzte kennt Samira nicht. Die Schlangen schlängeln sich in ihrem Körper rauf und runter, lassen ihr keinen Platz zum Denken, zum Atmen. Samira geht nicht in den Unterricht, bleibt liegen, schläft, wacht auf, krümmt sich vor Schmerz, schreckt hoch, weil sie die Stimme vom einarmigen Großvater, die ihres Kommandantenvaters, die von Bashir und Gol-Sar hört. Samira lauscht. Es ist still. Nur der Hengst, die Mutter und ihr Feuer sind im Stall. Der einarmige Großvater ist nicht da. Bashir ist nicht da.

Samira schleppt ihren Körper, der voll ist von Schmerz und den vier Schlangen, vor den Stall. Alles ist still. Alles ist dunkel. Sie hockt sich in den kalten Schnee, blickt in den Himmel. Die Kälte tut gut, lindert den Schmerz, macht, dass die vier Schlangen in ihrem Bauch still werden. Samira lehnt den Kopf an die Lehmwand, erlaubt der Kälte in ihren Körper, in ihre Knochen zu steigen. Erst als der Schmerz nicht mehr beißt, als die vier Schlangen nicht mehr schleichen, als ihr Körper steif und nass ist, will Samira in den Stall zurück, sieht, dort, wo sie gehockt hat, ist der Schnee rot. Rot wie Blut. Blutroter Schnee. Es ist das Blut von Samira. Samira weiß, die vierte, die unbekannte Schlange ist die Blutschlange, und sie ist schuld an dem Blut im Schnee.

Noch ein Unglück, sagt Daria. Das Amulett hat dich nicht beschützt. Das Blut macht dich zur Frau. Als dein Vater ge-

storben ist, ist deine Stimme gekommen, jetzt, wo dein Großvater gestorben ist, kommt dein Blut.

Warum muss ich bluten, um eine Frau zu werden? Warum
muss ich überhaupt eine Frau werden? Was muss geschehen,
damit ich ein richtiger Mann werde? Warum ist das Gottes
Wille? Warum kann ich nicht einfach der Mensch sein, der ich
sein will? Samira hockt vor ihrer Mutter, hat tausendundeine
Frage. Daria spricht und spricht. Gibt tausendundeine Antworten. Samira bekommt keine Antwort. Nicht eine.

Samira küsst ihre Mutter auf die Stirn, zieht ihre Stiefel an,
schultert ihr Gewehr, geht aus dem Stall, springt auf ihr Pferd,
reitet aus dem Dorf hinaus. Der Schnee ist hoch, Samira
kommt nur langsam voran. Am Bach, der von Eis bedeckt ist,
hockt sie sich hin, blickt dem Mond in sein helles, kaltes Gesicht, weiß, die Mutter spricht die Wahrheit, es wäre ihr Tod,
würde sie ihr wahres Gesicht zeigen. Samira hockt im Schnee,
spielt ihre Flöte und kehrt erst ins Dorf zurück, als die Sonne
ihr erstes Licht über den Berg wirft.

Samira kramt ihr Vaterbündel hervor.

Daria hat es gesehen. An dem Tag, an dem ihr Kommandant
unter den Erdhügel gegangen ist, ist Samira an den Bach gegangen, ist lange dort geblieben. Daria ist ihr gefolgt, hat gesehen, wie ihre nackte Tochter sich in den Bach legt und mit dem
Wasser spricht. Als sie vom Bach zurückgekommen ist, hat sie
ein Bündel unter dem Arm gehabt. Daria hat gewusst, der Tag
wird kommen, an dem Samira ihr sagen wird, was darin ist.

Vier Knoten hat Samira geknotet. Einen für sie selber, einen
für die Mutter, einen für den Kommandanten, einen für die
Kinder, die ihre Mutter nicht aus ihrem Körper gezogen hat. In
all den Sommern und Wintern, die gekommen und gegangen
sind, hat weder Samira noch die Mutter, noch der einarmige
Großvater die Knoten jemals geöffnet. Samira zieht und zerrt
an den Knoten, bekommt sie nicht auf, schiebt die Sichel unter

die Knoten, reißt, schneidet, zerrt, bis das Bündel geöffnet ist. Es sind die Stiefel ihres toten Kommandantenvaters darin, sein Dolch, seine kleine Peitsche für das *boskashi*-Spiel und ein Kleid. Ein Kleid, schön wie ein Feld voll von Blumen, aus dickem, festem, warmem Stoff.

Mein Vater hat gesagt, der Tag wird kommen, an dem ich wissen werde, was ich mit diesen Sachen zu tun habe, ich werde wissen, welche ich für mich benötigen werde. Er hat gesagt, das wird der Tag sein, an dem ich eine Entscheidung treffen werde.

Der Tag ist gekommen, sagt Samira.

Ich weiß, sagt Daria.

Samira zieht die Vaterstiefel an, steckt den Dolch in ihren Gurt, schiebt die Peitsche in ihren Stiefel, gibt der Mutter das bunte Blumenkleid. Das brauche ich nicht, sagt sie. Du sollst es tragen.

Samira in ihren Vaterstiefeln und Daria in ihrem Tochterkleid hocken vor dem Feuer, sehen zu, wie die Fetzen von Darias altem Kleid von den Flammen aufgefressen werden.

Lass es brennen, sagt Samira.

Dein Vater lebt in diesem Stoff weiter, sagt Daria. Seine Berührungen, sein Duft und sein Atem leben darin.

Lass es brennen.

Ich habe sein Blut mit diesem Kleid weggewischt. Das Gewicht von seinem und deinem Kopf ist in diesem Kleid. Ich habe das Brot in meinem Kleid getragen, wenn ich es zu ihm aufs Feld gebracht habe. Seine Liebe hat zwischen den Fäden gelebt. Ich habe deine und seine Tränen damit getrocknet. Seine und deine Wunden damit gewischt. Du hast zwischen den großen Falten meines Kleides gelegen, wenn du krank gewesen bist.

Es brennt, sagt Samira, und mit ihm brennen alle Sünden und jede Schuld. Lass es brennen.

Ich war noch ein kleines Mädchen, als ich den roten Stoff

eigenhändig gewebt habe, sagt Daria. Das Klack-Klack des Webstuhls ist in meinen Ohren. Jedes Mal, wenn ich das kleine Holzstück mit den bunten Fäden durchgezogen habe, habe ich zu Gott gebetet, er möge mir einen Mann schicken, der gütig ist. Einen Mann, der mich ehrt und achtet.

Hat er das getan?, fragt Samira.

Einen ganzen Sommer hat es gedauert, bis der Stoff endlich fertig war, sagt Daria.

Hat dein Mann dich geachtet?, fragt Samira.

Ich habe den Stoff im Bach gewaschen. Der Stoff hat sein Blut verloren, hat das Wasser blutrot gefärbt. Die anderen Mädchen haben die Hand vor den Mund gehalten und gekichert und gesungen. Bald wird unsere schöne Daria mit den Mandelaugen eine Frau. Ihr Blut fließt in den Bach und wird seinen Weg finden zu dem Mann, der seine Spur aufnehmen und Daria und ihren bunten Hochzeitsstoff finden und sie heiraten wird.

Lass es brennen, sagt Samira.

Ich habe den Stoff zu einem Kleid genäht, habe Spiegel und Perlen darauf gestickt. Spiegelscherben, die mich gegen den bösen Blick schützen sollten, sagt Daria.

Hat mein Vater dich beschützt?, fragt Samira.

Während ich die Spiegel in den Stoff eingefasst habe, habe ich mein eigenes Gesicht gesehen. Tausendundein Mal. Ich habe meine Hoffnung gesehen, meine Zukunft. Mit jeder Perle, die ich auf mein Kleid genäht habe, habe ich einen Wunsch geäußert und Gott gebeten, er möge ihn erhören.

Hat er deine Wünsche erhört?, fragt Samira.

Ich habe dieses Kleid getragen, als dein Vater mich geheiratet hat, als er mich zur Frau gemacht, als er mich zur Mutter gemacht, als er mich zur Witwe gemacht hat.

Lass es brennen.

Alles brennt, sagt Daria. Das Schlechte und das Gute.

Lass es, sagt Samira.

Mein neues Kleid ist bunt, sagt Daria. In meinem neuen Kleid ist nichts von ihm. Weder seine Tränen noch sein Schmerz, weder seine Worte noch seine Liebe. Weder meine Wünsche noch meine Gebete.

Noch die Schuld, die er dir gegeben hat, sagt Samira. Lass es brennen, schenk es dem Feuer.

Ich lasse es brennen, sagt Daria. Alles das und noch viel mehr.

Eine Verlobung

Seit der Winter wieder gegangen ist und Samira und ihre Mutter in das Hochland in den Bergen zurückgekommen sind, hockt Samira an jedem Tag auf ihrem Felsen und wartet darauf, dass ihr Freund Bashir und seine Schwester Gol-Sar wieder in die Ebene und zu ihr zurückkommen.

Samira ist voll von Glück, weil sie selber und ihre Mutter den harten Winter überlebt haben. Sie ist ohne Glück, weil der einarmige Großvater gestorben ist. Sie ist voll von Glück, weil er gelacht hat, als er gestorben ist. Samira ist ohne Glück, weil die Mutter den ganzen Winter lang eingesperrt im Stall gewesen ist und noch mehr von ihrem Verstand verloren hat. Sie ist voll von Glück, weil sie in den Unterricht gegangen ist und viel Neues und Wichtiges gelernt hat. Andererseits weiß sie jetzt, dass es so vieles gibt, was sie niemals wissen kann, weil der Rest der Welt mit seinem ganzen Wissen und Reichtum so weit weg ist von ihrem Dorf, den Bergen und ihrem Hochland im Hindukusch. Das Herz von Samira wird noch immer eng, weil sie ihren Azad und die anderen beiden Pferde abgeben musste, um durch den Winter zu kommen. Sie ist voll von Glück, weil sie den Vaterhengst behalten konnte. Samira ist ohne Glück, weil ihr Blut, was sie zur Frau macht, gekommen ist, sie ist voll von Glück, weil es gekommen ist und sie die Entscheidung getroffen hat, endlich die Vaterstiefel zu tragen und ein Mann zu sein. Ein richtiger Mann. So ist der Winter gegangen, und Samira ist halb voll von Glück und halb ohne Glück.

Seit sie wieder in ihrem Hochland zurück ist, gewöhnt Samira sich immer mehr daran, auf die Jagd zu gehen, Tiere zu töten, ihr Blut zu vergießen. Am Anfang essen ihre Mutter und sie das meiste erbeutete Fleisch, den Rest bringt Samira ins Dorf hinunter und verschenkt es. Dem freundlichen Herrn Lehrer und dem netten Dalverkäufer, den Familien der anderen Jungen aus dem Unterricht, sogar dem ekligen Gemüseverkäufer.

Der Metzger schlägt Samira ein Geschäft vor. Sie verkauft ihm das geschossene Wild und verdient genügend Geld, um das Nötigste für sich und ihre Mutter zu kaufen. Fett, Tee, Weizen, sogar ein Zelt. Es ist kein großes und auch kein neues Zelt, aber ihre Mutter und sie selber haben genügend Platz darin.

Samira hockt auf ihrem Felsen, spielt ihre Flöte, sieht zum Weg. Gerade denkt sie, vielleicht kommen die anderen *kutshi* nicht mehr zurück, vielleicht hat der verdammte Krieg sie gefressen, vielleicht hat die Dürre ihre Tiere und sie elendig verrecken lassen, da hört sie endlich die Rufe der Männer und das Gebell der Hunde. Endlich hört Samira das Schnauben der Pferde, das Klappern ihrer Hufe, sie sieht den Staub, den sie aufwirbeln, die Vögel im Himmel, die die Rückkehr der *kutshi* ankündigen und begleiten. Endlich sind sie wieder zurück.

Samira springt vom Felsen, schwingt sich auf den Rücken ihres Hengstes, reitet den anderen Nomaden entgegen. Bereits von weitem erkennt sie die Familie von Kommandant Rashid, mitten drin das gelbe Tuch und die weiten, bunten Röcke von Gol-Sar. Sie ist größer und schmaler geworden, bewegt sich auf eine Art, die Samira nicht kennt. Gol-Sar rennt und hetzt nicht mehr, wie sie es vor dem Winter getan hat, sie schwingt ihre Hüfte, bewegt die Arme mit ruhigen großen Gesten, nicht wie ein Mädchen, wie eine Frau. Eine richtige Frau. Samira weiß, wie bei ihr selber ist auch bei Gol-Sar das Frauenblut gekommen. Bereits aus der Ferne erkennt Samira, der Kommandant hat die Hälfte seiner Schafe, Ziegen, Kamele, Esel, Maultiere und seinen geraden, stolzen Rücken verloren. Samira sieht all das und noch viel mehr. Nur eines sieht sie nicht. Ihren Freund Bashir.

Das ganze Land ist trocken, sagt Gol-Sar. Sieh dir unsere Tiere an, sie sind mager und schwach. Wir haben viele von ihnen verloren. Wir brauchen Geld. Die Ausländer zahlen gut, wenn man für sie kämpft. Bashir ist geblieben, er kämpft für sie.

Samira will nicht glauben, was sie hört, will in den Süden reiten, ihren Freund suchen, ihn zurückbringen in seine Heimat, in sein Hochland, zu ihr.

Bashir kämpft? In welchem Krieg? Was geht es Bashir an, wenn die Ausländer gegen die Taleban kämpfen? Es ist nicht der Krieg von Bashir. Spricht Bashir die Sprache der Ausländer? Was sind das für Ausländer? Woher kommen sie? Warum kämpfen sie gegen die Taleban? Bashir und ich brauchen das Geld der Ausländer nicht, wir können hier genügend verdienen. Wir können für den ekligen Gemüseverkäufer Opium verkaufen. Wir können jagen und das Fleisch und das Fell verkaufen. Wir können Fische fangen und sie im Dorf verkaufen.

Gol-Sar lächelt nicht, ihr Blick ist ohne Leben, als sie sagt, wie auch immer die Dinge sind, du siehst es, dein Freund ist nicht da.

Samira hilft Kommandant Rashid, seine Zelte aufzubauen, die Pferde zu versorgen, sie geht auf die Jagd, schenkt ihm Fleisch, geht zum Bach, kommt mit frischen Fischen zurück, die Tage kommen und gehen, die Sehnsucht im Herzen von Samira geht nicht. Sie vermisst ihren Freund, vermisst es, seine Stimme zu hören, mit ihm auf dem Felsen zu liegen, in die Berge zu gehen, am Bach zu hocken.

Gott ist gnädig, sagt Kommandant Rashid. Bis Bashir wiederkommt, wirst du mir meinen Sohn ersetzen.

Ich werde in den Süden reiten, sagt Samira, und werde ihn zurückbringen. Es gibt hier genügend Arbeit, genügend Geld. Genügend von allem. Nicht für so viele Menschen, wie ich ernähren muss, sagt Kommandant Rashid. Sei nicht töricht, Junge. Selbst wenn du es bis in den Süden schaffen solltest, du würdest ihn niemals finden. Der Süden ist unermesslich groß. Tausende Ausländer sind dort. Sie erschießen jeden, den sie nicht kennen. Sie haben große, schwere Waffen, mit denen sie den Feind aus einer Entfernung treffen, die von hier bis hinunter ins Tal reicht. Sie haben Flugzeuge, aus denen sie Raketen und Bomben abwerfen.

Er wird wiederkommen, sagt Gol-Sar, sieht Samira in die Augen, legt ihre Hand auf ihren Arm, sieht den Blick ihres Vaters, nimmt ihre Hand rasch wieder weg, senkt ihren Blick, sagt, er wird kommen. Ich weiß es. Hab Geduld.

Los, Mädchen. Der Kommandant stemmt die Arme in die Hüfte. Geh an den Bach, hol Wasser und koch uns einen Tee. Ich habe etwas mit Samir zu sprechen.

Gol-Sar gehorcht, nimmt den Kessel, geht an den Bach, hockt sich hin, ihre Füße spielen mit dem Wasser und den Steinen im Bachbett, dabei lächelt sie, summt und ist voll von Glück. Sie weiß, was der Vater mit Samir zu sprechen hat. Den ganzen langen Winter hindurch hat sie mit ihrem Bruder darüber gesprochen. Sie hat ihm vertraut, hat ihm erzählt, wie es in ihrem Herzen aussieht. Hat ihren Bruder angefleht, mit dem Vater zu sprechen. Den ganzen Winter hindurch hat Bashir seiner Schwester zugehört, hat sie ausgeschimpft, hat ihr gesagt, sie soll ein anständiges Mädchen sein, soll Geduld haben, hat sie getröstet. Bashir hat seine Schwester angesehen und hat gewusst, es ist zu spät. Die Schwester hat ihr Herz verloren. An seinen eigenen Freund. An Samir.

Kommandant Rashid sagt, du bist meinem Sohn ein guter

Freund geworden. Er hat viel gelernt von dir. Erst durch dich ist er ein richtiger Junge und zum Schluss ein richtiger Mann geworden. Mein Sohn respektiert und achtet dich. Es wäre nicht übertrieben, wenn ich sage, er liebt dich mehr, als man einen Freund lieben kann. Bashir liebt dich wie einen Bruder. Freundschaft zwischen Männern ist heilig. Nichts und niemand kann sie ersetzen. Ein Freund ist der größte Schutz, den ein Mann haben kann. Er ist ein Bruder, den man selbst gewählt hat.

Samira spielt mit dem Zaumzeug ihres Hengstes, sieht den Kommandanten an, sieht ihn nicht an, blickt in die Ferne, sieht ihm in die Augen, hört seine Worte, versteht sie, versteht sie nicht, sagt, wer einen guten Freund hat, braucht keinen anderen Menschen in seinem Leben.

Kommandant Rashid streicht seinen Bart glatt, lacht, sagt, an diesem Punkt irrst du. Denn gleichgültig, wie nah auch immer du deinem Freund stehst, jeder Mann braucht eine Frau, die ihm Söhne gebärt. Der Vater von Bashir lacht. Mancher Mann braucht gar mehr als nur eine Frau.

Samira weiß nicht, wohin sie ihren Blick richten soll, sieht Gol-Sar, die vom Bach zurückkommt, sie hält den Kessel vor ihren Bauch, schwingt ihre Röcke, lächelt, geht ins Zelt, kommt wieder heraus, stellt den Kessel auf das Feuer, kommt nicht zu Samira und ihrem Vater, bleibt am Feuer hocken, sieht zu Samira und Kommandant Rashid herüber und hört nicht auf zu lächeln.

Der Kommandant sieht den Blick von Samira, sagt, die Zeit ist ein Teufel. Sie kommt und geht so schnell, dass man sich beeilen muss, um überhaupt noch mitzubekommen, was um einen herum geschieht. Der Kommandant lächelt. Als du zu uns ins Hochland gekommen bist, bist du so klein gewesen, sagt er und zeigt mit der Hand, wie klein Samira gewesen ist.

Samira versteht nicht, was das ganze Gerede soll.

Bashir und meine Tochter waren auch nicht viel größer. Ihr

habt viel Zeit miteinander verbracht. Kein Rechtschaffender und Gläubiger hätte mir einen Vorwurf daraus machen können. Aber nun bist weder du ein kleiner Junge, noch ist Gol-Sar ein kleines Mädchen. Es ziemt sich nicht, und Gott sieht es nicht gern, wenn eine junge Frau mit einem jungen Mann allein ist. Gott bewahre uns davor. Die Leute werden reden, sie könnten denken, ich hätte keine Ehre.

Samira sieht Gol-Sar an, sieht den Kommandanten an, fragt, heißt das, ich soll sie nicht mehr sehen?

Nein, mein Junge. Sei ohne Sorge, sagt der Kommandant.

Ich bin ohne Sorge, sagt Samira. Wenn du es nicht willst, werde ich mich in Zukunft von deiner Tochter fern halten. Deine und ihre Ehre sind auch meine Ehre.

Der Kommandant lächelt, sagt, du bist wie mein eigenes Fleisch und Blut, und du hast mein volles Vertrauen.

Samira weiß nicht, aus welchem Grund Kommandant Rashid so viele wichtige Worte spricht.

Ich weiß, du besitzt keinen Reichtum, sagt der Kommandant. Ich weiß aber auch, du bist fleißig, aufrichtig und ehrlich. Ich weiß, du bist ein Kämpfer und erreichst, was du erreichen willst.

Am liebsten will Samira aufstehen und weglaufen.

Ich weiß, du bist allein auf dieser Welt und hast niemanden, der für dich spricht. Der Kommandant richtet sich auf, streicht seinen glatten Bart noch glatter, lächelt, sagt, ich möchte dir gestatten, mein Kind zu heiraten.

Was soll ich machen?, fragt Samira und merkt, wie alles Blut aus ihrem Körper in ihren Kopf rast.

Kommandant Rashid lacht nicht, sagt, zunächst werdet ihr verlobt sein, bis du eine richtige Arbeit gefunden hast, ein richtiges Zelt für dich und deine Braut kaufen kannst. Einen Teil deines Geldes wirst du bei mir verdienen. Ich möchte, dass du meine Pferde für das Spiel vorbereitest.

Samira nickt und nickt und weiß nicht, aus welchem Grund sie nickt.

Ich werde heiraten, sagt Samira zu ihrer Mutter.

Was wirst du tun?, fragt Daria, sieht ihren Tochtersohn an. Du hast deinen Verstand verloren.

Kommandant Rasid hat es klar und deutlich gesagt, er will, dass ich Gol-Sar heirate. Samira sieht ihre Mutter an und lacht. Zuerst ist es ein leises Lachen, dann wird es lauter und lauter, dann verliert es den Verstand und wird zum Weinen.

Vielleicht sollten wir fliehen, sagt Samira.

Vielleicht sollten wir das tun.

Vielleicht sollte ich einfach heiraten.

Vielleicht solltest du das tun.

Vielleicht sollte ich auf meinen Felsen gehen und Gott bitten, mir eine Antwort zu geben.

Bitte dein Amulett, dir zu helfen, sagt Daria.

Samira packt das frische, warme Brot ein, das ihre Mutter gerade aus dem Ofen gezogen hat, schwingt sich auf den Rücken ihres Hengstes, galoppiert los. Sie treibt ihren Hengst an, dass er laut schnauft, seine lange Mähne im Wind weht wie eine Fahne, dass er seine Hufe polternd aufstampft, als wollte er sie in die Erde rammen, dass keines seiner vier Beine die Erde berührt. Die Zelte der anderen Nomaden, ihre Tiere, die Nomadenkinder, Sträucher, Felsen, der Bach, alles verschwimmt. Die Welt ist ein buntes Gemisch aus Farben und dem Poltern der Hufe, dem Schnaufen des Hengstes, dem Atem von Samira. Sie fliegt vorbei an den Rufen der Männer und Jungen. *Salam. Samir. Zende bashi. Koja miri?* Sei gegrüßt. Samir. Mögest du leben. Wohin gehst du?

Samira antwortet nicht, will nicht, dass die Leute ihre Angst sehen. Sie beugt sich tief über den Hals ihres Hengstes, krallt sich in seine Mähne. Samira und ihr Hengst kleben aneinander, sind eins. Halb Tier. Halb Mensch.

Den Rest des Tages und die Hälfte der Nacht liegt Samira auf ihrem Felsen und denkt und denkt und findet keine Antwort auf die Frage, was sie zu tun hat. Als Samira in der Dunkelheit Schritte hört, muss sie nicht fragen, zu wem sie gehören. Was tust du hier?

Ich will dich besuchen, sagt Gol-Sar.

Dein Vater wird uns erschießen.

Wir sind verlobt.

Wir sind aber noch nicht verheiratet. Es ist mir verboten, dich ohne *mahram* zu sehen, mit dir allein zu sein. Verboten. Verstehst du?

Willst du nicht mit mir verlobt sein?

Samira zuckt die Schultern. Ich bin anders, als du denkst.

Ich weiß, wie du bist.

Samira blickt Gol-Sar direkt in die Augen. Niemand weiß, wer ich wirklich bin.

Gol-Sar steht unter dem Felsen, streckt ihre Hand aus, sagt, hilf mir. Für mich ist es gleichgültig, wer du wirklich bist. Ich sehe dich so, wie ich dich sehe. Sie senkt ihren Blick, sagt, und ich mag dich, wie ich dich sehe.

Du weißt nicht, was du sagst, sagt Samira.

Nur weil ich ein Mädchen bin, heißt es nicht, dass ich nicht weiß, was ich sage, sagt Gol-Sar. Und ich weiß, einen besseren Mann als dich bekomme ich nicht. Sie sieht Samira an, senkt verschämt den Blick, sagt, außerdem bist du schöner als jeder, den ich kenne.

Du wirst enttäuscht sein, sagt Samira. Ich flehe dich an, geh zu deinem Vater und sag ihm, du willst mich nicht. Samira packt Gol-Sar an den Schultern. Du machst dich und mich, deinen Bruder, deinen Vater, meine Mutter und alle anderen unglücklich.

Hör mir gut zu und sag nichts, sagt Gol-Sar. Glaubst du, wenn ich zu meinem Vater gehe und sage, ich will Samir nicht, glaubst du, er wird sagen, also gut, in diesem Fall werden wir die Verlobung auflösen?

Wird er nicht?, fragt Samira und beantwortet ihre Frage selber. Nein. Das wird er nicht.

Die beiden reden und reden, rücken ab voneinander, rücken näher, bis sie beide so müde sind, dass sie einschlafen. Keiner von beiden merkt, wie nah sie zusammenrücken, Gol-Sar merkt nicht, dass sie ihren Kopf auf die Brust von Samira legt, Samira merkt nicht, dass sie ihren Arm um Gol-Sar legt und sie fest an sich heranzieht. Gol-Sar legt ihr Bein auf den Bauch von Samira. Der Mädchenmann legt seine Hand auf den Schenkel der Mädchenfrau. Der Mädchenmann und die Mädchenfrau halten sich fest. Ganz fest.

Samira träumt von Engeln, die sie in die Luft heben, über alle Berge und Wasser. Sie träumt von Orten und Ländern, die sie nicht kennt. Von einem riesigen Vogel, mit einem Kopf, wie ihr Hengst, sie zwischen seine Flügel nimmt und in den Himmel trägt. Vorbei an den Sternen und der Sonne, dorthin, wo auch Gott nicht mehr ist. Wo Anfang und Ende von allem ist. Dorthin, wo nichts ist.

Gol-Sar träumt von einem schönen Zelt, in dem es nach Rosenwasser duftet. Sie träumt von Schalen mit klarem Wasser, bunten Kissen und Schmuck, den sie an die Wand ihres Zeltes hängt. Gol-Sar träumt von ihrem Mann, der lacht, neben ihr hockt, in dem gleichen Buch liest wie sie, mit ihr ins Dorf geht. Gol-Sar träumt von einem Mann, der ihr gestattet, selbst im Tal ihr Gesicht nicht zu verdecken.

Am Ende von diesen Träumen lassen der Mädchenmann und die Mädchenfrau sich los, drehen sich auf die Seite, kehren sich den Rücken zu. So liegen sie den Rest der Nacht. Rücken an Rücken.

Erst als die Sonne ihr erstes Licht und ihre erste Wärme über den Gipfel des Berges wirft, macht Samira die Augen auf, dreht sich herum, schüttelt Gol-Sar. Gol-Sar springt, ohne Samira anzusehen, vom Felsen, rennt den Berg herunter, klettert auf ihren Esel und beeilt sich, zurück zu ihrem Vaterzelt zu kommen.

Samira hebt den Kopf, sieht Gol-Sar einen Moment nach, gähnt, streckt sich, legt sich wieder hin, schläft.

Bereits aus der Ferne sieht Gol-Sar den Rauch des Feuers unter dem Zelt heraussteigen. Sie schleicht sich heran, greift unter die Zeltwand, zieht den Tonkrug heraus, geht zum Bach, spritzt sich Wasser ins Gesicht, kommt zurück zum Zelt. Draußen hockt ihre kleine Schwester, kaut auf einem Stein, sieht Gol-Sar, streckt die Arme aus. Gol-Sar lächelt, stellt den Wasserkrug ab, wischt ihr feuchtes Gesicht mit dem Zipfel ihres Kleides, nimmt die Schwester auf den Arm, küsst sie, hebt sie in die Luft.

Wo bleibst du, ruft die Mutter. Ich brauche das Wasser.

Gol-Sar lächelt, geht mit dem Krug ins Zelt, sieht die Mutter an, weiß, sie hat keine Ahnung, dass sie die Nacht nicht im Zelt verbracht hat.

Die Tage kommen und gehen, werden wärmer und wärmer. Samira vermisst Bashir. Gol-Sar besucht Samira auf ihrem Felsen. Samira geht in die Schule. Gol-Sar hockt irgendwo zwischen den Felsen oder am Bach, liest und schreibt und übt und übt. Gol-Sar besucht die kleine Mädchenfrau Firouza. Firouza erzählt Gol-Sar, dass sie traurig ist, weil sie bis heute dem Hadji keinen Sohn schenken konnte. Gol-Sar erklärt Firouza, dass erst ihr Frauenblut kommen muss, bevor sie schwanger werden kann. Samira reitet an dem Zelt der früheren Mädchenhure vorbei, steigt ab, zieht ihren Sattel fest, obwohl er nicht festgezogen werden muss, sieht, die frühere Mädchenhure hat schon wieder ein Frischgeborenes an der Brust hängen, das Baby vom vergangenen Sommer liegt in ihrem Schoß. Die frühere Mädchenhure ist dünn geworden, sieht aus wie eine

Stange Zuckerrohr. Sie hat eine Wunde über dem Auge, genau dort, wo Samira ihre Wunde hat. Die frühere Mädchenhure sieht Samira, lächelt nicht, sieht sie einfach nur an, ohne sie wirklich zu sehen. Samira reitet in die Berge, schießt einen Bock, bringt ihn zu Daria. Sie ziehen dem Tier das Fell ab, lassen es von der Sonne trocknen, zerstückeln das Fleisch, den größten Teil verkauft Samira an die anderen *kutshi*. Den Rest kocht Daria. Einen Teil vom Gekochten bringt sie der früheren Mädchenhure, füttert sie, nimmt ihr Frischgeborenes, wäscht es.

Samira verkauft Felle unten im Dorf, kauft eine frische Melone für ihre Mutter, geht beim netten Dalverkäufer vorbei und isst so viel Dal und Reis, wie in ihren Bauch passt. Als sie bezahlt, zeigt der nette Dalverkäufer in den Himmel.

Bevor sie wieder in ihr Hochland zurückgeht, bestellt der Metzger einen ganzen Bock bei Samira und bezahlt im Voraus. Samira kauft einen Stoff für ihre Mutter, einen für die frühere Mädchenhure, einen Kamm und eine Flasche Rosenwasser für Gol-Sar, Leder und Perlen für neues Zaumzeug für ihren Hengst.

Jeden Freitag, dem Tag des *boskashi*-Spiels, holt Samira die Pferde von Kommandant Rashid ab, rast mit ihnen über die Ebene, bis ihre Muskeln weich und warm werden. Sie reibt die Tiere ab und bringt sie zum Spielfeld, wo Kommandant Rashid bereits wartet. Die Männer sagen, seit Samir die Pferde des Kommandanten einreitet, ist der Kommandant ein noch erfolgreicherer Spieler geworden. Die Frauen sagen, die Tochter des Kommandanten hat Glück, weil sie einen so tüchtigen und guten Mann bekommen wird.

Weil die Leute so viel über ihren Samir reden, prüft Daria ständig, ob das Amulett noch da ist, und näht noch mehr Spiegel auf die Kappe und Weste ihres Tochtersohnes, damit der böse Blick der Leute Samira nicht trifft.

Nach dem Spiel reiten Samira und Kommandant Rashid zu seinem Zelt, hocken auf dem bunten Teppich, den seine Frau zusammen mit ihren Töchtern gewebt hat. Gol-Sar und ihre Schwestern bringen den Männern Reis und Fleisch. Die kleinen Kinder aus den umliegenden Zelten hocken sich dazu, essen mit, sehen Samira an und reden hinter vorgehaltener Hand. Er kann aus dem Ritt einen Bock schießen, sagen sie, und er klettert wie die Gämse zwischen den Felsen herum. Die Kinder sagen, he, Samir, zeig uns, wie stark du bist.

Samira packt mit einer Hand ein Mädchen, mit der anderen einen Jungen, dreht sich mit ihnen, streckt die Arme aus, dreht und dreht sich, bis das Mädchen und der Junge fliegen und kreischen. Samira setzt die Kinder ab, sie lachen und lachen, weil Wiese und Berge, Menschen und Zelte sich um sie herum drehen. Sie rufen Samir, Samir, du bist der stärkste Mann, den der Hindukusch je gesehen hat.

Samira lächelt, sagt, das ist nicht eine Frage von Stärke.

Was ist es dann?, rufen die Kinder.

Das ist eine Frage von Übung, sagt Samira.

Samira hat ihnen die Geschichte bereits viele Male erzählt, sie kennen sie auswendig, trotzdem rufen sie, erzähl uns von dem Mädchen und der Kuh. Die Kinder hocken um Samira herum, hängen auf ihrem Rücken, legen ihre Köpfe in ihren Schoß, fragen, und was ist die Moral der Geschichte? Samira schweigt, zuckt die Schultern. Die Kinder lachen, rufen alle durcheinander, sagen, die Moral ist, wenn einer etwas will, muss er üben und üben, dann kann er es am Ende auch.

Die Tage und Nächte werden zu Vögel, versammeln sich und fliegen davon. Samira reitet in die Berge, klettert auf den Gipfel, breitet Arme und Beine aus, stellt sich vor die aufgehende Sonne, steht mitten im rot brennenden Ball, wirft einen Schatten, wartet bis die Sonne steigt, bis sie den glühenden Ball trägt. Daria zieht Fische aus dem Bach, zieht Milch aus den Zitzen der Ziege, zieht Brot aus dem Ofenloch, zieht Stachel aus dem Finger von Samira, zieht Fäden in ihr buntes Kleid. Fäden, die Glück bringen sollen. Gol-Sar hockt vor ihrem Zelt, webt ein buntes Band aus vierhundert Fäden für ihre Hochzeit. Kommandant Rashid reitet seine Pferde, beugt sich tief herunter, greift das Kalb, klemmt es unter seinen Schenkel, reitet um die Fahne, bringt den Kadaver zurück zum Kreis, der *helal* ist. Er hat von Samira gelernt, wirft ihn nicht, legt ihn ab. Voll von Respekt, voll von Achtung. Weil Blut geflossen ist, so rot wie das Blut, das in seinen eigenen Adern fließt. Samira hockt auf dem Felsen, zieht einen neuen Faden durch ihr Amulett, spielt ihre Flöte, sieht in die Sonne, die gerade ihr letztes Licht und ihre letzte Wärme nimmt und hinter dem Berg verschwindet. Der unsichtbare Zuhörer hockt neben Samira, sieht sie an, sagt nicht, dass er neben ihr hockt. Lässt sie in Ruhe. Die Glücksschlange kommt zu Samira, kriecht nicht in ihren Bauch, legt sich neben sie auf den Felsen, rollt sich zusammen. Schläft. Gol-Sar tut Verbotenes, nimmt ihr Kopftuch ab, löst die Zöpfe, klettert auf den Felsen, legt sich neben ihren Samir, schiebt ihren Körper ganz nah an seinen. Samira spürt im Schlaf den vertrauten Körper, zieht Gol-Sar an sich heran, umarmt sie, vergräbt ihr Gesicht in ihr dickes Haar, das nach Rosenwasser duftet. Samira lächelt im Schlaf. Bevor die Sonne mit ihrem ersten Licht und ihrer ersten Wärme über die Berge kommt, wacht Gol-Sar auf, springt vom Felsen, klettert auf ihren Esel, reitet zu ihrem Zelt, zu ihrer Mutter, die wieder nicht weiß, dass ihre Tochter die Nacht nicht in ihrem Zelt verbracht hat.

Nach Nächten wie diesen kann Samira weder ihrer Mutter noch Kommandant Rashid in die Augen sehen. Samira bleibt liegen, sieht in den Himmel, sieht in den hellen Sternen das Gesicht von Gol-Sar mit ihrer zarten Haut, mit ihren Mandelaugen, mit ihrem Haar, das glänzt wie Seide, das schwarz ist wie die Nacht. Samira sieht das Gesicht ihrer geliebten Gol-Sar und daneben das von Bashir. Ihrem geliebten Freund Bashir. Bashir, den sie vermisst, als wenn jemand einen Teil ihres Herzens herausgerissen hat. So liegt sie da, sieht die beiden Gesichter vor sich und weiß nicht, wer es ist, der die beiden sieht. Ist es Samira? Oder ist es Samir?

Eine Enthüllung

Meine schöne, kluge Tochter, mein tapferes Mädchen, meine geliebte Samira, sagt Daria.

Samira lächelt. Es ist Jahre her, seit ihre Mutter sie Tochter genannt hat. Seit ihre Mutter sie Mädchen genannt hat. So viele Jahre, dass Samira nicht mehr weiß, wie viele es sind. Es ist so lange her, dass Samira das Gefühl hat, die Mutter spricht nicht zu ihr, spricht zu einem anderen Menschen. Zu einer Fremden. Einer, die sie längst nicht mehr ist.

Samira gibt es nicht mehr, sagt Samira, lächelt, wickelt sich den Streifen Stoff um die Brust, damit keiner die Erhebungen ihres Frauenkörpers sieht.

Du bist eine schöne Frau, sagt die Mutter. Eine Frau, die das Leben der Männer erfolgreicher lebt als jeder Mann, den ich gekannt habe. Daria lächelt, blickt in die Ferne, als stünden dort die Männer, von denen sie spricht. Erfolgreicher als dein eigener Vater, sagt die Mutter.

Samira lächelt, zieht ihre weiße *kamiz* über.

Daria sieht ihren Tochtersohn an, sagt, hätte ich dich als Samir aus meinem Körper gezogen, du hättest das Leben nicht von seiner harten Seite kennen gelernt. Du hast kämpfen gelernt, du hast gelernt, das Leben so zu nehmen, wie es kommt. Du hast gelernt, nicht den Verlust zu sehen, sondern den Nutzen.

Samira kämmt ihr dickes, schwarzes Haar zurück, zieht ihre bunt bestickte und glitzernde Weste über ihre weiße *kamiz*, sagt, Mutter, wir leben in einem Land, in dem auch die Männer nicht frei sind. Wären sie frei, bräuchten sie den Frauen die Freiheit nicht nehmen. Wer frei ist, muss keinem anderen verwehren, ebenfalls frei zu sein.

Du sprichst große Worte, sagt die Mutter, fängt eine Blase auf, damit sie nicht im Feuer landet und mit einem Zisch ihren Tod findet.

Samira wickelt sich den langen Schal um die Taille, damit niemand sieht, wie schlank sie in Wahrheit ist.

Daria sieht ihr Kind, wie sie in der ersten Sonne des Morgens steht, aufrecht, stolz. Groß, mit geradem, kräftigem Rücken, mit breiten, starken Schultern, mit erhobenem Kopf. Mein kluges Mädchen, sagt Daria. Deine Kraft und dein Verstand machen dich schön.

Samira schiebt ihren Dolch in den Schal, schiebt die kleine Peitsche in ihren Vaterstiefel, setzt die glitzernde Kappe auf, berührt das Amulett um ihren Hals, sieht ihre Mutter an, geht zu ihr, mit festem Schritt, beugt sich zu ihr herunter, streicht über ihr weißes Haar, küsst sie auf die Stirn. Daria schließt die Augen, genießt die Kraft und zärtliche Nähe ihres Kindes.

Bete für mich, sagt Samira.

Das ist er, sagen die Männer. Das ist Samir. Er wird der beste *boskashi*-Spieler werden, den der Hindukusch je gesehen hat. Er ist der beste Reiter, den der Hindukusch je gesehen hat, rufen die kleinen Jungen und springen auf und ab. Die Mädchen und Frauen kichern, sagen, und er ist der schönste Mann, den der Hindukusch je gesehen hat. Möge Gott ihn beschützen und ihn vor allem Unheil bewahren. Möge der Herrgott geben, dass er ein langes Leben hat, so dass wir auf diesen schönen Anblick nicht verzichten müssen.

Samira reitet zum Zelt von Kommandant Rashid, springt von ihrem Pferd herunter, noch bevor es steht, verneigt sich vor dem Kommandanten. Es ist nur eine kleine Verneigung.

Die beiden reiten nebeneinander, als wenn sie Vater und Sohn sind, als wenn sie König und Prinz sind. Samira könnte immer so weiter reiten, bis ans Ende. Bis ans Ende ihres Lebens und dem Hindukusch, bis ans Ende von Allem und Jedem.

Als sie an dem großen Platz ankommen, wo das Spiel gespielt wird, halten die anderen Männer inne, verstummen, klatschen in die Hände.

Die Musiker stimmen ihre Instrumente. Jungen verkaufen Wasser, andere verkaufen Brot, das die Mütter und Schwestern aus ihren Öfen gezogen haben. Kleine Mädchen, die so klein sind, dass sie sich vor den Blicken der fremden Männer noch nicht verstecken müssen, rennen herum. Ein paar alte Frauen, die schon so alt sind, dass sie sich vor den Blicken der fremden Männer nicht mehr verstecken müssen, hocken auf der Anhöhe und warten, bis das Spiel beginnt.

Junge, sagt der Kommandant. Ich werde den weißen Hengst als Erstes ins Spiel nehmen. Reite ihn ein.

Samira klemmt die Peitsche zwischen die Zähne, wickelt die Zügel um ihr Handgelenk, pfeift, reitet los, treibt das Pferd an, dass es seine Hufe laut polternd auf den Boden stampft, als wollte es sie in die Erde rammen. Es klingt wie Musik, als sich das Gepolter der Hufe mit dem Schnaufen und mit dem Geklimper des Zaumzeugs vermischen.

Bei ihrem Anblick wird das Herz der Männer voll von Sehnsucht. Sie wissen, sie werden niemals so reiten können wie dieser Junge.

Samira reitet, als wenn sie im richtigen Spiel ist, als wenn sie von den anderen Reitern und Pferden verfolgt und gejagt wird. Samira weiß nicht, warum sie tut, was sie tut. Weiter vorn sieht sie einen der Spieler, der das Kalb unter seinen Schenkel geklemmt hat und es um die Fahne reiten will. Samira stößt kurze Schreie aus, treibt den Hengst an, bis sie neben dem Mann mit dem Kalb reitet, beugt sich zu ihm herüber, zieht an den Zügeln des anderen Pferdes, dass es sich erschreckt. Der Reiter ist nicht schnell genug, Samira entreißt ihm das Kalb, reitet um die Fahne, rast zurück zum *helal*-Kreis, zieht an den Zügeln, der Hengst steigt auf die Hinterbeine. Samira beugt sich tief herunter, legt den Kadaver ab, verneigt sich vor dem toten Tier und dem Kreis.

Ein Schuss fällt. Das Spiel kann beginnen.

Samira erschreckt sich, erwacht aus ihrem Traum, beeilt sich, dem Kommandanten seinen Hengst zu bringen, verneigt sich vor ihm, sagt, vergib mir. Ich war von Sinnen, ich weiß nicht, warum ich das getan habe.

Der Kommandant sagt, das war ein schöner Beweis für dein Geschick und deine Kraft, doch du musst Geduld haben, denn noch bist du nicht *pochte* für das Spiel.

Samira sagt nichts, hilft Kommandant Rashid auf den Rücken des Hengstes, hockt sich an den Rand des Spielfeldes, als ein Arm sich um ihre Schulter legt und eine Stimme in ihr Ohr flüstert. Der Arm fühlt sich an wie der eine Arm des einarmigen Großvaters.

Ich habe eine andere Meinung als der Kommandant. Ich denke, du bist bereit, du bist mehr als *pochte* für das Spiel.

Es ist der nette Dalverkäufer, der sich neben Samira gehockt hat.

Samira freut sich über den Besuch ihres Freundes, lacht, umarmt den alten Mann, fragt, was tust du hier oben in der Hochebene?

Ich habe gedacht, ich könnte dich endlich einmal im Spiel bewundern, sagt der nette Dalverkäufer.

Samira lächelt, sagt, das hast du doch.

Das stimmt. Ich habe dich gesehen, und wenn es Zeit für mich ist, ins Jenseits zu gehen, werde ich deinen Großvater beiseite nehmen und sagen, dass du besser bist als jeder Einzelne von diesen Männern hier.

Samira lacht. Es wäre nett, wenn du meinen Vater finden und es ihm ebenfalls erzählen könntest.

He, Junge, sagt der nette Dalverkäufer. Und wann wird der Tag kommen, an dem ich am Himmel den silbernen Vogel sehe und wissen werde, du bist dort oben?

Man tshe midanam, sagt Samira. Das weiß nur Gott. Er wird mir sagen, wann die richtige Zeit dafür und für alles andere gekommen ist.

Junge, sieh mich an, sagt der nette Dalverkäufer. Sieh mich gut an. Meine Tage sind gezählt.

Samira lächelt nicht mehr. Sie sieht es. Sie weiß es. Sie legt ihren Arm um seine Schulter, sagt, du wirst uns alle überleben. Warte nur ab. Du wirst es sehen.

Der nette Dalverkäufer schüttelt den Kopf, lacht und lacht, wischt Tränen aus seinen Augen, lehnt seinen Kopf an die Schulter von Samira.

Am Ende vom Kopfanlehnen, vom Spielen, vom Musikhören und in die Hände klatschen, am Ende von alledem und allem anderen sagt der nette Dalverkäufer, dass dieser Tag für ihn so schön gewesen ist wie längst keiner mehr.

Zum Abschied nehmen Samira und der nette Dalverkäufer sich in die Arme, halten sich lang, Samira begleitet den alten Mann bis zum Weg, der hinunter ins Tal führt, kann sich nicht von ihm trennen, geht noch ein kleines Stück mit ihm, geht noch ein langes Stück mit ihm, geht hinunter ins Tal mit ihm, bringt ihn zu seiner Hütte. Es ist längst dunkel, am Himmel kleben die Sterne und der Mond, als Samira wieder zurück auf ihren Berg kommt, weiß sie, sie wird den netten Dalverkäufer nicht wiedersehen.

Sein Herrgott hat ihn gerufen, sagt der unsichtbare Zuhörer.

Samira weiß es, klettert auf ihren Felsen, legt sich auf den Rücken, sieht in den Himmel, spürt das Gewicht der Trauerschlange auf ihrer Brust, schreckt hoch, weil sie Schritte hört, die sie nicht kennt. Samira spannt ihre Waffe, starrt in die Dunkelheit. Niemand ist zu sehen. Alles ist still.

Warum weinst du nicht?, fragt der unsichtbare Zuhörer.

Samira beachtet ihn nicht, starrt vor sich hin, sieht nichts, hört nichts, sagt nichts, denkt nichts, wird selber zu nichts. Einem großen, leeren Nichts mit einer Schlange auf der Brust.

Samira schließt die Augen, spürt das Licht der Sterne, spürt die leichte Brise, die sich auf ihre Stirn legt und ihre Haut sanft streicht, als wenn sie ein Finger ist. Ein zarter, kräftiger Finger, der die schwarzen, leeren Bilder aus ihrem Kopf nimmt. Samira spürt die Engel, die sie an den Händen nehmen, emportragen, vorbei an allem, dorthin, wo Alles und Nichts seinen Anfang und sein Ende hat. Samira breitet die Arme aus, lässt ihren Körper nach vorn fallen, fällt, fällt in die Arme ihres Kommandantenvaters. Samira hebt den Stein, legt ihr Geheimnis darunter. Samira kehrt auf ihren Felsen zurück, will sich auf den Rücken legen, hält inne, weiß, sie ist nicht allein.

Weiß, jemand hockt hinter ihr. Samira rührt sich nicht, greift langsam, ganz langsam den Griff ihres Dolches, zieht ihn heraus, Stück für Stück, da legt sich behutsam eine Hand auf ihre Hand, schiebt den Dolch wieder zurück. Samira lächelt, lässt es geschehen, rührt sich nicht, spürt die Hand auf ihrer Hand. Es ist die große, kräftige Hand eines Mannes. Es ist eine Hand, vor der sie sich nicht fürchtet. Es ist wie damals, die Hand ist wie die Vaterhand. Samira spürt den Körper, der hinter ihr hockt. Es ist der Körper eines Mannes, ein Körper, vor dem sie sich nicht fürchtet. Samira spürt den Atem des Mannes. Es ist ein Atem, der ohne Angst ist. Es ist wie damals. Damals, als sie auf dem Rücken des Vaterhengstes gesessen hat, ihren kleinen Körper an den großen, kräftigen Körper ihres Vater gelehnt hat. Samira schließt die Augen, wie damals, lehnt sich an, verliert ihre Schwere. Samira verliert alles. Verliert. Verliert, bis sie merkt, dass sie nicht schläft. Bis sie merkt, es ist ein richtiger

Körper, an den sie sich anlehnt. Ohne zu zögern zieht Samira ihren Dolch, rollt zur Seite, blickt in das Gesicht eines Mannes, der vor ihr hockt.

Es ist ein Mann, den Samira noch nie gesehen hat. Der Mann hat breite Schultern, seine Arme sind voll von Kraft. Sein Haar ist lang und schwarz, es ist voll und glänzt im Licht des Mondes, als wenn es aus Seide ist. Sein Gesicht ist voll von Trauer, voll von Glück, voll von Sehnsucht.

Wo bist du gewesen?, fragt Samira.

Ich bin den Hindukusch auf und ab gegangen, sagt der Mann. Ich habe auf allen meinen Wegen jeden Stein betrachtet auf der Suche nach dem, unter den sein Freund sein Geheimnis gelegt hat.

Hast du gefunden, was du gesucht hast?, fragt Samira.

Ich bin gekommen, um von dir zu hören, was das Geheimnis ist, das ich suche, sagt der Mann.

Die beiden knien voreinander, sehen sich in die Augen, schweigen.

Es ist ein Schweigen, das mehr sagt als tausendundein Wort.

Langsam, ganz langsam legt Samira ihren Dolch auf den Felsen, streckt die Hand aus, berührt das Gesicht des Mannes. Langsam legt der Mann seinen Arm um Samira, zieht sie zu sich, umarmt sie. Es ist längst mehr als eine kleine Umarmung der Begrüßung. Samira nimmt das Gesicht des Mannes in die Hände, sieht ihm in die Augen, küsst ihn auf die Stirn. Der Mann sieht Samira in die Augen, küsst sie auf den Mund. Samira wehrt sich nicht.

Samira erzählt dem Mann, dass sie verlobt ist. Dass ihre Verlobte Gol-Sar heißt. Der Mann weiß es. Samira erzählt, dass sie heiraten wird. Der Mann weiß es. Der Mann erzählt, dass er den Krieg gesehen hat, dass er den Feind getötet hat, dass kein Tag vergangen ist, an dem er nicht an seinen Freund gedacht hat. An seinen Freund Samir. Samira weiß es. Der

Mann sagt, dass er aus nur einem Grund zurückgekommen ist. Samira weiß es. Er ist gekommen, um seinen Freund zu sehen. Samira erzählt, wie groß ihre Sehnsucht gewesen ist. Nach nur einem Menschen. Nach ihrem Freund. Nach Bashir. Bashir weiß es.

Ihr benehmt euch wie ein Liebespaar, sagt der unsichtbare Zuhörer.

Samira beachtet ihn nicht, legt sich neben Bashir auf den Felsen, blickt in den Himmel, sagt, endlich haben die Sterne ihren Glanz wieder. Bashir stützt seinen Kopf auf die Hand, blickt Samira in die Augen, streicht über ihr Haar, will ihre Stirn küssen, küsst ihren Mund. Samira lässt es geschehen. Zuerst einmal, dann noch einmal und viele Male.

Du bist ein Mann geworden, sagt Samira. Ein richtiger Mann.

Du bist schön, sagt Bashir. Schöner als in meiner Erinnerung. Du bist der schönste Mann, den ich je gesehen habe.

Samira überlegt, denkt, will etwas sagen, hört auf zu überlegen, denkt nicht, sagt nichts, lässt es geschehen. Bashir zieht sein Knie an, legt sein Bein auf ihren Bauch, presst seine männliche Lust gegen ihren Bauch. Es ist wie damals. Damals hat Gol-Sar ihr Knie angezogen, hat ihr Bein auf den Bauch von Samira gelegt. Blut rast in den Kopf von Samira, rast in ihren Bauch. Samira weiß nicht, welches Begehren größer ist. Das für Gol-Sar oder das für Bashir. Samira mag das eine, mag das andere, mag beides. Samira lässt es geschehen.

Bashir genießt die Lust seines Freundes.

Samira lässt es geschehen, weiß nicht, was geschieht, weiß nicht, warum sie die Schenkel spreizt, weiß nicht, warum Bashir tut, was er tut. Samira weiß nicht, dass sie vom Mädchen zur Frau gemacht wird, weiß nur, es ist gut.

Sie spürt ihren Körper, wie sie ihn noch nie gespürt hat, versinkt in den Armen von Bashir, ertrinkt in seinen Berührungen, in seiner Lust. Bashir sieht nichts. Hört nichts, taucht ein in eine Welt, die er nicht kennt. Bashir verschwindet, verliert seinen Verstand.

Du denkst, nun kennt Bashir dein Geheimnis, sagt der unsichtbare Zuhörer. Arme Samira, du irrst. Er weiß so wenig wie zuvor.

Samira beachtet ihn nicht, krallt ihre Finger in den kräftigen Rücken von Bashir, wird eins mit ihm, steigt empor. Dorthin, wo der Anfang und das Ende ist. Von Allem und Nichts.

Samira und Bashir halten sich, bleiben eng umschlungen, schweigen, liegen. Bis die Sonne ihr erstes Licht und ihre erste Wärme über das Gebirge des Hindukusch wirft und Samira sieht, was sie in der Dunkelheit der Nacht bereits mit ihren Fingern gespürt hat. Der Krieg hat ihren Freund zum Mann gemacht. Zu einem richtigen Mann.

Bashir sieht, was er in der Dunkelheit der Nacht bereits erkannt hat, sein Freund Samir ist noch schöner als alle Erinnerungen, die er in sich getragen hat.

Damals ist Samira die größere von beiden gewesen, heute ist es Bashir. Bashir hat den breiteren Nacken, den kräftigeren Rücken, die stärkeren Arme. Unter seinem Kinn sprießt ein kleiner Bart, seine Locken sind voll und schwarz. Seine Augen sind dunkel und voll von sehnsüchtiger Hitze, voll von trauriger Wut.

Meine Augen haben den Krieg, den Tod gesehen, sagt Bashir. Ich habe ihn nur ertragen, weil ich unentwegt dein Gesicht vor Augen gehabt habe.

Samira legt die Hand auf die Augen ihres Freundes, sagt, deine Augen sind wie die Augen meines Vaters, voll von Schmerz, den nur Männer kennen, die andere Männer getötet und selber dem Tod ins Auge gesehen haben. Komm mit.

Samira springt vom Felsen. Es ist wie damals, sie geht voraus, er folgt. Sie führt, er fragt nicht. Samira klettert rauf und runter, bis sie zu einer kleinen, versteckten Wiese kommen. Aus einem Felsen fließt frisches, klares Wasser, sammelt sich in einem Becken, fließt weiter.

Wasch dich, sagt Samira. Das Wasser wird dich heilen, es wird die Bilder aus deinem Kopf mit sich nehmen.

Bashir gehorcht, zieht seine Kleider aus, steigt ins Wasser. Samira hockt sich hin, zieht ihre Stiefel aus, hängt ihre Füße ins Wasser.

Komm zu mir, sagt Bashir.

Samira gehorcht, zieht ihre Weste aus, zieht ihr *kamiz* und ihre *shalvar* nicht aus, steigt ins Wasser.

Nach allem, was geschehen ist, hast du noch immer *sharm?*, fragt Bashir. Komm schon. Zieh deine Kleider aus. Bashir stürzt sich auf seinen Freund, zerrt an seinen Kleidern, Samira wehrt sich, lacht, Bashir zerrt an dem Stoffverband, bis er ihn gelöst hat, bis er die Brüste von Samira sieht. Bashir stößt einen erstickten Schrei aus, schlägt die Hand vor den Mund, geht rückwärts, fällt. Samira hört auf zu lachen, sieht das Entsetzen, die Furcht in den Augen ihres Freundes. Sie packt ihre Kleider, verschwindet damit hinter dem Felsen, zieht sie über, kommt zurück, schweigt.

Du bist eine Frau, sagt Bashir.

Bale, sagt Samira.

Das habe ich nicht gewusst, sagt Bashir.

Aber vorhin auf dem Felsen, vorhin als du …, Samira spricht nicht weiter.

Bashir will nicht, dass sie weiterspricht, sagt, ich weiß. Aber ich habe nicht gewusst …, Bashir spricht nicht weiter.

Samira will nicht, dass er es sagt. Sie will es selber sagen. Du hast gedacht, du liebst einen Mann.

Bale.

Und jetzt, da du weißt, dass ich eine Frau bin, liebst du mich nicht mehr?

Bashir schweigt. Es ist, als wenn er Samira zum ersten Mal sieht.

Alles ist, wie es eben noch gewesen ist. Nichts ist, wie es eben noch gewesen ist. Bashir weiß nichts mehr. Versteht nichts mehr. Seine Welt fällt, zerbricht, wird zu tausendundeinem Scherben.

Jetzt kennst du mein Geheimnis, sagt Samira, dann schweigt sie.

Die Sonne nimmt ihr Licht und verschwindet hinter dem Gipfel. Die Sterne und der Mond kleben längst am Himmel, als Bashir sagt, sei ohne Sorge. Ich werde alles regeln. Ich werde es meinem Vater sagen, ich werde es Gol-Sar sagen. Ich werde Frauensachen für dich besorgen, ab jetzt kannst du dein Haar lang werden lassen und es zu Zöpfen flechten. Ab jetzt ist es an mir, dich zu beschützen.

Das wirst du nicht tun, sagt Samira. Wir werden niemandem nichts sagen.

Warum nicht?, fragt Bashir. Ich werde dich zur Frau nehmen, wir werden als Mann und Frau zusammenleben, und alle werden zufrieden und glücklich sein.

Du hast deinen Verstand verloren, sagt Samira. Weder alle anderen werden glücklich und zufrieden sein noch du und ich.

Ich werde glücklich und zufrieden sein, wenn du meine Frau wirst, sagt Bashir.

Bashir, mein lieber Freund, sagt Samira.

Bashir unterbricht sie. Nenn mich nicht so. Ich bin nicht dein Freund. Ich werde dein Mann sein, und du wirst meine Frau sein.

Ich werde nicht deine Frau sein. Dass kann ich nicht sein, sagt Samira.

Warum nicht? Aus welchem Grund kannst du nicht meine Frau sein?

Weil ich ein Mann bin, sagt Samira. Weil du und ich Freunde sind.

Du bist kein Mann. Ich habe es gesehen. Mit meinen eigenen Augen. Ich habe deine …, Bashir will das Wort nicht sagen, sagt es doch. Ich habe deine Brüste gesehen.

Samira überlegt und denkt, denkt und überlegt, steht auf, geht auf und ab, hockt sich auf einen Stein, hockt sich auf die Wiese, wirft Steine ins Wasser, zieht ihren Dolch, kratzt damit auf dem Boden herum, findet ein Stück Holz, schnitzt das Holz, spitzt es an, schnitzt einen Pfeil daraus.

Lass das, sagt Bashir.

Was soll ich lassen?, fragt Samira und wirft den Pfeil so, dass er im Boden stecken bleibt.

Das alles. Das Werfen, das Schnitzen. Das auf dem Steinhocken wie ein Mann. Das AufundAbgehen, wie ein Mann. Das Samirsein. Du sollst dich wie eine Frau verhalten. Du sollst dich wie Samira verhalten.

Samira lacht, hockt sich auf den Stein, mit breiten Beinen. Wie ein Mann. Siehst du? Das ist es, was ich meine. Ich bin keine Frau. Ich bin ein Mann. Und ich bin nicht deine Frau, ich bin dein Freund. Wir sind zusammen auf die Jagd gegangen, wir sind zusammen auf den Berg geklettert und haben zusammen geangelt, wir haben uns geprügelt und sind zusammen in die Schule gegangen. Wir sind zwei Jungen gewesen. Zwei richtige Jungen. Was soll das für ein Leben sein, wenn ich deine Frau werde?

Ein Leben zwischen einem Mann und einer Frau. Ein richtiges Leben, sagt Bashir, zieht den Pfeil aus dem Boden und wirft ihn ins Wasser. Der Pfeil wird zum Boot, tanzt auf dem Wasser, wird von ihm weggetragen.

Gut, sagt Samira. Sag es deinem Vater. Sag es ihm. Zuerst wird er mich erschießen, dann meine Mutter, dann deine Schwester und zum Schluss dich. Sag es ihm.

Er wird niemanden erschießen.

Aus welchem Grund sollte er mich nicht erschießen? Ich habe mich in die Welt der Männer vorgewagt, habe mich als einer von ihnen ausgegeben. Ich gehe in den Basar wie sie, betreibe Handel, feilsche. Ich spucke wie sie, sagt Samira und spuckt auf den Boden wie ein Mann. Wie ein richtiger Mann. Wie sie es immer macht.

Bashir wendet sich ab. Angewidert, angeekelt. Er sieht Samira an, von Kopf bis Fuß, erhebt sich, verschwindet in die Dunkelheit.

Samira bleibt auf der kleinen Wiese, geht auf und ab, hockt sich ans Wasser, spielt mit den Füßen darin, wickelt den Stoff um ihre Brust neu, zieht sich an, reitet zurück zu ihrem Zelt.

Daria hockt vor ihrem Feuer, zieht Brot aus dem Ofen, sagt, du kommst gerade rechtzeitig, das Brot ist fertig. Komm, mein Kind, setz dich, trink einen Tee, er wird dir gut tun.

Samira hockt sich, weiß nicht, wie sie anfangen soll zu erzählen, was geschehen ist. Will die Mutter nicht beunruhigen, weiß, sie muss es erzählen, denn wenn Bashir tatsächlich tut, was er gesagt hat, dauert es nicht mehr lang, bis Kommandant Rashid kommt und sie selber und ihre Mutter erschießt.

Samira erzählt ihrer Mutter alles, wird zum Kind von damals, spielt mit dem bunten Stoff des Mutterkleides. Daria findet ihren Verstand wieder. Nicht lang, nur kurz. Sieht in den Augen ihres Tochtersohnes die Verwirrung, tut etwas, was sie längst nicht mehr getan hat, nimmt Samira in den Arm, küsst sie auf die Stirn. Samira tut etwas, was sie längst nicht mehr getan hat, legt ihren Kopf in den Schoß der Mutter, weint.

Dann sollen sie uns eben erschießen, sagt Daria und lacht. Welchen Unterschied macht es, ob wir leben oder tot sind?

Daria liegt unter ihren Decken und schläft nicht ein. Samira hockt vor ihrem Zelt, spielt ihre Flöte, da kommt Bashir auf seinem Pferd angeritten.

Hast du es ihnen gesagt?, fragt Samira. Bist du gekommen, um mich zu töten?

Bashir sieht sie an, sagt, du raubst mir den Verstand. Du kannst mit mir machen, was du willst. Ich werde niemandem etwas sagen. Aber sag du mir, was ich tun soll. Sag mir, wie mein Leben aussehen soll. Du hast es immer getan. Also, sag es mir auch jetzt. Er sieht Samira an, stochert mit seinem Messer in der Erde herum, wartet auf eine Antwort.

Ich habe dir niemals gesagt, dass du in den Krieg gehen sollst. Du bist trotzdem gegangen.

Mein Vater hat es so gewollt. Wir hatten kein Geld. Was weiß ich. Ich weiß gar nichts mehr. Samir. Samira. Ich weiß nicht einmal mehr, wie ich dich nennen soll. Ich weiß nicht mehr, wer es ist, den ich liebe. Wer ist es, den ich all die Jahre in meinem Herzen getragen habe? Wer ist es, mit dem ich spreche?

Du bist nicht in den Krieg gezogen, weil du Geld verdienen wolltest, sagt Samira. Du bist in den Krieg gezogen, weil du ein Mann werden und als richtiger Mann zu mir zurückkommen wolltest.

Bashir schweigt.

Lassen wir alles, wie es ist, sagt Samira. Wir werden sehen, was wird.

Samira und Bashir machen es, wie Samira sagt, sie lassen alles, wie es ist, und sehen, was wird.

Samira bleibt Samir. Samir und Gol-Sar bleiben verlobt. Samir und Bashir bleiben Freunde. Bashir nennt Samira weiter Samir. Samira geht weiter auf die Jagd, verkauft Fische, Fleisch und Felle. Bashir hat keine Lust, auf die Jagd zu gehen, geht trotzdem mit, wenn Samira ins Dorf, an den Bach oder sonstwohin geht. Bashir geht mit, egal, wohin sie geht.

Jetzt, da ihr Bruder wieder zurückgekommen ist und seine gesamte Zeit mit ihrem Verlobten verbringt, traut Gol-Sar sich

nicht mehr, nachts heimlich auf den Felsen zu Samira zu gehen. Aber sie ist nicht dumm, und ihre Sehnsucht nach ihrem
Samir ist so groß, dass sie immer wieder einen Weg findet, Samira heimlich zu sehen.

So lebt Samira zwei Geheimnisse, eins mit Gol-Sar und eins
mit Bashir.

Die Tage werden zu Vögel, versammeln sich und fliegen davon.

Bashir, sagen die Männer, die Leute sagen, bei den Auslän-
dern gibt es auch Frauen, die Soldaten sind. Hast du eine von
ihnen getroffen? Ist sie hübsch gewesen? Hat sie dir in die
Augen gesehen? Warum hast du sie nicht eingeladen? Du hättest eine von ihnen heiraten sollen, das wäre besser für dich gewesen, als eins von unseren Mädchen zu heiraten. Mit Samira
sprechen die Männer nicht über Mädchen, denn schließlich ist
sie verlobt mit Gol-Sar, der Schwester von Bashir und der
Tochter ihres Kommandanten. Sie würden niemals die Ehre
von Gol-Sar und damit die ihres Bruders, Vaters und Verlobten beschmutzen. Nur manchmal sagt einer der Männer, deine
Braut könnte ihre Geduld verlieren, wann wirst du sie endlich
heiraten?

Obwohl sie keine Jungen mehr sind, reiten Samira und Bashir nach wie vor an jedem Morgen ins Tal hinunter, gehen in
den Unterricht. Sie diskutieren, stellen Fragen, geben Antworten, verwerfen alte Gedanken, lernen neue.

Warum gibst du den Kindern oben in den Bergen keinen
Unterricht?, fragt der freundliche Herr Lehrer. Er sagt nicht
den Jungen, er sagt den Kindern. Samira versammelt die Mädchen und Jungen um sich, macht es, wie der freundliche Herr
Lehrer es vor Jahren mit ihr selber gemacht hat. Zuerst bringt
sie den Kindern bei, ihre Namen zu schreiben. Dann lernt jedes Kind sein Lieblingswort. Dann lernen sie aus den Buchstaben ihrer Namen und denen ihres Lieblingswortes ein neues

Wort. Samira hat sich angewöhnt, am Bach unter dem Baum zu hocken, ihre Flöte zu spielen und zu warten, bis die Kinder kommen. Als die Jungen und Mädchen zehn und mehr Worte lesen und schreiben können, kauft Samira im Dorf Hefte und Stifte und schenkt sie ihnen.

Manche Väter und Brüder der Mädchen sind skeptisch, wollen mit eigenen Augen sehen, was sich am Bach zwischen Samir und ihren kleinen Töchtern abspielt. Die Brüder und Väter kommen an den Bach, hocken sich hin, hören zu, sehen, nichts Schlimmes passiert, sind zufrieden. Manche Väter und Büder bleiben selber im Unterricht, lernen selber ihre Namen und ihr Lieblingswort zu schreiben.

Komm mit, sagt Samira zu ihrer Mutter. Ich will, dass du in meinen Unterricht kommst. Ich will, dass du deinen Verstand wiederfindest. Ich will, dass du dich um Gol-Sar kümmerst, wenn ich eines Tages nicht mehr für sie da sein sollte.

Daria gehorcht. Geht mit. Immer. Wann immer Samira sagt, ich gehe zum Bach zu den Kindern, zieht Daria ihr Tuch über den Kopf, geht mit, hockt sich hin und lernt alles, was ihr Tochtersohn den Kindern beizubringen hat.

Inzwischen kommen auch unten im Dorf so viele Jungen in den Unterricht, dass der freundliche Herr Lehrer es nicht mehr alleine schafft, sie alle zu unterrichten. Er lacht, schiebt seine Bindfadenbrille vor die Augen und sagt, nach all den Jahren haben die Leute endlich gemerkt, dass Kämpfen und Töten uns nicht weiterbringen. Das ist gut, sagt der freundliche Herr Lehrer und lächelt. Möge Gott geben, dass sie nicht glauben, Wissenlernen geht genauso schnell wie Tötenlernen.

Der freundliche Herr Lehrer weiß, viele Väter würden ihren Töchtern die Erlaubnis geben, in den Unterricht zu kommen, wenn eine Frau sie unterrichtet. Samira erzählt ihm von Gol-Sar, die heimlich so viel lesen und schreiben gelernt hat, dass sie inzwischen sogar richtige Bücher liest.

Bring sie mit, sagt der freundliche Herr Lehrer.

Ihr Vater wird mich erschießen, sagt Samira.

Dann bringst du sie eben mit, wenn du sie geheiratet hast, sie deine Frau ist und du das Sagen hast, sagt der freundliche Herr Lehrer.

Das werde ich, sagt Samira, senkt den Blick, um ihrem Lehrer nicht in die Augen sehen zu müssen.

Alles ist gut, wie es ist. Alle sind zufrieden. Alle sind glücklich. Bis zu dem Tag, an dem der freundliche Herr Lehrer sagt, Samir, mein Junge, du bist kein Kind mehr. Du bist ein kräftiger und kluger Mann. Es ist an der Zeit für dich, eine Entscheidung zu treffen. Es ist an der Zeit, deinen Traum zu leben. Es ist an der Zeit, an deine Zukunft zu denken.

Die Zukunft wird noch früh genug kommen, sagt Samira.

Die Zukunft ist längst gekommen, sagt der freundliche Herr Lehrer. Hier im Gebirge, hier in diesem kleinen Dorf, hier mitten im Nirgendwo hast du keine Zukunft. Geh. Junge, hör auf mich. Geh.

Wohin soll ich gehen?

Geh dorthin, wo du einen Beruf lernen kannst, dorthin, wo du deine Träume wahr machen kannst.

Wo ist das?

Wüsste ich, wo dieser Ort ist, wäre ich nicht hier.

Wie soll ich diesen Ort finden, wenn du ihn nicht gefunden hast?, fragt Samira.

Du bist anders als ich, sagt der freundliche Herr Lehrer.

Samira lächelt.

Du bist stärker als ich, du bist …, der freundliche Herr Lehrer spricht nicht weiter, sucht in seinem Kopf nach Worten, die er nicht findet, findet sie, sagt, du bist die Art von Mensch, wie die Welt sie braucht. Du bist …, wieder sucht der freundliche Herr Lehrer nach Worten, findet sie, sagt, du trägst den Mut eines Mannes und die Güte einer Frau in dir.

Samira lächelt nicht mehr, senkt den Blick, malt mit dem Finger Striche in den Sand, wischt sie wieder weg. Samira überlegt, weiß, es wäre töricht, dem freundlichen Herrn Lehrer die Wahrheit über Samira und Samir zu erzählen. Samira weiß aber auch, der einzige Mensch im gesamten Hindukusch, dem sie vertrauen könnte, der einzige Mensch, der ihr helfen könnte, ist der freundliche Herr Lehrer. Sie sieht ihn an, sagt, ich bin nicht der Samir, den du glaubst zu kennen.

Der freundliche Herr Lehrer lächelt, sagt, auch das ist eine Tugend, die ich an dir schätze. Du bist bescheiden.

Ich bin nicht bescheiden, sagt Samira. Ich habe einfach nur gelernt, das Spiel zu spielen.

Der freundliche Herr Lehrer lächelt, betrachtet seinen Schüler, lächelt nicht mehr, fragt, von welchem Spiel sprichst du?

Vom Spiel des Lebens.

Wenn du dich nur selber hören könntest, du kennst die Tragweite deiner eigenen Worte nicht. Es wäre eine Verschwendung, wenn du hier bleibst.

Samira senkt den Blick, schluckt Tränen, sagt, sprich nicht so über mich. Auf meinen Schultern lastet Schuld.

Wir werden ein anderes Mal über alles reden. Denke nach über das, was ich dir gesagt habe.

Samira denkt nach. Samira denkt viel und oft über die Worte des freundlichen Herrn Lehrer nach. Selbst wenn sie gar nicht die Absicht hat, tut sie es. Mit seinen Worten hat der freundliche Herr Lehrer eine schwere Tür irgendwo im Inneren von Samira gefunden und sie aufgestoßen. Sosehr sie es auch versucht, sosehr sie auch gegen die Tür drückt und drückt, sie kann sie nicht wieder schließen. Dabei hat sie nicht einmal gewusst, dass es diese Tür gibt. Seit sie das weiß, ist alles andere ohne Bedeutung. Reiten ist nicht mehr fliegen, das Hochland ist nicht mehr der schönste Ort, den Samira sich vorstellen kann, das Glück, das Bashir und Gol-Sar in ihr Herz

bringen, ist nicht mehr das einzige Glück, das Samira sich
wünscht.

Du bist undankbar, sagt der unsichtbare Zuhörer. Es ist
doch alles gut, wie es ist. Du hast genügend zu essen. Du hast
Arbeit. Die Leute mögen dich. Du lebst.

Samira hockt auf ihrem Felsen. Allein. Ohne Bashir. Ohne
Gol-Sar. Sie will allein sein. Will nicht sprechen. Mit niemandem. Will denken.

Nur zum freundlichen Herrn Lehrer geht sie oft, hockt sich
mit ihm unter den Baum, hört ihm zu, spricht mit ihm.

Ich habe keinen Traum, den ich leben könnte.

Du hast viele Träume, sagt der freundliche Herr Lehrer. Ich
weiß es. Ich sehe sie. Du hast sie tief in dir drinnen. Du weißt
es nur noch nicht.

Ein Plan

Was willst du tun, wenn du verheiratet bist?
Alles, was ich will, ist, dich glücklich und zufrieden zu machen, sagt Gol-Sar und lächelt. Ein Lächeln, das auch Samira zwingt zu lächeln. Samira schiebt das Lächeln beiseite, versucht, die Klarheit in ihrem Kopf nicht zu verlieren. Sag mir, was du tun wirst, wenn ich eines Tages nicht mehr da bin. Gol-Sar reißt die Augen auf, fragt ihren Verlobten, wo er hin will. Fragt, ob er sie verlassen will. Fragt, ob er eine andere Frau gefunden hat. Samira nimmt die kleine Gol-Sar in den Arm, versichert ihr, dass sie nirgendwohin geht, sagt, dass Gottes Wege unerschöpflich sind und dass niemand wissen kann, was am nächsten Tag geschieht.

Gol-Sar hat Tränen in den Augen, sagt, ich werde tun, was immer du von mir willst.

Samira packt sie an den Armen, schüttelt sie, halb voll von Ohnmacht, halb voll von Wut. Gut, dann werde ich dir jetzt sagen, was ich von dir will. Ich will, dass du den Mädchen und Frauen Lesen und Schreiben beibringst. Das ist es, was ich von dir will.

Und was soll ich für dich tun?, fragt Gol-Sar. Ich will dich glücklich machen.

Samira haut mit der flachen Hand auf den Felsen, sieht in die Ferne, sieht Gol-Sar wieder an, sagt, das ist es, was du für mich tun sollst. Genau das. Du sollst die Mädchen und Frauen unterrichten. Genau damit machst du mich glücklich.

Gol-Sar verliert ihr Lächeln, senkt den Blick, nickt. Wenn das dein Wunsch ist, werde ich es tun.

Und ich will, dass du ins Dorf hinuntergehst und auch dort die Mädchen und Frauen unterrichtest.

Dann spricht Samira mit Kommandant Rashid. Zuerst lacht er. Er findet es überflüssig, wenn Frauen lesen und schreiben können. Der Kommandant weiß nicht, wofür das gut sein soll. Er findet, Mädchen müssen ihren Männern folgen und ihre Kinder großziehen. Erst als Samira sagt, es hat genügend Kriege und Tote gegeben, erst als sie anfängt, über die Zukunft der Heimat zu sprechen, erst dann lacht der Kommandant nicht mehr. Erst als Samira sagt, Jungen können nur zu richtigen Männern werden, wenn ihre Mütter klug sind, hört der Kommandant wirklich zu. Erst als Samira sagt, dass Daria Gol-Sar begleiten wird, damit die Leute nicht schlecht über sie reden, nickt der Kommandant. Erst als Samira sagt, dass es gut ist, wenn seine Enkelkinder lesen und schreiben können, sagt der Kommandant, er wird es sich überlegen. Erst als Samira sagt, dass sie will, dass Gol-Sar jetzt mit dem Unterrichten beginnt, dass sie nicht warten will, bis der Kommandant es sich überlegt, sagt Kommandant Rashid, dann wirst du sie eben noch in diesem Sommer heiraten.

Damit hat Samira gerechnet. Das werde ich, sagt sie, reicht dem Kommandanten die Hand, sagt, bei dem Leben deiner Söhne und deiner Enkelsöhne, schwöre, dass du ihr niemals verbieten wirst, die Mädchen und Frauen zu unterrichten. Schwöre bei dem Leben von Bashir, dass du zu deinem Versprechen stehen wirst, auch wenn ich selber nicht mehr bei ihr sein sollte.

Der Kommandant streicht seinen Bart glatt, fragt, wie viel Zeit dauert es, bis jemand lesen und schreiben kann?

Lange. Es dauert ein ganzes Leben.

Bis meine Tochter so weit ist, dass sie selber lesen und

schreiben kann, wird also ein ganzes Leben vergehen. Bis dahin können Himmel und Erde ihren Platz miteinander vertauscht haben. Bis dahin werde ich vielleicht nicht mehr am Leben sein.

Manchmal geht es auch sehr schnell, sagt Samira. Manche Menschen lernen schnell lesen und schreiben.

Wir werden sehen, was wird, sagt der Kommandant.

Du hast es bei dem Leben von Bashir und deiner anderen Söhne und Enkelsöhne geschworen. Der Blick von Samira bohrt sich in die Augen des Kommandanten, in seinen Kopf, in seinen Bauch.

Der Kommandant presst die Lippen zusammen, sagt nichts, nickt nur.

Noch am gleichen Tag schleppt Samira Gol-Sar und ihre Mutter von einer *kutshi*-Familie zur nächsten, schickt sie in die Zelte zu den Frauen und Mädchen. Daria und Gol-Sar erzählen den Frauen, dass sie an den Bach kommen sollen, dass sie dort lesen und schreiben lernen können. Manche Frauen sind einverstanden. Andere fragen, was sie dafür bekommen. Manche Frauen sagen, ihre Männer werden es ihnen nicht erlauben, andere sagen, sie haben alle Hände voll zu tun mit Kindergroßziehen und Brotbacken, Teppichknüpfen und Sonstnochwas. Am nächsten Tag hocken Daria und Gol-Sar am Bach, zuerst kommen nur zwei Frauen, später kommen noch zwei, dann kommen ein paar Mädchen und zum Schluss kommt sogar die frühere Mädchenhure und bringt alle ihre Kinder mit. Ob der Hadji etwas dagegen hat, dass sie kommt, weiß sie nicht. Entweder er erlaubt es, oder er erlaubt es nicht, sagt sie. Und wenn er es nicht erlaubt und schimpfen sollte, dann schimpft er eben. Jetzt bin ich erst einmal hier, wir werden sehen, was wird.

Das Leben hat dich zur Kämpferin gemacht, du bist voll von Mut, sagt Samira.

Samira spricht mit dem freundlichen Herrn Lehrer, spricht mit den Männern im Dorf, geht von einem zum anderen, spricht mit dem Metzger und dem Mullah, den *risch-sefid* und sogar dem ekligen Gemüseverkäufer. Sie sammelt von jedem Geld. Die Männer können oder wollen nicht viel zahlen, aber es verpflichtet sie und bindet sie an ihr Wort. Mit dem Geld und der Hilfe von ein paar jungen und alten Männern aus dem Dorf zieht Samira neben dem Zimmer, in dem die Jungen Unterricht bekommen, vier Lehmwände hoch. Als sie ihr bis zu den Knien reichen, versammelt Samira alle wichtigen und unwichtigen Männer aus dem Dorf und bittet auch Kommandant Rashid zu kommen. Samira sagt, die Männer sind gekommen, um dem verehrten Kommandanten zu danken.

Der Kommandant wundert sich. Wofür wollen die Männer mir danken?

Sie wollen dir danken dafür, dass du deiner Tochter die Erlaubnis erteilt hast, ins Dorf zu kommen und ihren Töchtern in dem Zimmer hier Unterricht zu erteilen. Das sagt Samira, dann ist es still. So still, dass alle Männer den Atem des Kommandanten hören.

Genau in diesem Moment, als weder Samira noch einer der anderen Männer, noch der Kommandant wissen, was sie sagen oder tun sollen, ruft jemand, es lebe der Kommandant und seine Weitsichtigkeit und seine Liebe für sein Volk und seine Heimat.

Es ist der Junge ohne Beine, der das sagt. Der Junge, der kein Junge mehr ist, sondern ein junger Mann. Am Ende von seinem Hoch lebe der Kommandant klatscht der junge Mann. Die anderen Männer machen es ihm nach, klatschen ebenfalls. Zuerst ist der Kommandant misstrauisch, zuerst weiß Samira nicht, ob er zornig werden wird. Aber dann kommen alle Jungen und Männer zu ihm, wollen seine Hand schütteln, klopfen ihm auf die Schulter, bewundern ihn.

Der Kommandant sieht in die Runde, sagt, bevor dieser Lehm hier zu richtigen Mauern wird und die Mädchen darin von meiner Tochter unterrichtet werden können, muss noch eine Menge Arbeit getan werden. Ihr solltet euch beeilen. Er greift in seinen Schal, zieht ein paar Scheine heraus, gibt sie Samira.

Viele Tage und Nächte kommen und gehen, bis der Kommandant zu seinem Wort steht und seiner Tochter tatsächlich erlaubt, ins Dorf hinunterzugehen. Noch mehr Tage und Nächte kommen und gehen, bis Gol-Sar und Daria sich trauen, tatsächlich ins Dorf hinunterzugehen. Es kommen und gehen noch einmal viele Tage und Nächte, bevor die Väter und ältesten Brüder, Onkel und Mullahs ein paar Mädchen erlauben, in den Unterricht zu Gol-Sar und Daria zu gehen.

Aber der Tag kommt. Der Tag, an dem ein paar Mädchen, schüchtern und ihre Köpfe unter Tüchern versteckt, in den Unterricht kommen. Die Mädchen werden von ihren Brüdern und Vätern begleitet, sie klammern sich an die Männer oder an eines der anderen Mädchen. Sie kommen in das kleine Zimmer, hocken sich auf den Boden, nehmen zuerst ihre Tücher nicht ab, sprechen zuerst nicht, hocken zuerst da, mit gesenktem Blick. Zuerst verstehen sie nichts von dem, was Gol-Sar ihnen sagt, nur ihre eigene Unsicherheit, ihre eigene Angst bekommen sie mit. Sie begreifen nicht, warum mit einem Mal richtig sein soll, was bis gestern noch verboten gewesen ist. Aus welchem Grund gibt man ihnen die Erlaubnis, hinaus auf die Straße zu gehen, wenn sie bis gestern noch hinter den Türen ihrer Hütten zu bleiben hatten?

Zuerst reden nur Gol-Sar und Daria. Sie sprechen leise. Weil sie es nicht gewohnt sind, mit fremden Menschen zu sprechen. Weil sie es nicht gewohnt sind, ungefragt zu sprechen. Dann sprechen sie. Die Mädchen heben den Arm, melden sich, sprechen zuerst leise, dann laut, sie lachen, singen, und schließlich stellen sie Fragen. Zuerst bleiben die Mädchen unter sich, dann spielen und sprechen sie auch mit den Jungen.

Es ist Zeit, dass du deinen Teil des Versprechens einlöst, sagt Kommandant Rashid.

Samira willigt ein, sagt, sie wird Gol-Sar heiraten, wenn der Mond noch einmal dünn und dann wieder rund geworden ist.

Bashir ist verwirrt. Er weiß nicht, was das ganze Unterrichtszimmerbauen, das-Gol-Sar-ins-Dorf-schicken und das ganze ich-werde-sie-heiraten bedeuten soll. Bashir weiß nicht, was das eine mit dem anderen zu tun hat, weiß nicht, auf welche Weise Samira ihr Problem lösen will, das mit der Heirat unweigerlich auf sie zukommen wird. Denn zum Heiraten gehört die eheliche Pflicht des Mannes, seine Braut zur Frau zu machen und sie zufrieden zu stellen und ihr Söhne in den Bauch zu pflanzen.

Vertraue mir, sagt Samira. Hab Geduld. Wenn die Zeit gekommen ist, werde ich dir alles erzählen.

Bashir sieht zum Mond. So viel Zeit hast du nicht mehr.

Ich weiß, sagt Samira.

Die Tage werden zu Vögel, versammeln sich, fliegen auf und davon. Der Kommandant, die Mutter von Gol-Sar, Gol-Sar selber, alle sind beschäftigt mit den Vorbereitungen für die Hochzeit. Die Braut zieht Perlen und Pailletten auf, näht sie auf ihr neues Kleid. Näht Spiegel auf, die sie vor dem bösen Blick und Unheil schützen sollen. Ihre Mutter rührt Henna an, damit das Blut der Braut nicht erhitzt ist. Die Männer schlachten eine Ziege, die Jungen breiten Teppiche auf der Wiese aus, die Frauen schmücken das Zelt der Braut.

Ich habe immer einen Weg gefunden, sagt Samira. Ich werde auch jetzt einen finden.

Du willst meine Schwester heiraten. Das ist kein guter Weg, sagt Bashir. Sie wird herausbekommen, dass du kein Mann bist.

Das wird sie nicht, sagt Samira. Zuerst habe ich gedacht, das Beste ist, wenn ich weggehe. Aber das hätte Gol-Sar das Herz gebrochen, die Leute würden hinter ihrem Rücken reden, und dein Vater hätte sich an meiner Mutter gerächt. Heiraten ist der einzige Weg.

Und wie willst du verhindern, dass Gol-Sar merkt, dass du kein Mann bist?

Ich werde nur für eine Nacht ihr Ehemann sein.

Und dann?, fragt Bashir. Was wirst du nach dieser einen Nacht tun?

Ich werde sterben, sagt Samira.

Du hast deinen Verstand verloren, sagt Bashir. Das werde ich nicht zulassen. Und was soll das für ein Trost sein für die arme Gol-Sar? Ihr Mann bringt sich selber um? Die Leute werden sagen, Gol-Sar konnte ihren Mann nicht glücklich machen, deshalb hat er sich selber das Leben genommen. Sie werden Gol-Sar die Schuld geben.

Ich werde mich nicht selber umbringen, sagt Samira. Ich werde in die Berge gehen, auf eine Mine treten und sterben. Ich werde ein *shahid* des Krieges werden. Und die Ehre meines Märtyrertodes wird meiner Frau zuteil werden.

Bashir weiß nicht, ob er lachen oder weinen soll, ob er seinen Freund schlagen oder weglaufen soll, ob er schweigen oder sonst was machen soll. Bashir umarmt Samira. Nicht wie ein Freund, nicht wie ein Junge. Er umarmt sie, wie ein richtiger Mann eine richtige Frau umarmt. Er zieht ihr die Kleider aus und liebt sie, wie ein richtiger Mann eine richtige Frau liebt. Es ist anders als damals, beide wissen, was sie tun. Es passiert nicht einfach, sie wollen es. Samira und Bashir lieben sich, wie sie sich nie wieder lieben werden.

Bashir ist der Erste, der das lange Schweigen bricht. Er streicht das Haar von Samira, sagt, wenn sie nicht blutet, ist sie eine Jungfrau, dann ist es so, als wenn sie nicht geheiratet hat.

Ich weiß, sagt Samira. Hab Vertrauen.

Bashir spricht mit einer Stimme, die Samira nicht kennt. Ich habe dich immer geliebt. Und ich liebe dich auch jetzt. Auch wenn ich nicht weiß, wer es ist, den ich liebe, Samir oder Samira. Aber das eine schwöre ich dir, so wahr ich ein Mann bin, Gol-Sar ist meine Schwester. Wenn du ihr auch nur ein Haar krümmst, wenn du ihre Ehre verletzt oder die meines Vaters, dann verletzt du auch meine Ehre. Ich werde dich töten. Ich werde es tun müssen. Das weißt du.

Eine kalte Schlange kommt in den Bauch von Samira, frisst die Wärme, frisst alles auf, was in Samira gewesen ist. Frisst Samira auf, die in Samir angefangen hatte, ein Gesicht zu bekommen.

Eine Lösung

Die Mutter von Gol-Sar hat so viel Henna auf die Hände und Füße, den Nacken und Rücken ihrer Tochter geschmiert, dass die anderen Frauen lachen und sagen, das arme Mädchen wird so kaltes Blut haben, dass sie gar nichts von der ersten Nacht mit ihrem schönen Mann mitbekommen wird.

In der Nacht, als Samira und Gol-Sar allein sind, umarmt Samira ihre Frau, küsst sie, sieht ihr in die Augen und sagt, hör mir zu.

Gol-Sar glüht und hört ihrem Mann zu. Ihrem Samir. Dem schönsten, dem stärksten und mutigsten Mann, den der Hindukusch je gesehen hat.

Was immer geschehen mag, sagt Samira, du sollst wissen, ich liebe, ehre und achte dich. Ich habe dich zur Frau genommen, weil ich es so gewollt habe. Ich habe es gewollt, weil du anders bist als all die anderen Mädchen. Ich habe dich zur Frau genommen, weil du Träume hast, weil du mehr aus deinem Leben machen willst, als nur die Frau eines Mannes zu sein und seine Söhne aus deinem Körper zu ziehen.

Gol-Sar macht den Mund auf, will etwas sagen. Samira legt die Hand auf ihr Lippen, sachte, voll von Zärtlichkeit.

Gol-Sar hört zu.

Ich will, dass du die Mädchen weiterunterrichtest, sagt Samira. Ich will, dass du eine gute Lehrerin wirst. Ich will, dass du ins Dorf gehst, dass du mehr bist als nur eine Frau. Du sollst ein Mensch sein.

Gol-Sar schweigt, weiß nicht, warum sie nicht mag, wie Samir zu ihr spricht.

Und vergesse nie, sagt Samira, wo immer ich auch sein werde, was immer ich auch tun oder nicht tun werde, ob ich lebe oder tot bin, du wirst Teil von mir sein. Für immer und ewig und über die Ewigkeit hinaus.

Sprich nicht so, sagt Gol-Sar. Du machst mir Angst.

Sei ohne Angst. Fürchte dich vor nichts und niemand. Auch nicht vor dem Tod. Weder vor meinem noch vor deinem. Fürchte dich nicht vor dem Leben. Fürchte dich nur vor einem. Davor, dein Leben nicht zu leben.

Gol-Sar versteht nicht, spielt mit dem Stoff ihres Kleides, will sich an die starke Schulter des Mannes lehnen, nach dem sie sich sehnt.

Samira nimmt ihr Amulett ab, bindet es um den Hals von Gol-Sar, sagt, ich habe ein Geschenk für dich. Mir hat es geholfen und hat mich beschützt. Jetzt soll es dich beschützen und alles und jeden vernichten, was dir Schaden zufügen will.

Gol-Sar berührt das Amulett, will ihren Samir küssen. Samira zieht sich zurück, geht auf und ab im Zelt, überlegt und denkt.

Komm zu mir, sagt Gol-Sar. Sei ohne Angst. Ich bin nicht so ahnungslos wie die anderen Mädchen. Ich weiß, was in der Nacht einer Hochzeit geschieht.

Samira zieht ihre Weste aus, nimmt ihre Glitzerkappe ab, zieht ihre Vaterstiefel aus.

Komm zu mir, sagt Gol-Sar. Komm, und mach mich zu deiner Frau, damit unsere Ehe vollzogen wird.

Samira sieht Gol-Sar an, bekommt kaum Luft, dreht die Öllampe herunter, legt sich zu ihr. Langsam, ganz langsam berühren sie sich, streicheln sich, küssen sich.

Ich habe doch Angst, sagt Gol-Sar.

Ich habe auch Angst, sagt Samira.

Die Frauen sagen, es wird wehtun. Gol-Sar schluckt, sagt, lass uns warten.

Sei ohne Angst. Ich werde dir nicht wehtun. Niemals. Samira schämt sich, will sterben, betet um Vergebung ihrer Schuld, schluckt Tränen, kann sie nicht verbergen, weint, schluchzt.

Gol-Sar sieht die Tränen von Samira nicht, legt den Kopf in den Nacken, stöhnt, bäumt ihren Körper auf, hat die Augen geschlossen. Gol-Sar lacht leise, ist voll von Glück, sagt, es tut nicht weh. Es ist schön. In der Kehle von Samira hockt ein Klumpen, drückt, schiebt, nimmt ihr die Luft zum Atmen. Gol-Sar lacht. In den Bauch von Samira kommt eine Schlange. Zuerst ist es nur eine Schmerzschlange, dann kommt die Angstschlange, dann die Trauerschlange, und zum Schluss kommt die vierte Schlange, die Blutschlange.

Gol-Sar blutet, ist nicht länger ein Mädchen, ist eine Frau.

Der Geschmack von Gift kommt in den Mund von Samira. Der Geschmack von Lebenslust kommt in den Mund von Gol-Sar. Der Geschmack von Frausein. Gol-Sar ist voll von Glücksschlangen, von Lustschlangen, von guten Schlangen. Gol-Sar lacht. Samira weint. Still. Leise. Damit Gol-Sar es nicht merkt. Damit die vier Schlangen von Samira die vielen Schlangen von Gol-Sar nicht erschrecken. Damit Gol-Sar ihr Glück nicht verliert. Damit Gol-Sar ihr Gesicht nicht verliert, damit ihre Ehre gewahrt wird. Damit Samira nicht noch mehr Schuld auf sich lädt. Gol-Sar schläft. Samira betet, bittet um Vergebung. Gol-Sar träumt. Samira sieht ihre Schuld.

Noch bevor die Sonne mit ihrem ersten Licht und ihrer ersten Wärme über den Berg kommt, legt Samira das kleine, weiße Tuch, das nicht mehr weiß ist, das geschmückt ist, mit dem Frauenblut von Gol-Sar neben die Schlafende. Damit

Gol-Sar den Beweis hat, dass sie Jungfrau gewesen, dass sie eine Frau geworden ist. Frauenblut, das die Männlichkeit von Samira beweist.

Samira küsst Gol-Sar auf die Stirn, streicht ihr Haar, zieht ihre Vaterstiefel an, schleicht zum Zelt ihrer Mutter, weckt sie, umarmt sie, küsst sie, erzählt ihren Plan.

Daria findet ihren Verstand wieder, sieht ihren Tochtersohn an, sagt, mein kluges Kind. Ich habe gewusst, dass du einen Weg finden wirst.

Samira spricht ruhig, mit einer Stimme ohne Angst. Mutter, sehe Gol-Sar als die Tochter, die du nie gehabt hast. Finde dein eigenes Leben. Ich weiß, du kannst es. Finde die Welt und hilf Gol-Sar, sie zu kennen. Hilf Gol-Sar zu verstehen, dass sie keinen Mann braucht, um eine Frau zu sein. Eine richtige Frau. Finde deinen Verstand. Gehe an ihrer Seite.

Daria streicht ihrer Tochter über das Haar, gibt ihr ein Bündel, sagt, es ist an der Zeit, dass du Samira wirst. Lebe dein Leben. Lebe es, wie du das Leben von Samir gelebt hast, aber lebe es als Samira.

Du sprichst gut, sagt Samira, sieht ihre Mutter an, schluckt Tränen, sagt, danke.

Daria nimmt ihr Kind in den Arm, drückt es an ihr Herz, will es nicht mehr loslassen. Nie wieder.

Als Samira zu ihrem Hochzeitszelt zurückkommt, wartet Bashir bereits auf sie. Die beiden schleichen an den Zelten der anderen *kutshi* vorbei, klauen den größten Ziegenbock des Hadji, schleppen ihn in die Berge, binden ihn dort fest, kommen zurück.

Am Morgen ist das Geschrei des Hadji groß, als er sieht, sein größter Ziegenbock ist weg.

Die Männer aus den Nachbarzelten kommen angerannt, wollen wissen, was geschehen ist. Manche suchen den Bock, andere gehen zurück in ihre Zelte. Samira und Bashir schwingen sich auf ihre Pferde. Wir werden ihn finden, sagen sie und reiten los.

Samira reitet nicht schnell, fliegt nicht, schleppt sich, das Bündel, das ihre Mutter ihr gegeben hat, und ein Bündel, das sie selber gepackt hat. Samira sieht die Zelte, sieht die anderen *kutshi*, die Wiese, den Bach, die Tiere, die Blumen, sie sieht die Berge, sieht ihren Felsen, sieht alles das und noch viel mehr, weiß, es ist das letzte Mal. Samira und Bashir klettern auf den Berg, binden den Ziegenbock des Hadji los, führen ihn am Seil. Der Ziegenbock sieht eigenartig aus. Samira hat das arme Tier geschoren, seinen Bauch, seinen Rücken, seine Seiten. Der Bock ist nackt. Seine Haut sieht aus wie die nackte Haut eines Menschen. Nur noch der Kopf und der Schwanz des Ziegenbocks haben Fell.

Schade um den Ziegenbock, sagt Samira.

Der alte Hadji hat es verdient, sagt Bashir, will lachen, kann nicht.

Samira zieht ihre Glitzerweste mit den Perlen und Spiegeln aus, zieht ihre *shalvar-kamiz* aus, zieht ihre Vaterstiefel aus, küsst sie, nimmt ihre Glitzerkappe ab, zieht die neuen Sachen aus ihrem Bündel an. Ihre alten Kleider, knotet und bindet sie um den Körper des Ziegenbocks.

Die Explosion ist weder besonders groß, noch ist sie laut, aber sie ist bis hinunter zu den Zelten zu hören. Kommandant Rashid, Daria, Gol-Sar, jeder der anderen *kutshi* hört sie. Alle sehen zum Berg hinauf, von wo die Explosion gekommen ist, sehen den Rauch und den Staub, der in den Himmel steigt.

Kommandant Rashid, der Hadji und ein paar andere Männer springen auf ihre Pferde, rasen los. Frauen und Mädchen rennen durcheinander, schreien, weinen. Frauen senken ihren Blick, legen ihre Hand auf ihr Herz, andere nehmen ihre kleinen Kinder auf den Arm. Kinder schreien und weinen. Mädchen schlagen die Hand vor den Mund, rennen in Richtung der

275

Explosion. Gol-Sar sieht ihre Mutter an, geht in ihr Hochzeitszelt, holt das kleine weiße Tuch mit dem Blut, gibt es ihrer
Mutter.

Die Männer kommen am Fuß des Berges an. Der Kommandant sieht seinen Sohn, springt vom Pferd, dankt dem Herrgott, dafür, dass er lebt. Bashir trägt einen riesigen Klumpen,
ein Durcheinander aus Kleidern, den Resten von Stiefeln,
Fleisch, Haut, Spiegel und Perlen, die vor dem bösen Blick und
jedem Unheil schützen sollen. Blut, Dreck, Erde, der zerfetzte
Kopf des Ziegenbocks. Alles klebt aneinander. Blut tropft. Fetzen fallen herunter. Der Kommandant rennt zu seinem Sohn,
sieht die Trauer, die Angst, den Schmerz, nimmt sein *patu* von
der Schulter, legt es auf den Boden, nimmt seinem Sohn das
Durcheinander aus Fleisch und Blut, Dreck und Fetzen ab, legt
es in das *patu*. Andere Männer schlagen das *patu* zu, heben es
auf den Rücken eines Pferdes. Der Hadji bedauert, dass sein
Ziegenbock ebenfalls gestorben ist, als Samir ihn eingefangen
hatte, ihn zu ihm bringen wollte, aber dann zusammen mit
dem Bock auf die Mine getreten ist.

Der Kommandant steht vor seinem Sohn, lässt ihn nicht aus
den Augen, packt ihn an den Armen, zieht ihn zu sich heran,
drückt ihn an sein Herz, weint. Bashir zittert, weint, umarmt
seinen Vater, hält ihn fest. Ganz fest. Will ihn nicht mehr loslassen. Nie mehr.

Der Kommandant weiß, er hat seinen Sohn niemals zuvor
gehalten. Der Sohn weiß, der Vater wird es nie wieder tun.
Bashir schweigt. Es ist ein Schweigen, das der Anfang ist von
allem. Der Anfang und das Ende. Der Anfang von Vater und
Sohn. Das Ende.

Daria weint, schreit, rauft sich die Haare, wirft sich auf den
Boden, zerkratzt sich das Gesicht, bis es blutet. Richtiges Blut.
Daria weint. Weint um ihren verlorenen Kommandanten,
weint um den Sohn, den sie nie aus ihrem Körper gezogen hat,

um ihr verlorenes Mädchen, das sie nie gehabt hat. Daria weint um ihren verlorenen Vater, um ihre verlorene Mutter, um die sie nie geweint hat. Daria weint um das kleine, große Doch, das alles bedeutet hat, das keine Bedeutung gehabt hat. Daria weint um Samira und Samir, um ihren verlorenen Verstand, weint um ihr verlorenes Leben.

Gol-Sar hat die Farbe aus ihrem Gesicht verloren, ihre Lippen zittern, sie hockt vor dem *patu*, das die Männer vor ihr Zelt gelegt haben, starrt es an, will es öffnen. Der Kommandant packt seine Tochter, hält sie. Gol-Sar lässt ihn, wehrt sich nicht, starrt das *patu* weiter an, rührt sich nicht, weint nicht. Weint nicht um ihren verlorenen Mann, der nur eine Nacht ihr Mann gewesen ist.

Bashir hockt neben Gol-Sar, starrt seine Schwester an, nimmt sie in den Arm, flüstert leise in ihr Ohr, er lebt. Gol-Sar sieht ihren Bruder an, lächelt. Es ist ein winziges Lächeln, das schnell wieder verloren geht. Es ist ein Lächeln, das zum Weinen wird. Ein leises Weinen. Gol-Sar sagt, ich weiß. Er lebt hier. Hier in meinem Herzen. Und ich lebe in seinem Herzen. Er hat es mir gesagt. Er hat es vorausgesehen.

Noch bevor die Sonne mit ihrem letzten Licht und ihrer letzten Wärme hinter dem Berg verschwindet, heben die Männer ein Loch aus, legen das *patu* mit den Fetzen vom toten Samir in das Loch, schütten es zu, schütten einen Hügel aus Erde darüber. Gol-Sar und Bashir, der Kommandant und Daria und die anderen *kutshi* hocken um den Hügel aus Erde, beten, weinen. Als die anderen *kutshi* gehen, als die Sterne kommen, als nur noch Daria, der Kommandant, Bashir, Gol-Sar und die Mutter von Gol-Sar am Erdhügel hocken, verlangt Gol-Sar das kleine, weiße Tuch mit ihrem Blut zurück. Die Mutter will es ihr nicht geben, schämt sich, ihr Bruder und der Vater sollen es nicht sehen, schließlich sind es Männer. Der Vater sagt, gib es ihr. Die Mutter gehorcht. Gol-Sar füllt das weiße Tuch mit

Erde vom Erdhügel, unter dem ihr Ehemann liegt, leert es wieder aus, füllt es wieder mit Erde, leert es aus. Viermal. Dann füllt sie es wieder mit Erde, legt es sich auf den Kopf. Die Mutter von Gol-Sar sagt, sie hat den Verstand verloren, will ihrer Tochter das Tuch wegnehmen. Bashir packt die Hand der Mutter, sagt, lass sie. Die Mutter lässt sie, steht auf, geht. Kommandant Rashid und Bashir gehen. Daria und Gol-Sar bleiben. Es ist wie damals. Dieses Mal ist es nicht Samira, dieses Mal ist es Gol-Sar, die ihren Kopf in den Schoß von Daria legt.

Eine Niederlage

Die Tage und Nächte kommen und gehen, werden zu Vögel, versammeln sich, fliegen auf und davon. Daria und Gol-Sar gehen an jedem Tag ins Dorf hinunter, geben den Mädchen Unterricht, bringen ihnen Lesen und Schreiben bei. Gol-Sar sieht Daria an, lächelt. Daria sieht Gol-Sar an, lächelt. Dein Sohn hat gesagt, ich soll leben, sagt Gol-Sar und versucht zu leben. Er hat gesagt, ich soll mich nur davor fürchten, das Leben nicht zu leben. Gol-Sar sieht in die Ferne, als wenn ihr Samir dort steht. Ich lebe, sagt sie. So gut ich kann.

Daria streicht Gol-Sar über das Haar, sagt, das tust du.

Die Tage kommen und gehen, werden zu Vögel, versammeln sich, fliegen auf und davon. Bashir hat seinem Vater gesagt, er wird Arbeit suchen, in Pakistan, im Iran oder sonstwo. Er ist längst gegangen. Weder nach Pakistan noch in den Iran, noch sonst wohin. Bashir reitet in die Berge, reitet zu Samira zurück.

Samira hat das Bündel ihrer Mutter aufgeknotet, es ist ein Kleid darin, bunt wie ein Feld, auf dem Blumen wachsen, mit tausendundeinen Perlen und Spiegeln. Es ist ein gelbes Tuch darin, das ihr Haar, ihre Schultern und ihre Brust bedeckt. Samira hockt lange vor den Kleidern, sieht sie an, fasst sie an, spielt mit ihnen. Sie hält das Tuch in den Wind, dass es flattert und tanzt, als sei es eine Fahne. Sie hält sich das Kleid vor den Körper, sieht an sich herunter. Am Ende vom ganzen in den Wind und an den Körper halten verknotet sie ihre Samirkleider in das Bündel, zieht die Frauenkleider an, kämmt ihre Männerhaare aus dem Gesicht, bindet sie zusammen, hängt sich das Tuch über den Kopf, hockt sich hin, nimmt ihr Gewehr in den Schoß und wartet. Als Bashir zu ihr zurückkommt, rührt Samira sich nicht, sie spricht nicht, sieht Bashir nur an. Bashir sagt, sie haben es geglaubt und halten dich für tot. Sie haben geweint. Sie werden darüber hinwegkommen.

Khoda-ra shokr, Gott sei gedankt, sagt Samira.

Was werden wir tun?, fragt Bashir.

Wir werden reiten und sehen, wohin die Wege uns führen werden, sagt Samira.

Im ersten Dorf, in dem keiner sie kennt, will Bashir zum Mullah gehen und Samira zur Frau nehmen. Samira weiß aber noch immer nicht, wie sie die Frau eines Mannes werden soll, dessen Freund sie gerade noch gewesen ist. Sie weiß nicht, wie ein Leben ohne Fischefangen und Jagen, ohne Schule und Basar, ohne alles das und alles andere werden soll. Bashir will, dass Samira ihre Frauenkleider nicht mehr ablegt, er will, dass sie es versuchen und dann sehen, was wird.

Samira und Bashir versuchen es.

Im nächsten Dorf reiten Bashir der Mann und Samira die Frau durch die Hauptstraße, langsam, ohne den Sand der Straße aufzuwirbeln, reiten sie vorbei an den Männern in ihren Läden, an den Teehäusern, in denen Männer hocken und Tee trinken. Samira und Bashir wissen nicht, warum die Männer sie verwundert und erschrocken anstarren, bis ein Junge mit dem Finger auf Samira zeigt und sagt, da seht, das ist sie. Das ist die Frau mit dem Gewehr über der Schulter. Samira nimmt ihr Gewehr von der Schulter. Die beiden reiten weiter.

Im nächsten Dorf finden sie einen Dalverkäufer. Sie wissen, was sich gehört, Bashir kauft zwei Schalen Dal, geht damit zu Samira, die wie eine anständige Frau in der Seitengasse versteckt vor den Blicken fremder Männer mit verdecktem Gesicht auf dem Boden hockt und auf ihren Bashir wartet. Samira und Bashir essen, trinken Tee. Alles ist gut. Samira ist eine Frau, Bashir ein Mann.

Im nächsten Dorf will Bashir zum Mullah gehen und Samira zur Frau nehmen. Samira gibt nach, sie gehen zum Mullah, er spricht seine *be-isme-Allah* und andere Gebete und macht sie vor Gott zu Mann und Frau.

Auf dem Weg zum nächsten Dorf sehen sie einen Bock. Es ist, wie es immer gewesen ist, wenn die beiden einen Bock sehen. Sie pfeifen durch die Zähne, stoßen ihren Pferden die Absätze in die Flanken, treiben sie an, reiten von zwei Seiten auf das Tier zu, schießen. Bashir ist der Erste, der den Bock mit seiner Kugel trifft. Das verletzte Tier flieht aus der Schussrichtung in die andere Richtung auf Samira zu. Sie springt vom Hengst, wirft sich auf ihn, reißt ihn zu Boden, zieht ihren Dolch, schlitzt ihm die Kehle durch, mit einem schnellen Schnitt, befreit ihn von seinem Todeskampf. Es ist, wie es immer gewesen ist. Samira gibt das Opferblut der Erde unter ihren Füßen, damit Gottes Segen ihre Wege begleitet. Gemeinsam ziehen Samira und Bashir dem Tier das Fell ab, zerstückeln das Fell, nehmen es auseinander, schneiden das Fleisch, so wie sie es vom Metzger gelernt haben, rollen das Fell zusammen, bringen das Fleisch und das Fell ins nächste Dorf, um es dort zu verkaufen, solange es noch frisch ist.

Der Metzger kratzt seinen Bart, sieht zuerst Bashir an, dann Samira, die züchtig hinter ihm steht, fragt, ist das deine Frau? Bashir dreht sich nicht herum, sieht Samira nicht an, sieht den Metzger an, lächelt nicht, sagt, *bale*.

Der Metzger sagt, sie hat Blut an ihrem Kleid. Die Leute sagen, sie ist es gewesen, die dem Bock den Hals aufgeschlitzt hat.

Bashir weiß nicht, was er sagen soll, sieht den Metzger einfach nur an.

Der Metzger sagt, die Leute sagen, sie soll geritten sein wie ein Mann, soll vom Pferd gesprungen, sich auf den Bock geworfen, ihn zu Boden gerissen und ihm die Kehle aufgeschlitzt haben.

Bashir macht den Mund auf, macht ihn wieder zu, weiß nicht, was er sagen soll. Samira schiebt sich vor Bashir, stemmt die Arme in die Seiten, sagt, ich habe ein Gewehr, ich schieße, ich schlitze dem Bock die Kehle auf und wenn es sein muss auch dir oder einem der anderen Männer, die meinen, so viel zu wissen und reden zu müssen.

Der Metzger will sich nicht streiten, schon gar nicht mit einer Frau, die ein Gewehr und einen Dolch besitzt und, wie es aussieht, auch gut damit umgehen kann. Lieber verzichtet er auf das Geschäft mit dem Fleisch.

Die Kriege, die Dürre, die Ausländer haben alles Mögliche mit unserem Land angerichtet, sagt der Metzger. Auch Absonderlichkeiten haben die Jahre, die gekommen und wieder gegangen sind, hervorgebracht. Aber so etwas wie diese Frau? Nein. Gott ist mein Zeuge. So etwas habe weder ich noch einer der anderen Männer im Dorf jemals gesehen. Und wenn wir ehrlich sind, und das sind wir, wir wollen so etwas auch gar nicht sehen. Nicht in unserem Dorf.

Samira ist voll von Wut, will dem unverschämten Metzger an die Kehle springen, Bashir ist beschämt, packt Samira am Arm, hält sie zurück, zerrt sie fort von dem Metzger, seinem Laden und dem Dorf.

Das hätte ein gutes Geschäft werden können, sagt Bashir.

Es ist nicht meine Schuld, sagt Samira. Der Mistkerl hat mich beleidigt.

Das hat er nicht, sagt Bashir. Er hat nur erzählt, was die Leute gesehen haben und worüber sie sprechen, weil sie es eigenartig finden, wenn eine Frau sich aufführt wie ein Mann.

Das nächste Dorf ist zu weit, in der Hitze bleibt das Fleisch nicht frisch, Samira und Bashir verschenken es an die Leute, denen sie auf dem Weg begegnen. Sie reiten weiter. Alles ist gut, bis sie das nächste Hochland durchqueren. Bereits von weitem erkennt Samira die Rufe der Männer, ihre Pfiffe, das Stampfen und Poltern der Hufe von hundert und mehr Pferden und ihren Reitern. Es ist die Musik eines Spiels. Dem Spiel der Spiele. Sie hält die Zügel ihres Hengstes kurz. Er will zum Spiel, will losrasen, hebt den Kopf auf und ab, dass seine Mähne tanzt. Samira weiß nicht, warum alles so kommt, wie es kommt. Sie hat nicht die Absicht, durch die Zähne zu pfeifen, dem Hengst die Absätze in die Seiten zu stoßen, Samira hat nicht vor, den Hengst anzutreiben. Sie tut es, stürmt davon, durchquert den Fluss, das Wasser spritzt hoch, sie rast über die Ebene. Der Hengst schnaubt, stampft die Hufe polternd auf den Boden, als wollte er sie in die Erde rammen. Gott schickt seine Hurie, sie tragen den Hengst auf ihren Flügeln. Wind fliegt unter das gelbe Tuch von Samira, es bläht sich auf, Samira galoppiert, rast, fliegt, stößt kurze Rufe aus, pfeift durch die Zähne, rast an den Spielern vorbei, rast auf den Knäuel von Männern zu, der Hengst stellt sich auf die Hinterbeine, ein paar der anderen Pferde schrecken zurück, der Hengst drängt sich in ihre Mitte, senkt den Kopf, hebt ihn, reißt die Augen auf, reißt sein Maul auf, sieht aus wie ein Ungeheuer. Die Männer können nicht glauben, was sie sehen. Zuerst vermuten sie, die Frau in ihrer Mitte hat die Kontrolle über ihr Pferd verloren, hat den Verstand verloren. Samira lenkt ihren Hengst dorthin, wo die anderen Reiter sich um das tote Kalb drängen, zieht den Fuß aus dem Steigbügel, hält sich an der Mähne fest, greift nach dem Kalb, krallt sich in sein Fell, hebt den Kadaver, er rutscht ab, fällt auf den Boden. Einer der Männer brüllt, nimmt seine kurze Peitsche zwischen die Zähne, beugt sich herunter, greift das Kalb, bekommt es nicht zu fassen, weil Samiras Hengst sich wieder über das tote Tier am Boden stellt. Sa-

283

mira weiß, die Männer haben längst begriffen, dass sie weder die Kontrolle über ihr Pferd noch ihren Verstand verloren hat. Sie lässt sich abermals an der Seite ihres Pferdes herunter, der Hengst hält seinen großen Kopf schützend über ihren schmalen Frauenkörper, sie krallt ihre Hand in das tote Fell, zieht es zu sich, das Pferd macht vier Schritte nach vorn, hebt den Kopf, wiehert, macht noch vier Schritte, reitet los. Er hat sich längst aus dem Knäuel von Pferden und Männern gelöst, als die anderen Reiter bemerken, dass das Kalb sich nicht mehr im *helal*-Kreis befindet. Erst jetzt richtet Samira sich auf, klemmt das Kalb zwischen ihren Schenkel und den kräftigen Rücken des Hengstes. Ihre weiten Röcke, der viele Stoff verheddern sich, bedecken das Kalb. Während Samira über die Ebene rast, verliert sie ihr gelbes Tuch, es fliegt durch die Luft. Samira drückt sich tief und fest in den Sattel, wickelt ihre Zügel um das Bein des Kalbes, rast so schnell sie kann zur Fahne. Samira dreht sich herum, hundert und mehr Männer jagen sie, sind dichter an ihr dran, als sie gedacht hat. Sie lässt die Zügel noch lockerer, beugt sich noch tiefer und überlässt den Rest ihrem Hengst. Nur ein einziger Reiter holt sie auf, reitet neben ihr. Mit Augen, die voll von Wut und blutunterlaufen sind, sieht er in die Frauenaugen von Samira. Die Fahne ist nur noch vier Pferdelängen entfernt von ihr. Der Hengst stampft seine Hufe in den Boden, streckt den Hals, rast, als ginge es um sein Leben. Samira reitet um die Fahne herum zurück zum Kreis, der *helal* ist. Es ist, als wenn die anderen Spieler nicht mehr im Feld sind, Samira rast an ihnen vorbei, stößt sie um, weicht ihnen nicht aus, hält geradewegs auf sie zu. Die Pferde der anderen Männer weichen aus, steigen auf die Hinterbeine, werfen ihre Reiter ab. Samira kommt zum Kreis, der *helal* ist, wirft das Kalb nicht, legt es ab, ihre Augen finden den Spielrichter, zuerst verneigt sie sich vor dem Kalb, dann vor dem Richter, stößt ihrem Hengst die Absätze in die Seiten, treibt ihn an, rast aus dem

Spielfeld heraus, über die Ebene, rast bis zu den Bergen, treibt ihren Hengst zwischen die Felsen, bis sie sicher ist, dass sie nicht verfolgt wird. Der Hengst schnauft, hebt und senkt den Kopf, sein Fell ist feucht und warm, Samira lacht. Lacht, bis sie weint. Samira hat gesiegt. Sie ist im richtigen Spiel gewesen, hat hundert und mehr Männer geschlagen, weiß, es gibt nichts, nichts, was sie nicht erreichen kann. Samira weiß, sie hat die Tür in ihrem Inneren aufgestoßen.

Hast du es gesehen?, fragt Samira, als Bashir sie findet. Samira springt auf, lacht, küsst Bashir, hüpft auf und ab, wie die kleine Samira es getan hat, wirft sich Bashir in die Arme, wie sie sich in die Arme ihres Kommandantenvaters geworfen hat.

Bashir packt Samira am Kragen, zieht und zerrt an ihr, schreit sie an, schlägt sie ins Gesicht, wirft sie zu Boden, wirft sich auf sie, hockt sich auf ihre Brust, drückt ihre Kehle zu, sieht sie an mit Augen, die voll von Zorn sind. Voll von Zorn und Hass. Du hast deinen Verstand verloren. Du bist wie deine Mutter. Ohne Verstand.

Samira wehrt sich nicht, bleibt liegen, sieht Bashir einfach nur an, bis er von ihr lässt, aufsteht, sich von ihr abwendet. Samira klopft den Staub von ihrem Kleid, sieht den Riss in dem Stoff, stellt sich vor Bashir, öffnet den Mund, will etwas sagen, weiß nicht, welches der vielen Worte sie sagen soll, die sie sagen will, sagt nichts, macht es, wie Bashir es getan hat, packt ihn am Kragen, sieht ihn an, schlägt ihn nicht, küsst ihn. Samira küsst Bashir mitten auf den Mund. Es ist ein Kuss, wie sie noch keinen Menschen geküsst hat. Samira hat nicht gewusst, dass es einen Kuss wie diesen überhaupt geben könnte. Genau genommen weiß Samira nicht einmal, ob das, was sie mit ihrem Mund macht, überhaupt ein Kuss ist. Viele Jahre werden kommen und gehen, bevor Samira wissen wird, dass das, was an diesem Tag zwischen ihr und Bashir vorgefallen ist, tatsächlich ein Kuss gewesen ist. Ein richtiger Kuss. Zwischen einer richtigen Frau und einem richtigen Mann.

Wer war das, der das getan hat?, fragt Bashir. Samir oder Samira?

Samira zuckt die Schultern, lächelt, sagt, *man tshe midanam*, schwingt sich auf den Rücken ihres Hengstes, pfeift durch die Zähne, reitet den Berg hinunter, treibt den Hengst an, jagt ihn den Weg hinunter in die Schlucht.

In den Tagen, die kommen und gehen, gibt Samira sich richtige Mühe. Sie will sich nicht wie ein Kerl aufführen. Sie will aufhören, ein Mann zu sein, sie will eine Frau sein. Eine richtige Frau. Samira schweigt in der Öffentlichkeit, trägt ihr Gewehr nicht über der Schulter, springt nicht vom Pferd, schwingt sich nicht auf den Rücken ihres Hengstes, wartet, bis Bashir ihr hilft, auf ihr Pferd zu steigen und wieder herunterzukommen. Was immer sie tut oder nicht tut, sie sieht immerzu Bashir an, versucht in seinem Blick zu erkennen, ob sie sich verhält wie ein Mann oder endlich wie eine Frau.

Du gehst wie ein Mann, du sprichst wie ein Mann, du bewegst dich wie ein Mann, deine Stimme ist die eines Mannes, sagt Bashir.

Ist es die Frau in mir, die dich anwidert, oder der Mann?, fragt Samira.

Bashir schweigt, nimmt ihr die Zügel aus der Hand, führt ihren Hengst. Bashir reitet voraus, Samira reitet hinter ihm, senkt den Kopf, wenn sie Leuten begegnen oder durch ein Dorf kommen. Samira versucht, eine richtige Frau zu sein. Am Abend sammelt sie Holz, zündet das Feuer an, breitet die Decken aus, packt das Brot und den Käse aus, stellt den Kessel auf das Feuer, hockt davor, gibt den Tee in den Kessel, füllt das Glas, reicht es Bashir.

Bashir sieht Samira nicht an, als er sie fragt, ob sie innen drinnen eine wirkliche Frau ist. Samira versteht nicht. Bashir

sieht Samira nicht an, fragt, ich will wissen, ob du in deinem
Körper, in deinem Bauch eine richtige Frau bist, ich will wissen, ob du in der Lage bist, meinen Sohn in deinem Bauch zu
tragen, ihn aus deinem Körper zu ziehen und ihm Milch aus
deiner Brust zu geben.

Am Morgen, als Bashir aufwacht, brennt das Feuer nicht
mehr. Die Asche ist kalt. Samira kehrt Bashir noch immer den
Rücken zu, hockt noch immer an der gleichen Stelle. Alles ist,
wie es in der Nacht zuvor gewesen ist. Nichts ist, wie es gewesen ist. Samira trägt ihr buntes Kleid nicht mehr, trägt ihre
Männerkleider. Samira dreht sich nicht zu Bashir herum, sieht
ihn nicht an.

Wir sind Freunde, sagt sie. Wir sind zusammen in die Berge
geritten und haben gejagt, wir sind zusammen ins Dorf geritten und in den Unterricht gegangen. Samira lacht. Es ist ein
kurzes Lachen, was schnell verloren geht. Sie sagt, wir haben
zusammen gesehen, wie der eklige Gemüsehändler seinen
Schwanz reibt, wir haben zusammen sein Opium ins nächste
Dorf gebracht, ich habe dich aus den Fängen des Mannes befreit, der deinen …

Bashir will nicht, dass Samira weiterspricht. Ich weiß, sagt
er.

Wir haben zusammen gejagt, sagt Samira. Fische gefangen,
wir sind über die Ebene gerast. Nichts von alledem werden wir
tun können, wenn wir keine Freunde mehr sind, wenn ich
deine Frau und du mein Mann sein wirst.

Bashir weiß es, hockt sich neben Samira, legt seinen Arm
um ihre Schulter, sieht in ihre dunklen, traurigen Augen,
spricht nicht viel, sagt nur, wir haben unser Damals verloren.

Ihre Herzen werden zu Papier. Zerreißen. Mit einem lauten
Ratsch. In tausendundeine Fetzen. Fetzen, die sie in den Wind
halten, damit sie fliegen. Über alle Berge, über alle Täler, alle
Orte, alle Menschen.

Samira schluckt ihre Tränen nicht herunter. Bashir schluckt seine Tränen nicht herunter.

Was wirst du tun?, fragt Bashir.

Samira lacht. Weint und lacht. Es ist wie damals. Als er in den Süden und sie ins Dorf gegangen ist. Immer fragt Bashir seinen Freund, was wirst du tun?

Bashir lächelt. Er kennt die Antwort seines Freundes.

Ich werde das Richtige tun, sagt Samira.

Bashir sieht in den Himmel, sagt, du willst Pilot werden.

Bashir, mein armer Bashir, sagt Samira. Du bist ein Träumer.

Gib mir ein Versprechen, sagt Bashir. Wenn du Pilot werden solltest, flieg über unsere Ebene und denk an uns.

Zuerst werde ich über die heiligen sieben Seen fliegen, dann über das Hochland, in dem mein Vater und ich selber geboren sind, dann werde ich über dein Hochland fliegen, werde über unseren Felsen hinwegfliegen und deinen Namen rufen.

Hast du keine Angst?, fragt Bashir.

Doch, sagt Samira. Es ist das gleiche Doch wie damals. Ein kleines. Doch ohne jede Bedeutung. Voll von Bedeutung. Samira sagt, ich habe auf dem Felsen gestanden, habe meinem Vater in die Augen gesehen und gesagt, ich sehe nichts. Es ist wie damals. Ich habe einen Traum. Ich sehe ihn nur nicht.

Samira hat tausendundeine Frage gehabt und nicht eine Antwort. Samira ist stumm gewesen.

Samira wird das Richtige tun.

Sie schwingt sich auf den Rücken des Vaterhengstes, treibt ihn an, lässt den Hindukusch und Bashir zurück, schluckt ihre Tränen nicht herunter, weint. Weint, bis ihr Weinen zum Lachen wird. Es ist ein Lachen, das nicht schnell verloren geht, das lange bei ihr bleiben wird. Es ist das Lachen einer Frau. Einer richtigen Frau.

Es ist das Lachen von Samira.